フェア・ゲーム

ジョシュ・ラニヨン

冬斗亜紀〈訳〉

FAIR GAME

by Josh Lanyon

translated by Aki Fuyuto

Monochrome Romance

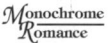

FAIR GAME

by Josh Lanyon

This edition is published by arrangement with Harlequin Enterprises II B.V./S.a.r.l.
through Japan UNI Agency Inc., Tokyo

フェア・ゲーム
FAIR GAME

主　な　登　場　人　物

タッカー・ランス

FBI特別捜査官。
エリオットの元同僚で元恋人。

エリオット・ミルズ

元FBI特別捜査官。
現在は大学で歴史を教える。

ローランド・ミルズ	エリオットの父。元教師
テリー・ベイカー	失踪した大学生
ジム・フェダー	テリーの友人
トム・ベイカー	テリーの父親でローランドの友人
シャーロッテ・オッペンハイマー	大学の学長
アン・ゴールド	エリオットの同僚
アンドリュー・コーリアン	エリオットの同僚
レスリー・ミラチェック	エリオットの生徒
スティーヴン・ロケ	エリオットの近所に住む男
ゴーディ・ライル	失踪した大学生
ザーラ・ライル	ゴーディの叔母
カイル・カンザ	エリオットの助手
レイ・マンダート	大学のメンテナンス・スタッフ

地図

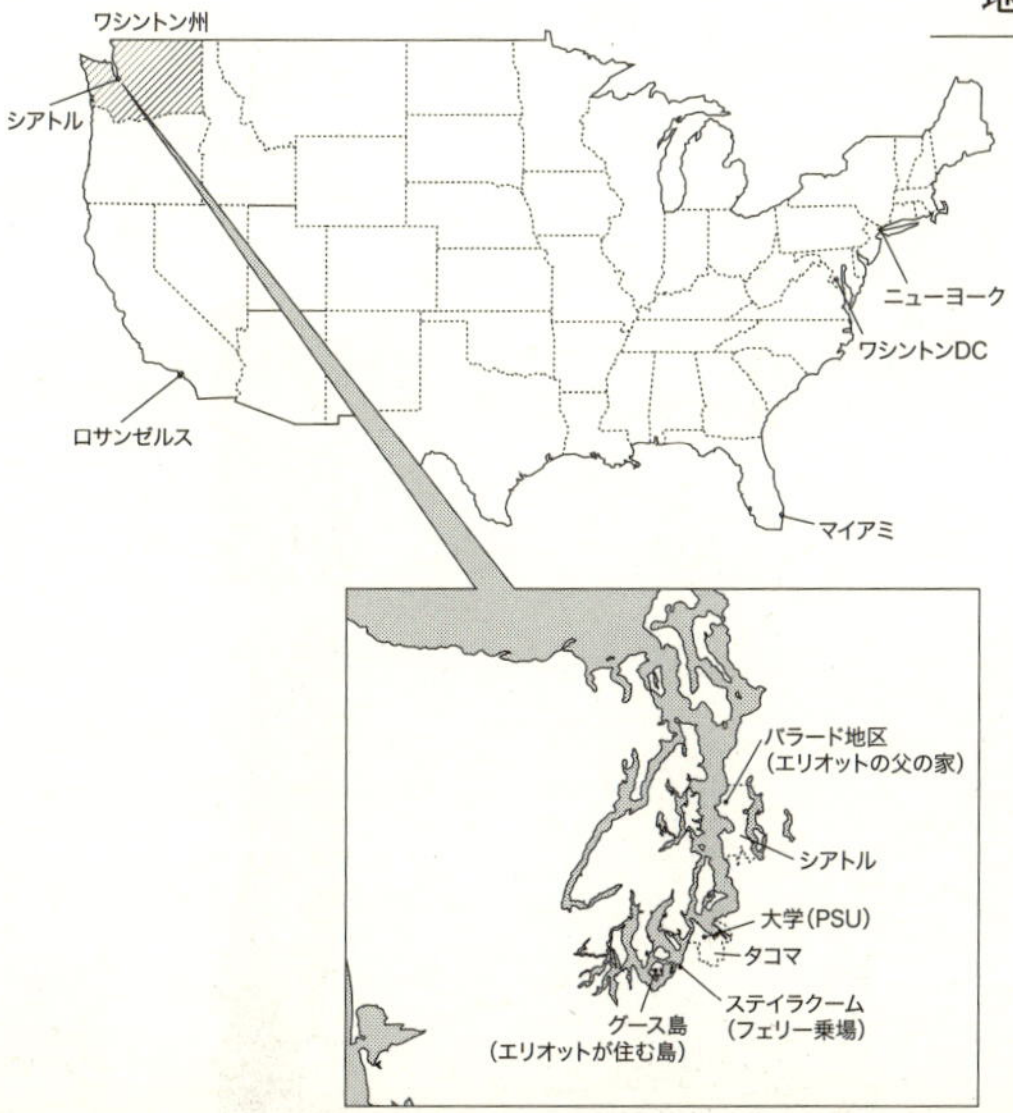

マーシーに捧ぐ

1

携帯電話が震えていた。

教壇のそばに立つエリオットには、机の上をじりじりと動く自分の電話が見えていた。無視する。電話一本で否も応もなく事件に——そして危険に——とびこんだ日々は、もう昔のことだ。今から十七ヵ月前に終わった生活だ。

「……ネズミが収容所中にのさばり、あふれそうな便所からは悪臭がたちこめていた。飢えた捕虜たちは蝋燭《ろうそく》を食い、靴ひもを食い、しまいには虫やネズミまで食った」

毎度のことだが、教室に並んだ生徒たちの列を、身震いの波が揺らした。何人かはせわしなくノートを取っていた——まったく。収容所での暮らしが生き地獄だったという話を、彼らはノートに書き留めていなければ忘れてしまうとでも？

「南北戦争が終わった時には、四万人以上の兵士が収容所に入っていた。驚くべき人数だろう。北軍と南軍の兵士、ほぼ半分ずつの割合だ」

丁度そこで、一列目に座ったブロンド娘が驚きに顔をしかめると、長くてスリムな足を見せびらかそうと姿勢を整えた。

そう言えば、彼女の名前は何だっただろう。レスリー、……ミラチェック？　そう、たしかそうだ。

彼の視線に気付いたレスリー・ミラチェックが、お上品な微笑を向けてきた。エリオットは苦笑を噛み殺す。彼女は獲物をまちがえている。仮にエリオットが生徒と親密な関係になるとしても——予定もないが——、彼女ではまず無理というものだ。レスリーの横に座っている方、肩が広くて赤毛のジョン・サンドスキーの方がまだ可能性がある。

サンドスキーは、ペンの頭をかじりながら、ぼんやりと宙を見ていた。

エリオットは胸の内で溜息をついて、講義を続けた。

「将校であっても、扱いの悪さは同じだった。エリー湖西に浮かぶジョンソン島では、捕虜キャンプに収容されていた九千人のうち、三百人が死んだ。ほとんどが餓死か病死だった」

エリオットの電話が再びブーンとうなった。

こういう時、いい話だという気がしないのは何故なのだろう。

もっとも、最近のエリオットにかかってくる電話は多くない。腕利きのＦＢＩ捜査官だった頃とは比べものにならない数だ。担当の理学療法士、大学のアシスタント、父親……せいぜいそれくらいだ。机上のかすかな振動を無視しがたいのは、そのせいかもしれない。まったく見上げた集中力だ。こんな時、タッカーなら電話など見向きも……

――いや。

あの名前を思い出すつもりはない。

エリオットは、教室の後ろにある時計をちらりと見る。

残り四分。もう充分だろう。

「よろしい、今日はここまで」

何人かの学生が、夢からさめたかのように――事実その通りか？――まばたきした。あちこちで携帯電話がつかみ出され、メールが一斉に飛び交い始める。近頃は、隣にいる相手にすら直接話しかけてはいけないらしい。ノートパソコン、レポート用紙、本などをバックパックにつめこんで、生徒たちが歴史の教室から続々と出ていく。

エリオットは教壇に背を向けた。

「ミルズ教授、よろしいですか？」

レスリー・ミラチェックだった。退屈顔のジョン・サンドスキーを引きつれている。サンドスキーは、エリオットに向けて微笑みかけてきた。

エリオットは問いただすように眉を上げた。気持ちをくじかれたのか、相手の笑みが曇る。

レスリーに向けては、エリオットはもっと親身な声をかけた。

「レスリー、だったね？」

「そ、レスリー・ミラチェック。先生の〝映画と歴史〟の授業も取ってますよお。アメリカのウェスタン映画のやつ」

彼女は笑顔で白い歯並びを見せつけながら、愛らしいそばかすの鼻先を彼にまっすぐ向け、青い目で見つめた。エリオットは苛立ちを抑える。何も彼女のせいではないのだ、彼の膝が痛み始めているのも、学校内の色あせた小さな日常が、突如として耐えがたいものに思えてきたのも。

「ふむ、それで？」

連れのサンドスキーは携帯でメールをチェックし始める。レスリーが続けた。

「あの、もし……先生が……よろしければ、あたしの、レポートを見ていただくことはできます？　ジョン・フォードの映画について。提出の前に？」

見てもいいのだろうか？　エリオットはＦＢＩに入る前に博士号を取得していたが、教師の経験はなきに等しい。暗闇を手探りしているような気分になるのもしょっちゅうだし、大学出たての若い新米教師にまで遅れを取っているように感じるほどだ。

「わかった」

ルール違反だったら、次からやめればいいだろう。

「先生の執務時間は、月曜と水曜と金曜の九時から十一時と火曜と木曜の午後二時から四時でいいですよね？」

それでいい、とエリオットが答えられるまで少しかかった。

確認が取れると、レスリーはふたたび輝くような微笑を彼に向ける。

「オッケーです！　それじゃ、また明日！」

エリオットはやや気圧《けお》されたまま、礼儀正しくうなずき返した。レスリーが我慢強いサンドスキーをつれて去っていく。エリオットは携帯電話を取り上げると、着信を確認した。

父の番号からだった。

こみあげてきた失望に、エリオットは虚を突かれた。

何の電話だと、あるいは誰からだと期待していた？

ほぼ無意識のまま、彼はブルックスブラザーズの褐色のレインコートとブリーフケースを手に取った。執務時間と言えば、もう隠れ家にこもる時間である。歩きながら父の電話番号を押した。

彼のオフィスは中庭を渡った向かい側のハンビーホールにあり、大学構内の樹木苑にも近い。雨は上がっていた。刈り込まれた芝生、古風なレンガの建築、天にすらりとのびた白樺とブナの木。その大学の景色はつかの間の陽光に輝いている。サングラスをかけてもいいぐらいのまぶしさだった。

「こんちは、教授！」

自転車にまたがった生徒が、巨大な鳥のように脇をかすめて走り去った。

エリオットはぎょっとする。だが少なくとも、かつてショルダー・ホルスターがあった場所に手をのばすことはなかった。改善のきざしだ。

呼び出し音が鳴り続けていた電話の向こうに、相手が出た。

「もーしもし」

聞こえてきた父の声はいつも通り、くつろいで、陽気だった。どうやら勤務中のエリオットに電話をかけてきたのは、家庭の緊急事態からではないようだ。無論、家族が二人だけという今、本当の〝緊急事態〟があった時に父親本人が電話をかけてくるとも思えないが。

「やあ、父さん。電話した？」

「ああ。調子はどうだ。明日のディナーには来られるだろうな？」

毎週木曜の夜は二人で食事をすることになっていた。エリオットがＦＢＩを辞めた後、このＰＳＵ《ピュージェットサウンド》大学で教鞭を取るために戻ってきてから始まった習慣だ。

週に一度、父親の家での夕食。それが今のエリオットの社交生活における、もっとも華やかなイベントである。

「ああ」答えてから、ふっと嫌な予感がよぎった。「何で聞くんだ？」

父親の声の調子が、どこか微妙に変化した。

「夕食に友人を招待しようかと思ってなあ。トム・ベイカーと奥さんのポーリンを覚えてるか？」

「何となく」

歩いてきた二人の女子高生をよける。ブーツとマフラー姿の二人は猛烈な勢いでメールを打ちながら、互いにぶつぶつと呟き合っていた。

「夫婦の息子のテリーは、お前の大学に通ってる。少なくとも三週間前までは、通っていた」

「三週間前に何が？」

「テリーが姿を消した」

「男の子だからな。たまにはやらかすさ」

「この子はそういうタイプではないんだよ。テリーは、本当に真面目な子だ。成績もいい。品行方正だ」

エリオットは素っ気なく言った。「じゃあ、そろそろはじけてもおかしくないな」

「とにかく、トムとポーリンは、息子が自由意志で失踪したんじゃないと信じているのさ」

エリオットは細い階段にたどりついた。階段の上には、上部が弧を描く、弾丸のような形のオークの扉があり、その向こうがハンビーホールだ。ここに限らず、階段を前にするたびにエリオットは不安に胸をつかまれる。

膝の再建手術の後、くぐり抜けなければならなかった痛みの凄まじさは、それまで経験したこともなければ想像も及ばなかったもので、実際に膝を撃たれた記憶すらかすませるほどだった。だが、ここまでの回復は順調だし、今では階段にわずらわされることもほとんどなくなっている。

階段をきびきびと上りきると、エリオットは学舎へ足を踏み入れた。次の授業時間に入っているので建物内は静かだ。重い足取りで道具のカートを押していくメンテナンススタッフのレイへ、エリオットは挨拶代わりにうなずいた。レイは、いつも通り彼を無視する。

エリオットの耳は、アン・ゴールドの教室からのこもった笑い声を拾った。そう言えば、アンにそのうち夕食を一緒にと誘われていたが、まだ返事をしていない。社交生活を怠けてばかりいると、いつのまにかつむじ曲がりの老教授になって、ぶつぶつ独り言をこぼしながらインコの世話をしているかもしれない。

閉じたドアの列の前を歩きすぎながら、エリオットは声をひそめた。

「事件だと思っているなら、思うだけの充分な根拠があるなら、警察に行けばいいだろ」

「行ったとも。二人はＦＢＩにまで行ったんだ」

ＦＢＩという言葉を聞くだけで、どうしてこれほど胸が痛むのか。

――馬鹿馬鹿しい。

「大学でそんな話は耳にしてないよ」

「シャーロッテ・オッペンハイマーにたのまれて、今はまだ内密にしている」

シャーロッテはPSUの学長だ。犯罪やいかがわしい行為を匂わせるような噂は、野放しにしない信条の女性である。

「俺に何をしろって?」

オフィスにたどりつく。エリオットはブリーフケースを床に置き、鍵を取り出しながら、父らしくもない沈黙が続く電話に耳をすました。

「――ベイカー夫妻と話してやってくれんか」

これには、意表を突かれた。「話せば、何かの役に立つとでも?」

嘆き悲しむ両親との会話なら、散々経験した。愛する仕事を失ったことに何かいい面があるとするならば、おののき、恐怖にうろたえている親や恋人たちの相手をもうしなくてすむことだ。

「話をしてやってくれるだけでいい。彼女を安心させてやってほしい。あの夫婦を、な」

執務室に歩み入ってドアをしめ、エリオットは静かに答えた。

「どうやっても、安心しないだろ」

「そいつはわかっているさ。だけどな、お前はこの手のことに関しては経験が豊富だろ。その経験で、あの二人が事態を切り抜ける手助けができるんじゃないか」

皮肉、ここにきわまれり、だ。

「父さんは、俺がＦＢＩで働くのを忌み嫌ってたろ。腐りきった政府の独裁的な組織で働くなんて俺の人生の浪費だ！　と、口をすっぱくして言ってたじゃないか」

「実際、浪費だったろうが」

父、ローランド・ミルズの攻撃的なアナーキスト気質は、歳月を経てなお健在であった。かつては、反戦デモで逮捕されたアビー・ホフマンや左翼の活動家のジェリー・ルービンと肩を並べ、髪に花を挿して革命を叫んでいた男だ。後には、西海岸のかなりリベラルな芸術大学のかなりリベラルな教授となり、前に比べれば平穏で退屈な人生に落ちついている。エリオットは彼の一人息子で、父にとっては三人目の——そして最後の——妻の子供だった。

「違うか？」父がたたみかけた。「万物がお前に与えたすべての素質も才能も、あんなところで空費しおって。しかし今こそ、圧政側で得たその経験を活かす時だ。あの夫婦は友達だし、助けてやらねばならん」

「勘弁してくれ、父さん」

エリオットは窓の外を見つめたが、その目はうっすらと光る白っぽい木の幹を見てもいなければ、木々の中に見えるシルバーピンクのつつじの花を見てもいなかった。樹木苑にはまるで木の展覧会のように様々な木が植えられている。

彼が見ているのは、雨の日の風景——木々に囲まれて花崗岩のレンガがひろがる公園の風景だった。オレゴン州ポートランド、パイオニア・コートハウス・スクウェアの一画。弾丸と血に汚れた水たまりの中に失われた日。

……やれやれ。この天気のせいだろう。薄暗く雨がちなワシントン州の冬に、時おり気持ちが負ける。

エリオットは、予兆めいた暗い感覚を振り払った。

「わかった。でもわざわざ夕食に来てもらうこともないよ。すぐこっちから電話をかける。番号を教えてくれ」

2

午後遅くになってから、テリー・ベイカーの母親に会いに行こうと部屋を出たエリオットの耳に、アンドリュー・コーリアンの深い声が廊下を反響して届いた。

「私の言いたいことがご理解頂けるだろうかな？　これは、リアリズムに基づく一元論の話なのだよ。それこそ生そのもの哲学だ。古ぼけたリアリズム、既存の学者が使い古して手あかのついたリアリズムなどではなく、ここで語られるべきは、むき出しの、澱《よど》みなき過去からこそ生まれてきた、本質的な理論とその芸術的具現化なんだ。忘れるべきでないのは、芸術とは小手先の折衷《せっちゅう》ではなく……」

まったく——こんな御託を真剣に傾聴する人間がいるのは、大学だけだろう。

エリオットは、オフィスの鍵を締めながら顔をしかめた。

コーリアンは傲慢でむかつく男だが、芸術的才能に恵まれていることは確かだし、どういうわけかこの大学でも人気の高い講師ときてる。コーリアンの政治的スタンス、特に彼いわくの〝全体主義的〟組織——ＣＩＡやＦＢＩ——への偏見と皮肉は、当然、エリオットを苛立たせたが、思えば近ごろの自分は何にでも苛立つのだった。

かつては健全なユーモアを持ち合わせていたつもりが、この一年半で、ユーモアセンスまですっかり枯れ果ててしまったのだろうか。一番必要な時に枯れるとは、残念だ。自分の皮肉な立場を笑う気力すらない——父の期待に背を向け、決意も固くＦＢＩでの人生を選んだ筈が、ぐるっと回って、人生の振り出し地点に逆戻りだ。しかも壊れた膝とともに。

その膝が、今や猛烈に痛み出していた。

ぴかぴかの長い廊下を歩き出したエリオットは、あやうく、三人の信者を引きつれて教室から颯爽《さっそう》と出てきたコーリアンとぶつかるところだった。偉大な教授様は授業をしていたわけではなく、ご立派な講釈を垂れていただけらしい。彼の一言一句に目を輝かせているのは、ジーンズ姿のお嬢様たちだ。

「芸術の一貫性というものは、正しく世界を認識してこそ具現化される——さて、錯覚の世界に生きている男がいいところに来た。やあ、ミルズ」

ふざけた男だ。

エリオットは、挨拶代わりにうなずいた。

「やあ、コーリアン」

アンドリュー・コーリアンは五十代半ばをすぎ、がっしりした大柄な男で、さすがに寄る年波の影響はうかがえるものの、見目《みめ》もよく、体つきもまだ締まっている。年に先走って薄くなってきた髪の毛をばっさり剃り上げてスキンヘッドにしていたが、この男にはよく似合っていた。両目ははっとするような琥珀色。先端をぴんととがらせた顎ひげは、よく手入れされて、誇らしげだ。

片耳に金のイヤリングを光らせてはいたが、これは芸術家気取りからつけているもので、ゲイではない。かけらも。神の恵みだ。

「父上はどうだね？」

お互いに当たりさわりのない共通の話題で、コーリアンがたずねる。

「元気ですよ。とっても。執筆に専念している」

コーリアンはそれを聞いて笑いをこぼした。エリオットの父が書いている〝闘争についての回顧録〟は、大学内では伝説のシロモノであった。建前上、ローランド・エリオットはこの十年、ずっとその本を書き続けているのだ。とはいえ今や出版エージェントもついており、エリオットはあのシロモノが本当に出版される日も遠くないかもしれないと疑っていた。

「ローランドによろしく言ってくれたまえよ」

「了解」

コーリアンは、盛りのつくお年ごろの小娘たちを付き従えながら颯爽と立ち去り、エリオットは苦々しい笑いを嚙み殺した。

彼はそのまま建物から出ると、木々の茂る樹木苑の中を歩いた。

濡れ光る木々の天蓋《てんがい》が細い雨をさえぎり、キャンパスの物音を遠ざけている。やわらかな地面を踏みしめて近道を取るエリオットの耳に届くのは、時おりぽたりと落ちる、雨垂れの音ばかりだった。湿った大地の匂い、杉の匂いや、ゴムの木がまとうレモンのような涼しい香り。

いつものように、エリオットの車はケンブリッジ・メモリアルチャペルの後ろに停めてある。斜面を問題なく歩けるほど膝が回復してからは、ずっとそうしていた。小さな駐車スペースは、ほとんど使う者がいないため、誰かと顔を合わせる心配もない。学部の駐車場のように、生徒や同僚たちと顔を合わせたり、世間話に付き合う必要もない。

いつも通り、雨に濡れたニッサン350Zだけがしっとりと光るアスファルトの上で彼を待っていた。ロックを外し、運転席にすべりこむと、エリオットは溜息をつく。ミラーから、疲れたような灰色の目が自分を見つめ返した。

「本気か？」彼は鏡に問いかける。「何でそんなことに首を突っ込む？」

失った人生をまだ手放せないでいるからか。それとも、父親に逆らうのが面倒だからか？

両方かもしれない。

エリオットはミラーに向かって頭を振ると、イグニッションキーを回し、カーステレオのスイッチを入れた。南北戦争のテレビドラマの主題歌、ケン・バーンズの〝Ashokan《アショカン》 Farewell《フェアウェル》〟が哀愁のある響きで車内の沈黙を満たす。ぐいとアクセルを踏んで、駐車場を後にした。


「テリーについて、聞かせて下さい」

エリオットは、ポーリン・ベイカーから金ぶちのコーヒーカップを受け取りながら、そう言った。

「あっ、ごめんなさいね。コーヒーを飲む時にはクッキーがあった方がいいわよね？」

ポーリンはエリオットの向かいの豪奢《ごうしゃ》なソファに腰を下ろしかけたが、あわててぴょこんと立ち上がる。彼女は四十代、小柄、フランス人形のような整った顔立ちで、髪は、コーヒーカップのふちを飾る金色とコーディネートして染めたかのようなブロンドだ。

エリオットのなけなしの記憶によれば、彼女は二人目の〝ベイカー夫人〟だった。トム・ベイカーはエリオットの父と同世代で、大学生のテリーは彼らの一人息子。予期せぬ授かりものだったのかもしれない。

「クッキーは結構。テリーの話を」

エリオットはふたたびうながした。本題に入ろうとしない相手には慣れている。〝お客様をもてなす素敵な奥さん〟を演じている間はつらい話と向き合わなくてもすむが、腰を落ちつけてテリーの話を始めてしまえば、息子が消えたという現実をつきつけられる。少しでも時間稼ぎをしたい彼女の気持ちもわかったが、無駄な時間だった。

おずおずと、ポーリンはソファに戻る。カップが空になれば、あっという間にまたお代わりに立ち上がるに違いなかった。きちんとセットされた髪の、耳の後ろの房をなでつけながら、彼女は気が進まない様子でエリオットを見た。

「みんな、いい加減なことばかり言ってるの。テリーは自分でいなくなったりなんかしない。絶対に」

エリオットはうなずいた。

「わかりました。それが何故、警察やＦＢＩは家出だと思ったんですか？」

この問いは失敗だった。ぴょんと立ち上がったポーリンは、キッチンを目指す。

「あなた、今日はあまり食べていらっしゃらないんじゃなくて？　今すぐに――」

そのまま彼女は、バーでよく見るような白いスイングドアの向こうに消えてしまい、エリオットは先を聞き逃した。溜息をつき、彼は座り心地の悪いソファに背中を預ける。

夫のトム・ベイカーは、エリオットの父がやんちゃをしていた時代の〝お仲間〟だった。女を「シャン」だの「スケ」だのと呼んでいたような時代の話だ。現在のベイカーは弁護士として尊敬されていたが、かつての活動の名残りか、無償ボランティアとしてリベラル派の案件をいくつも引き受けていた。

もっとも、資本主義の享受にはすっかり慣れたのか、家はピュージェット湾を見下ろせる高級住宅街の丘に建ち、モノクロを基調にしたモダンなインテリア、ナチュラルな木の床に、壁はアイボリーやクリーム色の濃淡で塗り分けられている。家具はスタイリッシュでよそよそしい。抽象画がいくつか壁に吊され、作り付けの本棚には民族風の置物が飾られていた。窓のそばには仰々しいポーズをとった大理石のヌード女性が立っている。

この部屋は何というか……生気に欠けていた。

もっとも、エリオットがＦＢＩで学んだ物事のひとつは、インテリアから人間を判断はできないということだ。

キッチンのドアが勢いよく開き、チーズと様々なアレンジのクラッカーのプレートを手にしたポーリンがふたたび現れた。元のようにエリオットの向かいに腰を落ちつけると、彼女は伏せていた目でちらっとエリオットを見て、口を開いた。

「お父様が言ってらしたけど。去年、撃たれたんですって?」

そんなことがありえるのか、というような声のおののきだった。裕福さに麻痺して、普段は暴力の存在を忘れているのだ。息子が行方不明になっているという現実を前にしても、まだ実感が持てないでいる。

「任務中のことですよ。もう十七ヵ月になります」

何ヵ月前のことだろうと、ポーリンにはどうでもいいことを、何故わざわざ言う?

エリオットはばっさりと話を変えた。

「テリーの成績はどうでしたか?」

「よかったわ。優等生ランクに入ってるのよ」

「専攻は何ですか」

「法律。父親と同じ道を目指してるわ」最後の言葉を言いながら、彼女の喉が震えた。

「法律専攻では忙しいでしょう。友達について何か知っていることはありますか? どんなつきあいがあったのか」

エリオットはテーブルの上のソーサーに、カップを戻した。

鉄と大理石のコーヒーテーブルの上で、ポーリンはチーズプレートの位置を注意深く整え直している。

「テリーは、にぎやかに騒いだり出かけるのは好きじゃなかった。友達は、いるけど。人と問題をおこすようなこともない。とにかく物静かで、真面目な子よ」

そして孤独な子供。エリオットはそう思いながら、たずねた。

「ガールフレンドはいましたか？」

ポーリンは首を振り、なおもチーズプレートをぴったり完璧な位置に置こうといじっている。

「決まった子は、誰も……」

あいまいな言い方だった。

「では、よければ、覚えている名前を書き出していただけませんか。男でも、女でも、思い出せた友達は全員。最近、誰かともめていた様子はありませんか？　どんなささいなことでもいいんですが」

「ないわ」今度はきっぱりと答えた。「テリーは誰かともめたりするような子じゃない」

「わかりました。最後に彼と会ったのはいつです？」

ほんのわずか、彼女の緊張がゆるんだ。日常の会話のような、安全な話題だからだろう。

「二週間少し前のことよ。九月の二十七日。夕食をうちで食べたの。大学寮に住んでいるのだけれど、月に何回かはうちにディナーを食べにくるのよ」彼女は悲しげに微笑した。「それと、汚れ物をうちで洗ってもらいにね」

エリオットはうなずいて、先をうながした。

「その日、彼の様子はどうでしたか？」

「別に、何も」

……なるほど。

「その後、十月の一日に、テリーは姿を消したんですね」

ポーリンはぎくしゃくとうなずいた。

「それから何の連絡もありませんか？　誰からも？」

「ないの。警察やＦＢＩが、テリーが自分で失踪したと考えてるのはそのせいなのよ。誘拐なら、もう誘拐犯から要求が来ている筈だって」

「確かに」

エリオットはなるべくおだやかに言ったつもりだったが、ポーリンは既に首を振っていた。

「これだけ時間がかかる理由が、何かあるのよ。そうでしょう？　テリーが自分から家や家族を捨てて――人生を捨てて消えたなんて、馬鹿げてる。それくらいなら、何だってありえる筈よ」

エリオットをじっと見つめながら、彼女は今にも泣き出してしまいそうだった。

「あの子は自分からいなくなったりしないわ。私がどんなに傷つくか、わかっているもの。

どれだけ私が——私と夫が、心を痛めるか知ってる。そんなひどいことはしないわ」

「信じますよ」

この短い一言が持つ力を、エリオットは存分に知っていた。何度も何度も、その威力を目の当たりにしてきた。

今回も変わらず、ポーリンはたちまち落ち着きを取り戻した。

「では、身代金の要求や、書き置きや——」

「遺書もなかったわ」

「遺書もなかった、と」

エリオットはくり返した。たしかにこういうケースでは自殺の可能性は外せないが、それにしてもポーリンの言い方は、まるで誰かに息子は自殺だと断定されたことがあるようだった。誰にだろう。そしてその根拠は？

ポーリンは震える声で続けた。

「FBIの人は、たとえ誘拐犯がテリーを殺したとしても、必ず私たちに何か言ってくる筈だと……」

「ええ」エリオットは彼女の視線を受けとめた。何とも嫌な役回りだ。昔からずっと、この部分が嫌でたまらなかった。「申し訳ないが、そうした可能性は捨てられない。テリーが何らかの事故や、アクシデントに巻きこまれたということも考えなければ——」

「嫌よ」

ポーリンは立ち上がる。エリオットの言葉に背を向けて逃げ出したい衝動を、やっと押さえ込んでいるのがわかった。

「あの子は死んでないわ。私にはわかるもの。もう死んだなら、何か感じる筈よ」

彼女の手は固く握りしめられ、胸元を抑えた。

「絶対に……」

これまで幾度、エリオットが同じような言葉を聞いたことか、それは知らぬ方が彼女の幸せだろう。一日すぎるごとに子供が無事に帰ってくる可能性は下がっていくが、彼らの場合はまだ三週間だ。三年ならまだしも、三週間であきらめる親などどこにもいない。

エリオットは、低くおだやかな調子を保ちながら、続けた。

「ただ、あらゆる可能性を考慮する必要があるんです。どんなものでも」

ポーリンは首を振ったが、とにかくまた腰を下ろす。

「わかってるわ。ただ……警察やＦＢＩからは、そんな話ばかり聞かされてるの。今は逆側から見てくれる人が必要なのよ。私たちの味方、テリーの味方の側から。あなたがもうＦＢＩで働いていないのは知ってる——ローランドが話してくれた。でもあなたは、こういうことには経験がおありでしょう？　何がしかのものはお支払いできます。コンサルタント料とか何とか、名目はどうとでも……あなたのお好きなように」

「そんな必要はありませんよ」

「お支払いさせて下さい。私から……私たちから」

私たちとは自分と夫か、それとも自分と息子のテリーのことだろうか？　どうでもいいことだ。それにエリオットは彼らから金を受け取る気はない。考えるだけで気が重い。

「とにかく、力になります」エリオットは彼女を落ちつかせた。「ただ、わかっていてほしいのですが、何も保証はできません。それに私には、警察やＦＢＩの捜査情報を得るようなツテもありません。実際のところ警察は全力を尽くして捜査しますし、はたから見ると納得できない部分もあるのはわかりますが、充分な能力を持っているんです」

「そうね」ポーリンは、エリオットの意見をあっさりと右から左へ流した。「でもあなたが助けて下されば、私たちも心強いわ。それに私たち、あらゆる助けがなくては……」

彼女の声が崩れた。きつく握り合わせた両手指を見おろす。

こんなことに関わるのは、まちがいだ。

エリオットにははっきりとわかっていた。自分の人生すら、まだ一から組み立て直している最中なのだ。誰かの人生の穴を取り繕ってやるような余裕はどこにもない。わかっていたが、それでも勝手に口が動いていた。

「わかりました。精一杯、やってみましょう。ＦＢＩの捜査担当者は誰です？」

「ランス特別捜査官よ」

ポーリンの言葉が切れた後、続く沈黙の中、エリオットは飾り棚の時計が刻む残忍な針の音を聞いていた。

チック、タック。

チック、タック……。

心臓がとまったようだった。それでもありがたいことに、時計は時を数えつづけるのをやめない。

エリオットは、そっとたずねた。

「タッカー・ランスですか?」

「上の名前までは……大きい人よ」ポーリンが細い肩幅より大分広げた両手で、幅を示した。「髪は赤かったわね。目は……青?」

「彼だ」

エリオットの口の中は砂漠のように乾いていた。心臓は大きくねじれ、それからやっと鼓動を打ち鳴らし始める。直感を信じるべきだったのだ。この件に関わるのが大間違いだとわかっていた筈だ。案の定、その勘はこれ以上ないタイミングで真実に化けた。

「彼は、どうなの?」

ポーリンが心配そうにたずねる。

それには嘘をつかずにすんだ。

「腕利きですよ」

仕事に関してなら、まちがいなく。人間相手の腕前は……いい時は最高。だが、悪い時は……決して関わり合いになってはいけない相手だ。

——昔の恋人に、聞いてみるがいい。

3

ドアベルが鳴った時、エリオットはシアトル支局の元上司に電話しながら、彼女の親切心をたよっている最中だった。支局責任者のテレサ・モンゴメリー担当特別捜査官と彼は、いつでも馬が合った。だが、エリオットのキャリアは終わり——はなばなしくも悲惨な終わり方だったとは言え——今の彼は部外者だ。ＦＢＩは、外部からの干渉を嫌う。たとえ彼らの一員、いや過去の一員からであっても。

意外なことに、モンゴメリーの気持ちを動かしたのは親切心ではなく、エリオットとタッカー・ランスのかつての〝関係〟の方だったらしい。

エリオット自身がそれを匂わせたわけではない。事実、テレサ・モンゴメリーが彼女らしくもなくためらいがちに言った時、エリオットは愕然としたほどだ。

「以前のあんたたちの関係を考えれば、ランスには相手が誰か事前に知らせない方がいいだろうね……あんただと知らない方が、家族と捜査当局の連絡役を置くことにも賛成しやすくなるだろうし」

本日、第二位の衝撃。堂々のトップは、タッカーとまた顔を合わせるのだと悟った瞬間だ。

二人の〝関係〟について、どこかの時点でタッカーは上司のモンゴメリーに真実を打ち明けていたらしい――エリオットはそれがどうにも受けとめきれない。どんな状況に置かれてそんな事態に至ったのか、完全に想像を絶しており、彼はただ言葉を失っていた。

モンゴメリーはその沈黙に気付いた様子もない。

「まあ、今回のことにはいい面もなくはない。こっちの仕組みも苦労も知らない相手と組まされるよりはマシだ。もうわかってるだろうが、被害者の家族は、ハナからこっちの捜査に不信感を持っていてね。父親のトム・ベイカーは顔が広いし――元革命活動家としての過去をお持ちだが、当人はその過去のせいで我々が息子の捜査に関して手を抜いている、と思い込んでいらっしゃるようだ」

通訳すると。モンゴメリーは、今回の捜査がなかなか実を結ばないことについて、上の方から叱責を受けている。

「この事件にはもう時間の余裕がない」

エリオットがそう言うと、モンゴメリーは溜息をこぼした。

「ああ。タッカー・ランスとのミーティングをタコマのオフィスでセッティングしておくよ。〝被害者家族に雇われた経験豊かなコンサルタント〟については、名前を伝え忘れるとする」

「すみません」

「タッカーは、あんたにも、私にも怒るだろうねえ。ひとつ貸しだよ、ミルズ」

「わかってます。恩に着る」

エリオットの耳にまたドアベルの音が届き、彼は反射的に肩ごしに視線を送っていた。正面玄関のドア、中央にはまっている長円形のステンドグラスごしに、ポーチで待ち続ける立ち姿がぼんやりと見てとれる。応答を待っているということは、小包ではない。

モンゴメリーの声には、珍しくおもしろがるような響きがあった。

「礼は早いよ。あんたを見て、タッカーの奴が何て言うかねえ。後からこっちをうらむんじゃないよ」

まったく、一言もない。

エリオットは彼女に重ねて礼を言ってから、電話を切り、玄関ドアに向かった。

スティーヴン・ロケ、このグース島での一番のご近所が、両足をのしのし踏みならしながら、両手に息を吹きかけて待っていた。

エリオットがドアを開けると、スティーヴンが声をはりあげた。

「お、そ、い、ぞ！」

「雨ごい祈祷師《きとうし》か？」エリオットがあしらう。「足りてるぞ。余るほど降ってる」

「ああ、おもしろい、おもしろい」

ずかずかと上がり込んできたスティーヴンを、エリオットは仕方なくキッチンまで先導した。

「ほんとさっむいのなんのって」

スティーヴンはエリオットより一つか二つ年上だ。中背だが、体つきはがっしりしている。ぱっと見サーファーかと思うような金髪と日焼けの肌で、だがその実態は犯罪のノンフィクションライターなのだった。ここのところ、彼は一九三六年に誘拐されて殺された十歳のチャールズ・マットソンの本に取りかかっている。

「十一度だが」

エリオットは気温を指摘する。

「雨の日は別格さ」

スティーヴンがそう答え、エリオットは笑った。

スティーヴンはたかり屋だし、苛々させられる男だ。だが彼は過去の数ヵ月、エリオットが話相手に飢えている時に友人になってくれたのだった。おもしろい男だし、風向きがいい時は一緒にいても楽しい相手だ。

ちょっとした警官オタク、しかも――疑いの域を出ていないが――彼には隠れゲイの気配もあった。色々あるが、しかしまあ、贅沢の言える身分ではない。あの銃撃の後、エリオットは昔の友人や同僚たちを自ら遠ざけた。彼らのそばにいるのはあまりにも耐えがたい痛みだった。

そして今や、このスティーヴンこそが、〝お友達〟に一番近い存在なのだ。

「ワインでも飲むか？」

エリオットは御影石《みかげいし》のカウンターの向こう側、キャビネットの中に作り付けられた木格子のワインラックに足を向けた。キッチンの窓は、松林の上を眺めて、丘の斜面に建つ何軒かのキャビンの屋根を見下ろしている。長くするどい松葉が、青ざめた黄昏《たそがれ》の色を映していた。

「熊がハチミツを断るか？」

「毒が入ってれば、多分」

エリオットはロペス島のメルロー、地元のブドウ園とワイナリーで作られた一本を選んだ。彼がコルクを開けている間、スティーヴンは田舎風の古いテーブルの前ですっかりくつろいでいる。

「本の調子はどうだ？」

「聞くなよー」

そう言いながらも、スティーヴンは結局そのまま、本の執筆について事細かな愚痴をこぼしはじめた。

エリオットは彼にワインのグラスを渡す。スティーヴンはなおもしゃべりつづける。

上の空で聞き流しながら、エリオットはワインを一口飲み、ひとつかみのシュリンプの剥き身を洗って水気を拭った。スティーヴンが書いているような迷宮入り、つまりコールドケースについて、彼はあまりなじみがない。ＦＢＩは五十年たってから幼いマットソンの件に手をつけたが、何の結果も出てはいない。

「おお、ここからでもいい匂いがするぜ。夕飯は何だい？」

己の苦悩を語り尽くしたらしく、スティーヴンが飢えた猟犬のように宙で鼻をうごめかせた。

「グリークシュリンプとリーキの炒め物」

「シュリンプがギリシャ《グリーク》生まれだって名乗ったのか？」

「笑える」

その時、電話が鳴り、エリオットはハーブとクスクスを混ぜていたボウルを置いて受話器を取った。

「ミルズだ」

ぶっきらぼうに名乗る。十七ヵ月たってなお、いまだにＦＢＩのように電話に出ている。そろそろこれも何とかしなければ。「もしもし」とか何とか、そんなふうに出るとか。

「エリオット？　私……ポーリン・ベイカーよ。ご自宅に電話してはいけなかったかしら……」

彼女の声は緊張に揺れていて、エリオットは言葉をやわらげた。

「やあ、ポーリン。どうかしましたか？」

ポーリンがどれほど追い詰められているかはわかっているつもりだが、それにしてもまさか、たかが数時間で何かの成果を期待して電話してきたわけはあるまい。多分。

「あの……私、さっきは、全部本当のことを言ったわけじゃなくて。ごめんなさい。それで、知らせておこうと思って……あなたの捜査の役に立つかもしれないから」

意外な話だった。

「続けて」とエリオットはワイングラスを取り、残りを飲み干した。

スティーヴンが立ち上がってワインボトルをひょいと掲げたが、エリオットは首を振る。いまだに鎮痛剤が必要な夜もあるし、酒と鎮痛剤は食い合わせがよくない。スティーヴンは自分のグラスにワインを注いだ。

ポーリンが続けた。「テリーの友達についてお聞きになったわね。テリーにガールフレンドがいたかどうか？」

そこで言葉が途切れ、エリオットはうながした。「いたんですか？」

「いいえ、いなかったわ。そうじゃないの。テリーはゲイなの」

「ゲイ」

エリオットはまるで初めて聞いた言葉をくり返すように、おうむ返しにしていた。

「ええ。彼はカミングアウトして……私と夫に。この夏のことよ。それが、その……」彼女の声が震えたが、持ちこたえた。「本当にショックだった。みんなショックを受けたわ。夫は特に、受けとめることができなかった。息子がゲイであってほしいと願う親なんていないわ、わかるでしょう？」

そう言われても、エリオットにはさっぱりわからなかった。彼自身は子供がいたことも、ほしいと思ったこともなかったし、彼の両親はエリオットがゲイであることについては大らかで寛容だった。その父が、エリオットがＦＢＩで働くと決めた時には、勘当してやると脅したものだが。

父、ローランドはエリオットについて、多少の個人情報をポーリンに伝えていたらしく、ポーリンが焦った様子で言葉を重ねた。

「気を悪くしないで。ただ、私が言いたいのは……家族の間がちょっとぎくしゃくしてたってことなの。でもそれは、そんな変なものじゃないから、その……」

だから夫が犯人だとか思わないで下さいね——エリオットは皮肉っぽく言葉の後ろの沈黙を埋めた。

「わかりました。テリーには誰かつきあっていた相手がいましたか？」

「いたわ。それほど真剣じゃなかったと思うけど、つきあってるみたいだった。ジム・フェダーという名前の男の子よ。大学の学生の」

「警察やＦＢＩにこの話をしましたか？」

「いいえ。夫が、不適切なことだと言って……家庭内の問題だと」

まったく。捜査の糸が一本、根元から切られていたことになる。息子がゲイだと知られたくない、そんな父親の身勝手だけで。信じがたい。珍しいことではないとは言え。

エリオット自身、似たようなケースを何度も見てきた。まあタッカーのことだ、父親の愚かな嘘などお見通しかもしれない。だから、テリー・ベイカーが自分から失踪したと結論づけたのだろうか？　親からのプレッシャーは、子供が自殺に走る大きな要因になる。

「知らせてくれて助かりました、ポーリン。これで調査の範囲を広げられる」

「そう思って。だから、あなたに電話したの……」

彼女は泣き出し、それから謝り始めた。

「いいんですよ」

エリオットは反射的に彼女をなだめる。

少したつと彼女は落ちつきを取り戻し、また謝ってから、礼を言って電話を切った。

「今のは？」

そうたずねたスティーヴンは、ワイングラスのふちの向こうから緑の目でエリオットをじっと見つめていた。

エリオットは彼の存在をきれいに忘れていた。

「何でもない。親父の友達が、子供のことでちょっとあってね」

「いつからトラブルカウンセラーにくら替えしたんだい？　それにＦＢＩがどうとかって、何の話だ？」

ネタを求める小うるさい作家の顔になっていた。スティーヴンは元々、エリオットの昔の事件に興味津々で、話を引き出そうとしつこい。それも出来る限り凄惨なやつを。エリオットは毎回、人のことに首をつっこむなとその質問を払いのけるのだったが。

今回の質問も無視して、エリオットはフライパンを火にかけた。

「夕食を食っていくつもりが？」

「ご招待、ありがとう」

スティーヴンはご機嫌で答えた。

まだ最前線のＦＢＩ捜査官だった時、エリオットはシアトル支局で働いていた。タコマのオフィスにもそれなりのなじみはあったし、たとえそうでなくとも、中の作りにさしたる違いがあるわけではない。どこも似たようなものだ。

タッカーとの対面にそなえ、エリオットはたっぷりと時間の余裕を持って到着した。

タッカーが昔のままなら、指定時間の四分ばかり前につかつかと建物に入ってくる筈だ。滅多なことで遅れるような男ではないが、待つような無駄もしないのだ。エリオットの方は早く到着して、準備万端整えるのを好んだ——今日は特に、虚を突いて先手を取る必要がある気がしてならなかった。

鬱陶しいことに、体のあちこちに、緊張があからさまだ。脇の下は汗びっしょり、心臓がドキドキして、首にくいこんだネクタイで息がつまる。歩き回りたい衝動を押さえ込み、エリオットは何とか座っていた。

素っ気ない会議室、傷だらけのテーブル。

深呼吸をゆっくりと吐き出し、防音用の天井の無数の黒点を見上げた。

タッカーと、最後に会ったのは——。

いや、駄目だ。思い出すのは愚かなことだ。特に今この時、相手の縄張りで、対決が待ちかまえている瞬間に。

それに、見方を変えれば何でもないことかもしれない。確かに二人の仲は破綻したかもしれないが、だがそもそも、うまくいくなんてどちらも思っていなかった筈だ。

互いにのめりこむ前に、二人が友人だったなら、まだマシだったのかもしれない——だが残念ながら現実は違った。二人は友人ではなかったし、仕事のやり方もかけ離れていたし、仕事以外に何か共通の話題があるわけでもなかった。タッカーの趣味は船でのセーリングと、友達とすごすポーカーの夜。エリオットの趣味はロッククライミングと、ミニチュア模型を使った戦略ゲーム。これでどうやって楽しみを共有できるだろう？　二人の夜以外。

夜と、セックス。この上ない——。

エリオットは、うなじから首すじをたどっていく、タッカーの唇の意外なほどの優しさを鮮やかに思い出していた。下へ、たどってずっと下へ、腰の後ろまで……タッカーが、その大きな手の中に、エリオットの勃起を握りこんでいる。

（どうしてほしい、エリオット？　言ってみろよ、その口で……）

記憶の中の感触に応えるように、エリオットの股間が物欲しげな熱を帯びた。

バン、と会議室の扉が開け放たれる。エリオットははっと立ち上がり、壊れた膝にいきなりかかった負荷をこらえた。

タッカーが大股に歩み入ってくる。

彼はすべてを圧するかのように見えた。この男はいつでもそう見えた——何者をも圧倒するかのごとく。ただ歩いて入ってきただけで部屋中を気配が満たし、同時に空気が半分薄く

なったように感じられる。エリオットはこれほど〝場所を占める〟――比喩的な意味で――男を、タッカー以外に見たことがない。

FBI特別捜査官、タッカー・ランス。

数秒前の自分の考えがどこに向かっていたかに気付き、たじろいで、エリオットの口調はぶっきらぼうなものになった。

「やあ、タッカー」

タッカーが足を踏み出しかかったまま、凍りついた。

ファイルをつかむ指に力がかかり、関節が白くなる。タッカーの瞳――模型愛好家の間では〝プルシアンブルー〟と指定される色だ――が、氷点下に凍りついた。

「悪い冗談か？」

打ち解けた声とは言えない。

「ご挨拶だな」

タッカーは、室内をちらりと見渡してから、まるでカメラを担いだ〝FBIドッキリ班〟を探そうとでも言うように自分の背後を見た。それからエリオットに向き直る。もうすでに、冷静さを取り戻していた。

抑揚のない口調を向けてくる。

「元気そうだな、エリオット」

まあ不意打ちのアドバンテージがいつまでも続くとは、エリオットも思っていなかったが。

「ありがとう。そちらも健やかそうで、何よりだな」

健やかそうで、だと。下らないドラマのセリフでもあるまい。エリオットはどうにか挨拶に片手を差し出した。

握手に応じようともせず、タッカーがその手にファイルフォルダーを突き込む。

「成程、ベイカー夫妻が雇ったコンサルタントはお前か」それは、質問ではなかった。

「ああ、そうだ」

タッカーが唇のはじを持ち上げた。

エリオットは何とか苛立ちを抑えようとした。問いただしたいことは色々あるが、そこから始まる口論は、まちがいなく二人の取っ組み合いで終わることになる。ぐっとこらえて、彼はテーブルにファイルを叩きつけるように置いた。

「結構。始めようか」

「だな」

タッカーはテーブルの逆サイドから椅子を引っぱり出した。

エリオットはふたたび腰をおろすと、ファイルを開いた。時間稼ぎにすぎない。タッカーが青い目でエリオットを焼き殺さんばかりに凝視している前で、心静かにファイルを読める筈などなかった。だがページを何回かめくって読むふりをする。待たされているタッカーが苛立つだろうことはわかっていたし、それが主な目的でもあった。

何が皮肉と言って、タッカーの、まるで自分は怒って当然だとでも言いたげなその態度だ。まるで、傷つけられたのは、エリオットではなく自分であるかのように。

四十秒ばかりページをぱらぱらやっていると、タッカーが同じように抑揚を殺した声で言った。

「こいつはモンゴメリーの差し金か？」

「モンゴメリーの差し金？」おうむ返しにした声はエリオットの努力を裏切り、いくらかの敵意をおびていた。「お前はテリー・ベイカーの件の担当責任者だし、俺はあの家族にたのまれたコンサルタントだ。何か協力できない理由があるとでも？」

ありすぎるほどだ。どちらも知っている。

「俺は部外者と働くのが嫌いでな」

容赦のない返事はエリオットの深いところを刺したが、エリオットは何とかにこやかに応じた。

「相変わらず、いい性格をしているようだな」

タッカーの顔が赤らんだように思えたが、色むらのある彼の肌の下で、実際のところはわかりづらい。とにかく彼は座る位置を変えると、それ以上の衝突もなく、エリオットに事件の流れを説明した。簡潔で小気味のいいまとめだった。

エリオットは口をはさまずに聞いていた。

まとめてみると、この件に関して判明している事実はあまりも微々たるものだった。十月一日の夜、テリー・ベイカーは大学内のキングマンライブラリーで勉強していた。十一時三十分、彼はルネサンス哲学の本の貸し出し手続きを行ってから、図書館を出て、そのまま行方知れずとなった。図書館から寮までのどこかで、テリーは消えたのだ。車は生徒用の駐車場に停められたまま残されていた。事件をうかがわせる痕跡はどこにもなかった。彼を覚えていたのは本の手続きをした司書だけで、ほかは誰も、彼を見たことすら覚えていなかった。寮のルームメイトは、ベイカーの様子について「いつもと同じさ」と証言した。

「いつもと同じって、どういうふうに？」

エリオットが問いながら顔を上げると、タッカーも彼を見つめていた。

「物静かで、真面目。礼儀正しい。周囲に好かれていなかったとは言わんが、誰もテリー・ベイカーを親しい友達とは見なしていなかったようだ」

「母親の言ってた通りだな。ベイカーはゲイだったんだ。知ってたか？」

タッカーの目が鋭くなった。「疑ってはいた。だが証拠が出なかった」

「夏に、親にカミングアウトしたんだそうだ。父親には大きなショックでね。夫妻は、このことは秘密にしておこうと思ったんだ」

「やっぱり、あのガキは自分でどっかに消えたんだろうな」

「厳密に考えれば」エリオットは言い返した。「彼が自ら失踪したなら、少なくとも自分の車に乗っていったと思うがね」

「誰かの車に乗せてもらったのかもしれないさ」

「俺はそうは思わな――」

「そうは思わないだと？」タッカーの声は、ギリギリ押さえ込んだ敵意に満ちていた。「たった五分、事件に首をつっこんだだけで知ったかぶりか。じゃあ一体何があった。誘拐か？　貴様がしばらく捜査とご無沙汰なのは知ってるが、いくら何でも、大の男が大学の構内でほいほい誘拐されたりなんて滅多にないってことくらいは覚えてるだろ？」

エリオットは冷たい視線を送った。「俺が言いたいのは、テリーが自殺したとか、そういう方面の可能性だよ」

タッカーは椅子に戻る。「……かもな。ルネサンス哲学の本を一学期中読んでれば、誰だって死にたくもなるだろうさ。だが、死体はどこだ？」

エリオットはテーブルの表面を指で叩きながら考え込んでいたが、首を振った。

「だろ？　そいつが問題なのさ」それからタッカーは嫌そうにつけ足した。「ベイカーの親父が息子と対立してたのなら、構図ががらっと変わるがな。検討しておく」

「あと、ボーイフレンドな。また容疑者が増えたぞ。父親との対立と合わせて、自殺の動機にもなり得る」

「ボーイフレンドだと？」

タッカーは不機嫌に、はあっと息をついた。

「ふざけんな。二週間早くわかってりゃ――」途中で言葉をとめる。

「そうだな」エリオットはあたりさわりなく相づちを打った。タッカーの言いたいことは理解できたし、気持ちもわかった。「監視カメラの映像はどうだった？」

「何もなしだ」

「何ひとつ？」

「あのガキが図書館から歩いて出ただけだ。誰も後をつけてはいない。大学構内で、監視カメラがあるポイントは限られてる。テリー・ベイカーはカメラの範囲外に歩いていった、それが最後だ」

「彼のパソコンは確認したか？」

「ノートパソコンは一緒になくなってる。携帯電話もだ」タッカーはペンとノートパッドを取り出した。「ボーイフレンドの名前を」

「ジム・フェダー。同じ大学の学生だ」

眉をひそめ、タッカーは考えをめぐらせていた。「こっちの捜査には上がってない名前だな」

「気になるね。つるんでいたなら、普通はテリーがどこに消えたのか聞いて回るもんだろう。質問をして回れば、誰かが彼を覚えてた筈だ」

「聞くまでもなくテリー・ベイカーの居場所を知っているのかもしれん。でなきゃ当人も消えているのかもな」

そう言いながら、タッカーの目がエリオットを貫く――あまりにも青く、強いまなざし。エリオットの内で何かが呼び覚まされかかる。昔のように。

「……見つければわかるだろ」

タッカーはまだエリオットを見つめていた。表情はまるで読めない。エリオットは、宙に漂うままの自分の言葉をふたたび聞く。――見つければわかる。

どういうわけか、いきなり、事件とは何の関係もない会話を交わしているような錯覚にとらわれた。

だが、その一瞬はすぎさる。

タッカーは時計をちらりと見やって、ゆったりとした動作で立ち上がった。

「見つけたところで、とっくにわかってたり、わからないままにしといた方がマシなことだったりするもんだがな」

4

「食ってみろ」

ローランドが、ティスプーンにとろっとした白い塊をのせて差し出した。

エリオットはそれを口に含み、目をとじて味わった。繊細で、バターのこくを感じさせるチーズが舌の上に溶ける。ぱちっと目を開けた。

「へえ。これは？」

「マスカルポーネチーズだよ。それでリガトーニにかけるマッシュルームクリームを作る」

満足げに、父親はレンジに向き直った。

二人がキッチンでくつろぐバンガローはローランドのもので、シアトルから車で十分ほど離れた、洗練された古い街並みのバラード地区にあった。エリオットが育った家だ。寝室の床はつやつやした竹、自然の岩で作った暖炉もあり、家の前と背後には静かな庭がひろがっている。

だが母がひき逃げ事故で死んでからの数年は、エリオットにとってここは、訪れるのも辛い場所だった。

その頃は、父とも大学構内やどこかのレストランで会おうとしていたものだが、やがてはそれも乗り越えた。この家はもう、失われた声のこだまや聞こえない笑い声、いなくなった足音が響く場所ではない。痛みを覚えることなく楽しい日々を思い返せるようにもなった——。

とは言え、やはりエリオットには父が理解できない。二十四年つれそった妻とすごしたその寝室で、同じベッドで、どうやって毎晩眠れるものなのか。

まあ、しばしば、父の価値観はエリオットの理解を越える。お互い様ではあるのだろうが。

父が正確な手つきで素早くマッシュルームを刻む姿と、青いデニムの下で力強い肩が動くたびにゆらっと揺れるポニーテールを何とはなしに眺めながら、エリオットはたずねた。

「トム・ベイカーについて教えてくれないか？」

さっきからローランドは、地元の芸術家グループらのお先真っ暗な経済状況について辛辣《しんらつ》に指摘していたのだが、正直なところエリオットはろくに聞いていなかった。エリオットの意識のほとんどはまだ、タコマのオフィスでのタッカーとの短くも不愉快な対面で占められていた。

本当に、心底、タッカーのことは考えたくもなかった。考えるのは、二人の、濃密だがつかの間の関係の、燃え尽きた灰をわざわざふるいにかけ直すようなものだ。もっとも、共和党員や不景気、芸術助成金の廃止について父が吐き捨てる愚痴に耳を傾けたところで、エリオットの気分が格別盛り上がるわけでもない。

腹立たしいのは、タッカーと数分しゃべっただけで、あまりにも自分の気持ちがかき乱されていることだった。

一年と続かなかった関係にしては、思い出すことが多すぎる。正確を期すならば、三カ月と続かなかった関係だ。何かの〝関係〟と呼んでいいのかどうかすら疑わしい。現実的に見れば、自分たちにあったのはただの肉体関係でしかない——そうだろう? だから、エリオットが銃撃犯の追跡中に弾丸をくらった後、もはや二人の間をつなぐものは、何ひとつ残っていなかったのだ。

仕事だけが、二人の唯一の共通点だったのだから。

——それと、ひねくれたユーモアセンスと。

加えて、ニッサンの車とピザへの愛着。

後は……セックス。

あれこそ——そう。……またここで、一番思い出したくないことを思い出しては堂々めぐりしている。

「トムはいい奴さ。気のいい連中の一人だ」

ローランドが、マスカルポーネチーズを泡立てながら答えた。レンズ豆のサラダを、リガトーニに添えるのだ。エリオットの料理好きは父親から受け継いだものだった。野菜中心の皿ですらローランドの腕前にかかると食欲をそそるものに仕上がったが、とは言えエリオットはベジタリアンに宗旨替えする予定はない。彼に言わせれば、今夜のディナーを完璧にするには、ポークチョップかラムチョップを付けるべきである。

父の淡い瞳を見やると、ローランドがうなずいた。「あいつには気性の激しいところもある。それは否定しないがな」

「どのくらい激しい？」

「息子を殺したのはあいつじゃないぞ」

エリオットはいくつかの応答を考えた。結局、無難に落ちつく。

「父さんが俺をこの一件に巻きこんだ、ってことは忘れないでくれよ」

「忘れてないさ。だがお前がトムを容疑者として考えているのなら、全員の時間を浪費することになるからな」

「トムが〝いい奴〟だから？」

「あいつは自分の子供を殺したりはしないからだ」

エリオットは数秒、父親を眺めた。彼らの間にある違いは肉体的なものだけではなかったが、その肉体的にも、一見して二人を親子だと見抜くのは難しいだろう。ローランドは中背でまるで小さな雄牛のようにがっしりとしており、髪は茶色で、たくわえているひげはこの数年でようやく白くなってきた。エリオットの方は母に似て、背が高く細身、母と同じ黒髪と灰色の目を持っていた。さらにまた、彼女からほどほどの現実感覚も——父はそれを〝皮肉屋の悲観主義〟と呼んだが——受け継いでいた。

「それでも」エリオットは淡々と言った。「人はカッとなれば相手を殴ることもあるし、人間の体はいざとなると脆《もろ》いものだよ」

まさにその脆さの証明——彼の片膝は、急速にしのびよってきた雨の気配でずきずきと痛み出していた。

さすりたい気持ちを抑える。膝に注意を引きたくはなかった。生涯のほとんどを政府との戦いに費やしてきたローランドにとって、その政府の職務によって一人息子の足が駄目にされた事実は、何よりも腹立たしいことなのだ。

「子を殴る時には、誰でも手加減する」

ロバートはそう信じている様子だったし、エリオットはそれに対して、無数のむごたらしい例外を引っぱり出してくるだけの冷酷さも、余力も、持ち合わせてはいなかった。

かわりに、彼は言った。

「あの子供——テリーは、ゲイだった。父さんは知ってた?」

「知ってたかって?　いや。テリーと最後に会ったのも……せいぜい、十四、五の頃だろ。

まあそう聞いても驚きゃしないがな」

ロバートがエリオットと視線を合わせて、微笑した。

エリオットは大学院に進むまで、ゲイであることを断固として隠していた。だがやっと両親にカミングアウトした時には、十四の時から両親にゲイに違いないと見抜かれていたのがわかっただけで、この上なくきまりが悪かったものだ。

「ポーリンは、トムにとってそれが乗り越えがたい問題だったようだと」

「そうかもしれんな」ローランドはおだやかに、「誰しもそれぞれ、心には引っ掛かりを持つものだ。残念ながら、トムにとっては性的な事柄がそれでな。いつも生々しいぶっちゃけ話になるとピリピリしてたもんだ」

「ぶっちゃけ……」エリオットはそこは流すことに決めた。「そうか。つまりトムは、息子の性的指向に対して納得がいっていなかったと。そのことが、家族間にどんな軋轢《あつれき》を生んだと思う？」

ローランドは、クレミニマッシュルームとボタンマッシュルーム、シイタケを鍋に放りこみ、エシャロットとニンニクを加えた。乳白色のガラス製ソルト・ペッパーミルに手をのばす。「家族団欒《だんらん》はいくらかぎくしゃくしただろうな」

「俺は、それがあの子の自殺の原因になった可能性もあると思う」

「それは考えたくないな」

だが自殺という言葉を聞いても、ローランドはそれほど驚いた様子を見せなかった。

「俺もそうじゃないと思いたい。だけど……俺がここまで聞いたところによると、あの子は努力家で優等生、しかも完璧主義者だった。そんな子にとって、両親の失望は辛かった筈だ。勿論、憶測するにもまだ早すぎるが、可能性は捨てきれない」

ローランドはうなずいた。「わかってるさ。ポーリンもトムもそんな可能性を受け入れないだろうが……俺も教壇に立っていた頃、両親の愛情が時にどれほど子供を傷つけるか、嫌と言うほど見てきた」

「トムの癇癪《かんしゃく》のことだけど……彼はいわゆる、寛容なリベラル派ってやつだと思ってたんだけど？」

ローランドがニヤッとした。

「まあな。だがいくらか遡れば、俺たちみんな、敵対する相手に寛容さなんて持たなかった時代もあるもんでな」

「ポーリンは？」

エリオットは、たまたま父親の顔に視線を向けていた。結果としてその瞬間、突如として反応を隠そうとした父のかすかな表情の変化と、その頬にうっすらとのぼった血の色に気づいた。まじまじと見直すのだけは、すんでのところで自制した。

「ポーリンが、何だ？」

「彼女はどんな人？」

「彼女は……繊細で、快活だ。少し、脆いところもある」

エリオットの錯覚ではない——父は、ポーリンが好きなのだ。それもかなり。

親友の妻を？　率直で落ちつきがあったエリオットの母とポーリンとではあまりにタイプがかけ離れていて、すぐにはピンと来ない。

「かなり若い奥さんだよね？」

エリオットは短くたずねる。

ローランドが彼の目を見た。

「彼女は、トムの法律事務所の事務員だったのさ。トムがパトリシアと離婚した後で、二人は恋に落ちた。結婚した時、ポーリンのお腹にはテリーがいたんだ」

「やるもんだね」

ローランドがエリオットに投げた視線は苛立ったもので、エリオットは自分の口調があからさまに皮肉っぽかったと悟る。大体、何が問題なのだ？　たとえ父が誰かとの再婚を言い出したところで、彼が口出しできたことではない。十年は、ただ嘆いてすごすには長い——たとえそれが、最愛の者への嘆きであったとしても。

エリオットの母ジェシーの前にも、ローランドは二回結婚している。父は女性が好きだ。結婚も好きだ。

エリオットは口を開いた。

「息子の失踪を心配してたのはトム・ベイカーじゃない、だろ？　俺に相談したのは、ポーリンの考えだ」

「お前に相談したのは俺の考えだ、覚えてるだろ。トムだって心配してる筈だ。だがあいつは感情を率直に出すタイプの男じゃないのさ。あいつにとって残念なことに、息子との間には溝もあった」

ローランドはエリオットの顔をじっと眺めた。

「お前は、ポーリンの心配には根拠があると思うか？　それともこの失踪は大したことじゃないと考えているトムが正しいのか？」

エリオットは、気が進まないまま答えた。

「心配した方がいいと思うね」


その夜遅く、グース島の自宅の二階、くたびれた体で快適なダブルベッドにもぐりこんだ後になって、やっとエリオットにはタッカーとの対面を詳しく思い返すだけの心の余裕が出てきた。

体をのばすのは心地いい。フランネルのシーツは肌にやわらかく、シダーが香った。同時に、タッカーのヨットで一夜の航海に出た時の、思い出したくもない記憶が呼びさまされて、心がざわつく。

この瞬間、あらゆるものが彼にタッカーを思いおこさせた。

白いストライプが入った茶色の羽毛布団の上にファイルを放ると、エリオットはノートパソコンを立ち上げ、重ねた枕にもたれかかった。後頭部で手を組んで上を見上げ、松の梁《はり》がむき出しになった天井の節穴を見つめる。

いい面を見るならば、最悪の展開は免れたとも言える。タッカーが、エリオットへの協力をきっぱり拒むこともありえたのだ。支局担当特別捜査官のモンゴメリーから直接命令された以上、それは難しいか。だがそれでも、エリオットを見た不愉快なショックから立ち直った後のタッカーは完全なプロだったし、率直だった。ありがたい話だ。

なのにどうしてエリオットの心が、この数ヵ月なかったほど沈んでいるのだろう？

雨の痕《あと》が星のように散った窓の向こうへ、エリオットは視線をさ迷わせ、キャビンを取り巻く松の木々の高い影を眺めた。あれ以上の、何を望んでいたというのだろう。タッカーは事件のファイルのコピーを渡してきたし、概要も説明したし、何か進展があったらエリオットに知らせると――渋々ながらも――承知してくれたのだ。

この感情の乱れは、もしかしたらタッカーや二人の関係の終わり方のせいではなく、エリオット自身の中にある虚しさや無力感から来るものなのかもしれない。テリー・ベイカーが行方不明だと聞いたまさにその瞬間、エリオットは嫌な予感を覚えたのだ。なじんだ勘が、この事件はきっと辛い結末を迎えると囁いている。

以前ならば、事件のすべてを完璧に解決することなど不可能だと、わかりきっていることを己に言い聞かせたものだ。持てる力を尽くし、救える者を救うだけだと。だがもはやテリー・ベイカーの一件は、エリオットにとってひどく個人的なものに感じられてならなかった。父からの期待に応えたいという気持ちもネットに積み重なっている。父がエリオットに助けを求めたことなど、覚えている限り今回が初めてだ。

だが、この事件の先にあるのは誰にとっても幸せな終わり方ではないかもしれない——エリオットはそれを怖れてもいた。

嫌な感覚を振り払い、彼はノートパソコンに手をのばした。

テリー・ベイカーとは、一体何者か？

グーグルの検索は虚しく空振りした。ネットには無数のテリー・ベイカーがいたが、PSUことピュージェットサウンド大学に在籍中のテリー・ベイカーはいなかった。フェイスブックにも、マイスペースにも、ツイッターにも。まさにプライバシー保護という言葉を体現したような学生だ。

もしくは……被害妄想的な？

エリオットはネット検索をあきらめ、タッカーのメモにざっと目を通した。短く、簡潔にまとめられている。タッカーの得意分野だ。ニュアンスに敏感な男ではないが、滅多に――おそらく決して――重要な核を見のがしはしない。見上げたものだった、実際。

彼とタッカーが同じ事件で働いたのは、ほんの数回だけだ。仕事のパートナーだったこともない。どちらもお断りだっただろう。

エリオットはヘイトクライムを含む人権侵害事件の捜査が専門だったし、タッカーは大きな強盗事件や暴力的な犯罪を捜査していた。一緒に働いたいくつかのケースでは、タッカーの強引で直接的な捜査のやり方に感心させられたものだ。巧妙とは評しがたいところもあるが、効果的だった。エリオット自身のやり方よりも乱暴だったが、見事に仕事をこなしていた。

もしあの日、タッカーが彼の援護についていたなら……。

いいや。駄目だ。そんなことを考えたところで、何も生まない。タッカーはあの日そこにいなかった――そして現実を見るならば、あの日の事件がすぎた後も、彼はいなかった。エリオットが捜査官として無用の存在になった瞬間、タッカーのエリオットへの興味もゼロになったのだ。

いいだろう、エリオットの方だって同じ気持ちだ。

――その筈だ。

今日のタッカーが見せた怒りは、まんまとエリオットにはめられたと感じて腹が立ったせいだろう。それとも、実は罪悪感から攻撃的になるタイプだったのか。

ＦＢＩの金と青の公式ロゴが入ったタッカーの名刺を、エリオットは見下ろした。

前と同じ電話番号。

色々なことは忘れたくせに、タッカーの内線番号と携帯の番号は忘れていないのが皮肉だ。彼の家の電話番号まで。

名刺を脇にのけると、彼はタッカーのメモに戻ったが、うまく集中できなかった。よみがえってくるのは、あの信じがたい快感、自分よりも大きく力強い――そしてきっと、より飢えた――男にうつ伏せに押し倒され、正気を失いそうなほど突き上げられた記憶だ。そのわずかな刹那、自制をかなぐり捨て、持て余すほどの快楽を与えられるままに受け入れる、あの気持ちよさ……。

もう長い間――この十七ヵ月――そのことを思い出すまいとしてきた。

パンドラの箱のようなものだ。痛々しいほどに鮮やかなイメージがとび出す。人にあふれた職場の会議室、その向こう側からタッカーがよこした、くぐもるような強い視線。それだけでいかにエリオットの体が熱をおび、欲望がこみあげてきたか。彼の口腔を蹂躪《じゅうりん》したタッカーの舌の感触。そしてタッカーの固い屹立《きつりつ》がエリオットの体を押し開き、二人を――その瞬間だけは――ひとつにした時の、エリオット自身が立てたあからさまな声。

パンドラの箱、まさに。

だがこの箱の底には何ひとつ希望に似たものなどない。

気持ちを奮い立たせ、エリオットは古い記憶を箱に押し込めて蓋をすると、手元の仕事に集中しようとした。確かなことが一つだけある。タッカーは今夜、ぼうっと座りこんで追憶にふけったりはしていない筈だ。

丘陵の下からはざらついた雁《ガン》の鳴き声が、クワンクワンと淋しげに響いていた。エリオットは、行方不明になった日のテリー・ベイカーの一連の行動を記したタッカーのレポートを読み直す。

何ひとつ不審な点は見当たらなかった。論理的に考えれば、この青年がもし自分の意志で人生に背を向けたのだったら、受けるつもりのないテストや提出しないレポートのために夜の図書館で勉強する必要などなかった筈だ。それよりも、彼は荷造りに忙しかった筈である。さらに、自分の車を残していくこともなかっただろう。

確かに、人々が普段の生活から何も持たずに逃げ出すこともあるが、大抵は精神的にひどいショックを受けるような何かがあってのことだ。そこには必ず前ぶれがある——たとえ、失踪後にやっと気付くようなものであっても。テリー・ベイカーについては、たとえ彼が人生を変えるような深刻な悩みを抱えていたとしても、誰ひとり気付いていた様子はなかった。

精神的なショックによるものを除けば、残された者たちがどれほど苦しむかわかっていながらいきなり姿を消せる人間は、ある程度、タイプが限られてくる。まず、他人への共感や想像力が欠如している人間だ。同じ論理は、やや限定的だが、自殺についても当てはまった。

そうした理屈抜きでも、自殺するつもりの人間がルネサンス哲学の本を読みながら大学の図書館で時間つぶしをしている様子は想像しづらい。それでも自殺だとすれば、死体はどこに？　自殺したことを他人から隠そうとする人間は珍しい。エリオットがＦＢＩにいた間にも、そんな事件はひとつもなかった筈である。

だが、テリー・ベイカーが自ら消えたのでもなく、自殺したのでもないとしたら——彼に一体何がおこったのだろう。タッカーの言葉通り、大学のキャンパスで男がさらわれるなんてことはそうある話ではない。

多くの場合、凶悪犯罪をひも解く鍵は、被害者の中にあるものだ。では、テリー・ベイカーとは、どのような人間だったのだろう？

ベイカー夫妻の家を去る前、エリオットはポーリンに頼んでテリーの寝室を見せてもらおうとしたのだが、その寝室はテリーの大学入学後、客室へ改装済みだった。テリーは、身の回りに必要なものはすべて持ち出したようだ。彼の子供時代をうかがわせるものやその名残りは、すべて捨てられたか、しまいこまれていた。

エリオットの個人的経験と職業的経験を合わせても、これは尋常なことではなかった。エリオットの両親は彼が大学院に在学中でも寝室を残していたし、いつでも戻ってこれるように準備していた。ＦＢＩの任務中にも、多くの親が同じようなことをしているのを見てきた。

行間を読む方法を知ってさえいれば、何でもないような事実の寄せ集めから、様々な光景が見えてくる。

成績表と驚くほど詰め込まれた履修表を見ながら、エリオットはテリーがきわめて努力家で、両親の——大部分は父親の——描いた未来図に沿って人生を歩いてきた子供だろうと読む。だがその一方でテリーは、入学以来すべての学期で建築の講義を履修していた。法の道を目指す生徒にしては珍しい。そもそも、建築学と建築論を履修していること自体が珍しい。何と言っても、建築は専攻するにも競争が激しく、このクラスに入ることも困難だった筈だ。テリー・ベイカーはよほど目覚ましい才能に恵まれていたか、さもなければ誰かが目をかけてやっていたか。もしくはその両方か。

次に目に付くのは、親しい友達の証言が欠けていることだった。テリーには親友が一人もいないかのようだ。当然、彼が誰かとつきあっていたことを知るほど親しかった相手も見当たらない。

だが、カミングアウトに父親がどう反応するか知りながら、それでも彼は自分がゲイだと両親に打ち明けたのだ。テリーがそれほどの覚悟を決めたことを思えば、つきあっていた相手は彼にとって意味のある相手だった筈だ。何も愛情とは限らない。例のボーイフレンド――ジム・フェダーが、たとえばテリーにとってカミングアウトの手本になったとか。話を聞かないことには何もわからないが。

エリオットはチェストの上にファイルを置くと、ジンジャー色のボトルランプを消した。床板に、松の木々のするどい影が落ちている。並んだ窓の向こうには、大きく輝く満月が見えていた。月に住むという老人からこちらの姿ものぞけるのではないかと思うほどに大きい。丸い熟成中のチーズに浮き上がる模様のような顔をした、月の老人。その顔のあばたも傷もすべて見えそうなほど、月は近かった。

フランネルのシーツと羽毛のつまった枕に身を預け、エリオットは目をとじた。今夜はストレッチをさぼったので、膝がズキズキ痛むが、それは遠いこだまのようなもので、日常的なものでもあった。この痛みと一緒に生きていくしかない。

松の木々を渡る囁きや、キャビンの木材がきしむおだやかな音が聞こえてくる。

それを聞いていると、何かを思い出しそうだった……何か、心地のよい記憶。ヨットの船体を打つ水音――時おりに、魚が跳ねるパシャンという音――そして海に揺られて眠りに落ちようとするさなか、彼を抱いた腕のぬくもり……。

5

「お早うございます、ミルズ教授！」

さえずるような挨拶の声に、エリオットはスティーブ・ヘイスロップ著の〝南北戦争の目撃者たち〟から視線を上げた。ミラチェック――レスリーが、彼のオフィスのドアの脇で立ちすくんでいた。

「お早う、レスリー」

彼は本と授業用のメモを脇にのけると、入るようにうなずく。彼女はドア脇の安全地帯から離れ、脚を披露するように大きなステップで机の前の椅子へ来ると、そっと腰を下ろした。バックパックからバインダーを取り出し、きっちりと印字された数枚のルーズリーフを彼に差し出す。

「ジョン・フォードの西部劇のレポートです」

彼の目を見つめ、期待をこめて微笑した。

そうだった。正式な課題として提出する前に、彼女のレポートに個人的に目を通すという約束をしていたのだ。エリオットはクリアファイルにおさまった紙に目を落とした。ジョン・フォードの西部劇、タイトルはそう読めた。視線を最初の数行に移す。

――映画評論家のアンドレ・バザンはジョン・フォードの『駅馬車（一九三九年）』を『伝統的なスタイルが完璧な熟成を見せた理想例である』と語り、『完璧に作られ、いかなる位置においても軸から外れることなくバランスを保つ車輪』という見事な比喩でこれを示した……。

やれやれ。またこれだ。トマス・フラナガンが書いた評論の導入部。ほぼ一言一句たがわず。この評論が生徒のレポートに出てくるたびに一ドル稼げたら、エリオットは今ごろ大金持ちだろう。悠々自適の退職金が溜まっていたに違いない。

彼はコーヒーカップに手をのばし、すすりながら、彼女にどう切り出すのが一番いいのかと考えをめぐらせた。

レスリーが、その沈黙を埋めるべく先に口を開いた。

「どう思ったか聞かせていただければ、すぐに失礼しますが……」

アンドリュー・コーリアンの声が廊下をこだましてくる。エリオットには三分の一も聞き取れない。「自動筆記法……先天性不全……本能……新機軸……」

「うむ、フラナガンの評論は実に使いやすいだろうと思うが――」

その時デスクの電話が鳴り、彼は即座にその逃げ道へ手をのばした――レスリーは、涙もろそうな子に見えるのだ。

「ミルズだ」

相変わらず、あまりにも無愛想に出ていた。しまった。電話の向こう側でまごついたような沈黙があり、それから女性の声が言った。

「ミルズ教授、こちらはオッペンハイマー学長のアシスタントのサンディです。学長がお話なさりたいそうですので、少々お待ち下さい」

学長。サンディの話し方は、学長というよりも大学の理事長にでも取り次ごうとしているかのようにうやうやしかった。エリオットは頭を振り、レスリーがじっとこちらを見ているのに気付いた。

「エリオット」数秒して、シャーロッテ・オッペンハイマーの涼しげなアメリカ北東部のイントネーションが呼びかけてきた。「調子はどうかしら？　月曜の寄付金パーティに来なかったわね」

しまった。

エリオットは寄付金集めはしない。スポーツイベントにも出ない。社交的なイベントには可能な限り近づかないようにしていた。そういう習慣がすっかり失せてしまっている――多分、ＦＢＩの同僚は皆似たようなものだっただろう。法執行機関で働く人間の多くは、仕事以外の人間関係がすり減っていく。

「行かれなくて残念でした」すっかり忘れていたことなどおくびにも出さず、彼は嘘をついた。

「どうでしたか？」

「うまくいったわよ。あなたの学部では、ブラックヒストリー月間のために千五百ドル上積みできたわ」

「素晴らしい」

一月前には女性学のためだったし、その前の月はアジア学だった。記念するものがたくさんあるのはいいことだ。本音である。だが彼の忍耐や対応力には限りがあったし、生徒の両親たちと当たりさわりなくおしゃべりして懇親を深めるのは、その限界を大きく越えていた。

「本当にね。喜ばしいことよ。さておき、その件で電話したんじゃないの。コーヒーを飲みに来る時間はあるかしら？」

「今？」

「あなたの職務時間だというのはわかっているけれども、緊急の用件が持ち上がっていてね」

エリオットの目が、期待に輝くレスリーの目と合った。

彼は電話に答える。

「わかりました。ええ、大丈夫です」

「よかった。待ってるわ。そうね、十五分ぐらいの内に来てくれる？　今朝はオフィスじゃなくて自宅の方で仕事をしてるの」

エリオットは同意し、受話器を元に戻した。レスリーは失望をあらわにしていたが、それを流して、彼は言った。

「申し訳ない。少し急用ができて」

「あ……」

「この週末でレポートを読んで、感想を書きとめておくよ。月曜には返せる。それでいいかい？」

「ええと……わかりました。ありがとうございます、教授」

よくしつけられた娘だ、彼女は何とか微笑した――いつもの明るい笑顔より数段曇ってはいたが。

エリオットは先に立って彼女を送り出すと、オフィスの鍵をしめ、人の多いキャンパスを横切って歩いた。メンテナンススタッフのレイの、灰色のユニフォームの大柄な後ろ姿に追いつき、追い越す。レイが押しているいつものカートには箒やモップ、バケツが積み込まれ、ゴムの車輪が歩道のざらついたコンクリで上下するたびにガタガタと揺れていた。

「お早う、レイ」

レイは横目で不審そうに彼をにらむと、「おはよ」とも「くそったれ」とも取れるような低いうなりを一言洩らした。

エリオットの内なるＦＢＩ捜査官魂は、このメンテナンス係の男に一体どんな過去があるのかと、ちらりと思いをはせた。確かに、警察や元警官だというだけで敵意をむき出しにしてくる人間はいるが、レイは誰彼かまわず同様の憎々しい態度で接しているようだ。

単純に、レイはこの仕事が嫌いなのかもしれない。人の使ったトイレを掃除するのは愉快な仕事ではあるまい——エリオットにも、他人の尻拭いをした経験ならある。

学長の家は、大学のキャンパス内でも古い建物のひとつで、コーラルピンクのバラの茂みに囲まれた伝統的なチューダーゴシック様式の邸宅だった。

オッペンハイマー学長のアシスタント、サンディが玄関で彼を出迎える。案内された先は長い部屋で、壮麗な窓からはバラの花が見渡せた。家具はすべて白く、ネイビーブルーとデルフトブルーで花や格子模様の巧みな装飾が施されていた。おかげで、部屋全体がブルーウィローの食器のように見えた。

「エリオット」

シャーロッテが歓迎に歩みより、両手をさしのべてきた。彼女は五十七という実際の年齢よりやや上に見えたが、それでも〝凛々しいご婦人〟と呼ばれたであろうかつての姿をいまだに保っていた。多少は肉がつき、威厳もついたが、優雅だったたし、髪の色に合わせてグレーのシルクのパンツスーツを美しく着こなしていた。

「最近はどうかしら？　どんな感じですごしてるの？　あなたにほとんど会えていないわね」

皮肉を言われているわけではない。少なくとも、非常に礼儀正しい皮肉である。

「ようやく落ちついてきました」エリオットはそう、お定まりの返事を返した。「まだこのあたりに慣れなくて」

十七ヵ月たってもまだ地理的に慣れていないとしたらエリオットが行方不明になる日も近いだろうが、シャーロッテ・オッペンハイマーには、それが心理的な場所であって、実際に大学内で迷っているわけではないことは伝わっただろう。

「ローランドはどう？　相変わらず本を書いてる？」

「そう聞いてます。まあ、我が家のキッチンキャビネットを作り直すのを手伝うのが嫌で言ってるだけだと思うんですけどね」

でたらめもいいところだ。ローランドはキャビネットを独力で、それこそエリオットが退院するよりも前に作り上げていたが、エリオットは本についての話題は避けたかった——違法な過激派として父が無駄に費やした若き日々の回想録。彼は父親を愛していたし、その信念の強さは大したものだと思いつつも、本に関することとなると気持ちが定まらない。その本の中でのローランドは、エリオットが守り支えると誓った社会制度を破壊しようと、大騒ぎをやらかしているのだ。

「島での生活には慣れてきたかしら?」

「気に入っています」

この言葉は、少なくとも真実だった。エリオットはシアトルにはあまり愛着がない。グース島の不便さはおいても、島の静けさと孤独が気に入っていた。

「フェリーも大丈夫?」

彼女は微笑みながら言い、エリオットは段々と落ちつかない気分になってきた。何のために呼ばれたのだろう? 上品な振る舞いの下で、シャーロッテに何か心配事があるのを感じる——だから世間話でお茶を濁しつづけているのだ。普段の彼女は、ずばりと話題に入る女性である。実のところ、彼女を見るとエリオットはよくFBI支局責任者のモンゴメリーを思いおこすほどだ。

彼の頭の中を読んだかのように、シャーロッテが切り出した。

「エリオット、今朝わざわざここまで来てもらったのはね、問題が起こっているからなのよ。あなたに非公式に相談にのってもらった方がいいのではないかと思って」

「相談とは?」

シャーロッテは口を開いたが、サンディがコーヒーの乗ったトレイを持って入ってきたので言葉をとめた。シャーロッテは彼女に礼を言い、電話はしばらく取り次がないように指示し、サンディは退室した。

次に始まったのはあれやこれや、どのくらいクリームを入れたらいいかしら、お砂糖はいくつ、クッキーはいかが――そしてそれから、やっと、シャーロッテは思いきりをつけたようだった。

「あなたが知っているかどうかわからないけれども、何週間か前に我が校の生徒がキャンパスからそのまま行方不明になってるのよ。テリー・ベイカーという名前の青年でね」

身に付いた習慣は消えない。エリオットは問い返すように眉を上げただけで、自分の関与については黙ったまま、話の先を見定めようとした。

シャーロッテが咳払いをした。

「テリーはとても優秀な生徒だし、あらゆる意味でとても責任感の強い子だった。でも若者のすることはわからないしね。彼の行方不明を我々が軽んじたということではないけれども、深刻な事件を示すような確証は何もなかったのよ」彼女がエリオットを見つめ返した視線は、ほとんど挑戦的なほど揺るぎなく見えた。「しかしながら、また、行方がちょっとわからなくなってる子がいてね」

エリオットはカップをおろした。「ちょっと、というのは……？」

「ゴーディ。彼の叔母が――一緒に暮らしているんだけれども――警察に甥が行方不明だと届けたの。テリーとはちがって、ゴーディはちょっとしたことでふらっといなくなるようなタイプの若者よ。でも彼の叔母は、今回ばかりはいつもの家出と同じではないと考えているし、我々も彼女の意見を尊重しなくては」

「ゴーディのラストネームは？」

「ライル。二年生だけれども、うちの大学では今年が一年目。コーニッシュ芸大から転入してきたの。あっちで問題があってね」

エリオットはまたカップに手をのばした。「どんな問題が？」

「ほかの生徒たちと喧嘩を」シャーロッテはそこでためらった。「教官を脅したことも。うちの大学では、今のところ何のトラブルもないけれどもね。本音を言えば、彼の叔母が警察に訴えてさえいなければ、そっとしておいて、気がすんで戻ってくるのを待ちたかったところよ」

「テリー・ベイカーとゴーディの間に、何かつながりはありましたか？」

「何も。関係ないと思うわ。彼らはまったく違うタイプの若者だったようですからね。専攻もまるで違うし」

「二人の失踪に関連性があるとは思ってないんですね」

「ええ、思ってないわ。正直に言うなら、わからない。でもただの偶然だってことも充分にありえるでしょう、そう思わない？」

「あなたと同じく、私にもわかりません」

エリオットはコーヒーを飲み終えたカップを、テーブルの半分を占める銀のトレイに戻した。

「でも、ありえるわよね？」

「元捜査官としての意見を？　ゴーディ・ライルの失踪について何も情報がない状態では、はっきりしたことは言えないですね」

シャーロッテは渋い表情になった。

「ミス・ライルが警察を引っ張り込んでくれた以上、マスコミがこの件で騒ぎ出すのも時間の問題ね。一月の間に生徒が二人も行方不明になっているなんて、いったん報道されたら、大学はとても無関係じゃすまないわ」

「そうでしょうね。残念ながら」

彼女の立場はエリオットにも理解できたが、家族が心配のあまり警察に行ったことは責められまい。

「あなたの元ＦＢＩとしての経験から、何と言うか……専門家として、今後どんな事態に備えるべきか、教えてくれないかしらと思って」

「そうですね――」エリオットの笑みは暗いものだった。「警察がライルの叔母の話をどれだけ深刻に受けとめるかによりますね。それに加えて、ＦＢＩが二つの事件を結びつけて考えるかどうかにも」

「ＦＢＩ!?」

シャーロッテは実際にのけぞった。

そろそろ自白するべきだろう。

「こうした事件では色々と奇妙な偶然がおこるもので、今回もそうなんですが」エリオットは彼女に説明した。「ベイカー家は、私の父の友人なんです。父の紹介で彼らと話をしまして、テリー・ベイカーの失踪について私が調べることになりました。まだFBIでこの事件を担当している捜査官と話をしただけですが。よければ彼の連絡先をお教えしますよ。思うに、新しい失踪についてきちんとFBIに報告するべきかと」

シャーロッテはかぶせるように言った。「でもFBIに関わってほしくはないのよ」

「それはもう手遅れですね」

「何てこと」シャーロッテは窓の外で陽光を浴びているバラの庭へ、憂鬱な視線を投げた。「ベイカーの家族がFBIにまで行ったとは知らなかったわ。FBIは、大学には何も言ってきてないもの」

よくない知らせだ。タッカーが基本的にテリーを家出だと結論づけ、事件として扱っていないという証拠がまたひとつ。まあ、奴は昔から直感で動くタイプだった。

だがおかしなことに、エリオットの口は何故か捜査の遅れを弁護し始めていた。

「FBIは捜査しているんですが、情報と状況が矛盾しているんです。テリーは大学から自ら消えた可能性もありますし」

「勿論、そうよ。どうしてみんな犯罪だと思いこみたがるのかしら。それこそ色々な可能性があるのにねえ……」

気休めが聞きたい、と水を向けられているのは充分にわかった。よくあることだ。

「二人目の失踪が偶然だという可能性は、充分にあります。情報が足りませんが、直感的に言わせてもらえば、これだけの短い時間に二人の人間が家出するというのはかなり珍しいケースと言えます。ですが私も、もっと珍しい事件は見てきましたしね。家出にしろ事件にせよ、この一件をしっかりとコントロールしたいなら、こちらからFBIに出向くことで主導権を取った方がいいでしょう。FBIがこちらに来るより先に」

シャーロッテは気乗りしない様子で、細いフィンガークッキーに手をのばした。クッキーをかじりながら考え込む。

「あなた、テリー・ベイカーの件を調べている捜査官を知っていると言ったわね？」

「ランス特別捜査官ですか？　ええ、一緒に仕事をしたことがあります」

「彼はその……思慮深い方かしら？」

思慮深い。タッカーに対して最初に浮かぶ言葉とは言いがたい。別に、彼が考えなしと言うわけでないが。そんな人間はFBIで長続きしない。

エリオットは曖昧に答えた。「彼は、大学や生徒がプライバシーを大事にしているということは理解していますよ」

シャーロッテが素早く言った。「私たちがこのことを隠そうとしているとか、そういうことではないのよ。大学側は、生徒へのセキュリティに関する情報はいち早く公開し、周知することを旨としているわ。最上の安全対策は、事前に危険を抑止することですからね」

ご立派な演説に、エリオットはうなずいた。

もっとも、フェアに見るならば、この大学には見事なセキュリティ情報ネットワークがあり、安全に関わる情報は週に一度の大学新聞でも公開されている。安全委員会とセキュリティの管理者は定例会議を行っているし、もし何か緊急の警報や情報が生じた時には、大きな屋外スピーカーや、携帯電話へのメッセージやメールを使い、大学中に通知が行き渡る仕組みになっている。

それでも悲惨な事件は起こるし、時にそれは、誰の責任でもないのだ。

——犯行に及んだ者を除いては。

シャーロッテの表情が明るくなった。

「ねえ。あなたに、大学と、あの……FBI、との連絡役をやってもらえないかしら?」

エリオットは反射的に断ろうと口を開け、ためらった。断る必要があるだろうか。すでにエリオットは片方の事件に関わっているし、タッカーやＦＢＩ相手への立場も少しは有利になるだろう。それに、承知すれば、ゴーディ・ライルの叔母にも堂々と話を聞きに行ける。

彼は淡々と答えた。

「いいですよ、もし大学の役に立つのであれば。その方が話が早いかもしれない」

シャーロッテは完全に安堵したわけではなかった。

「とにかくできるだけ、大学が注目されないようにしてほしいのよ。我が大学における抑止と安全対策の管理は、非常に誇れるものですからね。この地域の犯罪率と比べても、大学での犯罪率は代々、非常に低く抑えられてきたのだし」

「ええ、そうですね」エリオットはなだめた。「よくわかっています。どんなことをしても、犯罪を完全になくすことはできないんですよ」

「まさにね！」

シャーロッテは大きくうなずいた。我が意を得たりといった様子だった。

6

職員棟へ歩いて戻る道すがら、エリオットはタッカーに電話をかけた。

二度目のコール音に続いて、タッカーがぶっきらぼうに出た。

「ランス」

ただそれだけで、まるでタッカーがすぐ目の前に立っているかのような生々しい存在感がせまってきて、エリオットの心臓は敵意とも恐怖ともつかない荒い鼓動を打ち始めた。そんな自分が心底腹立たしい——だが、タッカーに対する肉体的反応は否定しようもなかった。

「エリオットだ」

一瞬の間があった。

「エリオット」タッカーの声は無表情だった。「何か用か」

「新しい情報を報告しに電話した。別の生徒、ゴーディ・ライルという名前の学生が行方不明になっているようだ」

「ようだ？」

「まだこっちも調べる時間が取れていないんだが、学生の叔母がタコマ警察に失踪人届けを出している」

「何か、関係あると思ってるのか」

「ほとんど勘だがね。偶然にしちゃ出来すぎている」

沈黙。それからタッカーが、

「俺は勘というものをあまり信じないんだがな」

「じゃあ偶然は信じるのか？　かなりでかい偶然だぞ」

否定してみろと放ったエリオットの問いかけを、タッカーはまさに待ちかまえていたようだった。冷たく言い返してくる。

「考えてもみたらどうだ、大学生だぞ？　お前の大学だって毎晩全員の点呼なんか取っちゃいないだろ。学生なんてそんなもんだ」

「だがこのライルは、いなくなってから四日間だ。叔母によれば、普段はそんなことはないらしい。加えて、お前も知っているように、テリー・ベイカーは三週間たった今も見つかっていない」

「それだけか？　それがお前の根拠か？　同じ大学にいる二人の生徒がそろって何日か授業に出てこないから事件だって？」

エリオットには、タッカーが言いたいこともよくわかった。一理ある。男子学生というものは、昔も今も変わらないものだ。仮にライルが女生徒だったならば——美人であろうとなかろうと——周囲の反応もまるで違ったものになっていただろう。それはわかる。

だがテリー・ベイカーの失踪に何の進展もない今、新たな可能性を頭から否定する必要もない、そうだろう？

エリオットは近くの芝生に座ってノートパソコンに熱中している生徒たちの注意を引かないよう、声を低めた。

「二つの事件が関係している可能性はありえない、お前はそう言いたいのか？」

「そんなことは言ってない。俺が言ってるのは、その手の結論にとびつくにはまだ早すぎるということだ。そっちの事件にも目は通しておく。ライルの関係者の連絡先は？」

「今から確認しに行くところだ。だが無関係だとお前が思うなら、ライルの叔母には俺だけで話を聞きに行くよ。ＦＢＩが出張ってくるより、相手も話しやすいだろうし」

「駄目だ。お前がコンサルタント役としてしゃしゃり出たいのは勝手だが、俺にはお前に仕事を手伝ってもらう必要もないし、捜査に首をつっこまれるのも御免なんだ」

「お前、ライルの件は関係ないと思ってるんじゃなかったのか？　とにかく、俺は学長に頼まれてね、大学と各種捜査機関との窓口役をおおせつかった。だからお前が気に入ろうと入るまいと、俺は捜査の関係者だ」

タッカーが信じられないと言わんばかりに、乾いた笑い声をとばした。

「今度は大学の学長がＦＢＩに口出しかよ？　できるとでも？」

「口出ししてるわけじゃない。彼女は頼んでいるんだよ。俺にな」

「ここらでひとつはっきりさせておこうか」タッカーの口調はほとんど親しげなほどだった。「俺は、お前の手出しなんか——」

「お前が何をどうしたいかなんて、知ったこっちゃないね」

今度ばかりは、エリオットは声を抑えようともしなかった。

ふいにたちこめた沈黙が、耳を刺し貫くほどにするどい。

意外にも、タッカーは声を立てて笑った。

「そうかよ。とにかく、お互いこれでやっと理解しあえたようだな」

エリオットは関節が白くなるほど強く携帯電話を握りしめていた。その指よりも、心にかかるストレスの方が遥かに強い。苦労して、平静な声を返した。

「お前だって、俺が一緒に働きたい第一候補ってわけじゃないよ。だが俺は、できるだけの力になるとベイカー夫妻に約束したし、約束したからには精一杯やるつもりだ。こっちが得た情報なんかいらないと言うなら、もう知らせないがね」

「一緒になど——」

「モンゴメリーは、相互に情報をやりとりして協力し合えと、我々に言ったんだ。意味がわからないお前じゃないだろ、タッカー。一体何だってそんな冷たい態度を取るんだ？」

自分の放った言葉のこだまを、エリオットは半ば茫然と聞いた。まさか——そんな話をここで始めるつもりはない、そうだろう？

こんな話になっていることが信じられない。しかも、自分から水を向けるとは。

タッカーが陽気に返した。

「お前といると、俺の短所が最大限発揮されるようでな、エリオット」

今度はエリオットが笑い出す番だった。愉快とは言えない笑いだったが。

「結構だな。まあできるだけ、今回の一件が終わるまではお互い自重するとしよう」

少しの沈黙を置いて、タッカーが再び口を開いた。

「――じゃあ、こうしよう。お前がそのライルっていうガキの叔母に話を聞きたければ、好きにしろ。俺としては大した関係はないと思うが、だが俺が絶対ってわけじゃないからな。大学という共通点もあるし、もしかしたら今以上の何かが見つかるかもしれん。どうなったか後で報告してくれ」

そして、まるでどちらが先か争うように、二人は電話を切った。

シャーロッテ・オッペンハイマー学長の許可、という大きな武器を手に入れたエリオットにとって、テリーがつきあっていたというジム・フェダーと行方不明のゴーディ・ライルの連絡先を手に入れるのも、テリー・ベイカーの大学寮の部屋を見る許可を得るのもたやすいことだった。

テリーと異なり、ジム・フェダーは大学寮には住んでいなかった。エリオットはフェダーの携帯電話にメッセージを残し、上級生用の寮があるティトリーホールへと向かった。

学寮の管理人も簡単に見つかり、上の階にある居住区へ案内してもらう。テリーは寮の一部屋に住んで、リビングとキッチン、バスルームを学生六人で共有していた。並んだ寮のドアからは大音量の曲やカートゥーンテレビの音声、息つく間もないしゃべり声が洩れ聞こえてくる。ここの学生たちが何かひとつでも成し遂げられたなら、それこそ奇跡というものだ。だがエリオットが大学にいた時もこんなものだった。何故か、周囲の雑音を遮蔽するのは若者の方が上手なようだ。若者にとってはまだ、人生のすべてが自分と無関係な雑音のようなものだからだろうか。

「多分、同室のデニーはまだ授業に出てる時間だと思いますが」

管理人がそう言いながら、寮室のドアをノックした。

「かまわないよ。テリーはどんな学生だったんだ?」

「だったって、テリーに何かあったんですか?」

管理人はぎょっとしたようだった。

エリオットは素早く現在形に言い直す。「いや。テリーはどんな学生なんだ?」

ノックに返事はなく、管理人は鍵を開けるとドアを押し開けた。

「彼は……静かな生徒です。殻にこもってた——というか、そうですね、かなりたくさん履修科目を抱えてたのもあって、俺もあまりあの子のことは知らないんですよ」

エリオットは部屋を見回した。二つのベッドがあり、片方は乱れたままだ。机が二つ。片方は散らかっており、二つのクローゼットも片方の扉だけが開けっぱなしだった。本棚は共有らしい。壁にはありふれたポスターが貼られていた。散らかり放題の側のポスターはビヨンセばかりで、パラソルをかざしたビヨンセや、金属の漁網のようなものにくるまったビヨンセがいた。きっちり整頓された側のベッド横に貼られているのはいわゆる警句系のジョークポスターで、大量のグラスが乗ったトレイの写真の下にモットーが書かれていた――〝半分も入っているのか半分しか入っていないのか、そんなことは気にするな。足りるまで飲め〟

エリオットはかすかに微笑した。

「こっちがテリーの側だね？」

管理人がうなずく。

「よし。ありがとう、終わったら知らせに行くよ」

そう言われた管理人は気が進まない様子だったが、部屋のドアをしめて出て行った。

エリオットはフォトフレームを取り上げた。ベイカー夫妻と、一人の若者が一緒に写っている。

その若者がテリー・ベイカーだと、ベイカー家で確認しておいた写真からわかった。見目《みめ》のいい青年だった。背が高く、精悍な体つき。カメラに向かって気さくに微笑んでいた。

エリオットは写真を置くと、プロとして経験を積んだ手さばきで、素早く部屋を調べた。当然、警察がすでにテリーの持ち物を調べているに違いないが、この手のことを地元警察にまかせきりにしないのは昔からの信条だ。

三十分ほどかかって調べ終えた。特に目を引くようなものは見つからない。パソコンがないものの、事前にタッカーからも、失踪したテリーがノートパソコンを持っていったようだと聞いている。壁の国立公園のカレンダーにある走り書きはほとんどが判読不能だったが、どうやら約束の時間や予定で、失踪した日のずっと先まで書き込まれている。

もっとも、計画を書きこんだ後に自殺を決心した可能性は残る――もし彼が自殺したと仮定して。

自殺を示唆するようなものも、何も見つからなかった。

テリーの財布とキー、学生ＩＤも消えていたが、身につけて図書館に行ったのだろう。

ベッドの横にある建築の本をぺらぺらとめくって、エリオットはしおりがわりにはさんであったバースデーカードを発見した。カードを開く。既製品のカードに、〝ｘｏ《キス》　ジムより〟というサインがあった。

その時、彼の携帯電話が鳴り出す。エリオットはいつもの頭ごなしの調子をやわらげようとしながら電話に出た。

「ミルズだが」

「……ええと、ジム・フェダーだけど」その声は若く、耳になめらかだった。「俺の電話にメッセージを残したのはあんた？」

噂をすれば影。エリオットはバースデーカードを本の間に戻し、本をランプの横に戻すと、自分の立場と目的を説明した。

「――わっかんないなあ」フェダーは、エリオットの話が終わるとそう言った。「誰に頼まれた仕事だって言ってましたっけ？」

「仕事と言うよりは、テリーの両親のために個人的に動いてるようなものだがね。ご両親ともとても心配している」

「別に、心配なんかしなくてもいいのに」

「そうかね？　何か、ご両親の知らない事情があるのかな」

「何も。ただ俺は……」フェダーの声はそう途切れた。

「まあとにかく、会って話を聞かせてくれないか」

「俺は何も知りませんよ。話すようなことなんて何もない」

こんな状況を、エリオットはそれこそ数え切れないぐらいこなしてきた。安心させるように語りかける。

「それでかまわないよ。多分、誰よりもテリーのことを知っているのは君だろうからね。彼の話を聞かせてもらうだけで、こちらとしても助かるんだ」何とかやんわり釣り上げられないものかと、つけ足した。「君の、時間のある時でいいから」

明らかに、ためらっていた。しまいにやっとフェダーの返事が聞こえる。

「ミルズって――ミルズ教授ですか？　歴史を教えてる、新しい方の？」

反政府運動のカリスマである〝古い〟ミルズ教授の方ではなく、ということか？

「それは私だよ」

　エリオットはそう認めた。

　また次の沈黙をはさんでから、フェダーが続けた。

「俺、今夜友達と遊ぶんだけど、ちょっとぐらいなら何とかなると思いますよ。シアトルのワーフサイドで。場所、わかります？」

「ああ、わかる」

　エリオットの行動範囲からは大きく外れた場所で、フェダーは彼と会うのを避けようとわざわざそこを指定したのかもしれない。だが引っかかってやるつもりはなかった。

「何時に行けばいい？」

「五時半あたりならいるけど」

「じゃあそうしよう」

　溜息が聞こえた。まちがいなくフェダーは、この展開をありがたく思っていない。エリオットはつけ足してやった。

「ありがとう、ジム。助かるよ」

「そりゃよかった」

　フェダーがつっけんどんに返して、電話を切った。

　エリオットは携帯をしまうと、テリー・ベイカーの持ち物を調べ終え、階下に降りて管理人に用が済んだことを伝えた。

特に根拠となるものを見つけ出すことはできなかったが、エリオットが見たところ、テリー・ベイカーには失踪するつもりなどなかった。テリーのベッドの下には二つのスーツケースが空のまましまいこまれていたし、シータック空港の環境問題についてのレポートが書き上げられていた。カレンダーの予定によれば、そのレポートは失踪した週が提出期限だ。テリー・ベイカーに何が起こったにせよ、それは周囲の人間だけでなく、テリー本人にも突然の出来事だったのだろうとエリオットは見る。

ハンビーホールへ戻りながら、彼はゴーディ・ライルの叔母に電話を入れたが、呼び出し音が三回鳴ってから留守番電話につながった。エリオットはまず名乗ると、電話した理由についてやや大げさに語り、自分の電話番号を言い残した。

オフィスに向かって歩き続ける。〝映画と歴史〟の授業には遅れそうだ——今日の授業のテーマはアメリカの西部だったが、彼の膝は急かされるのを嫌う。急ぎ足で頑張ったところで、後になって痛む足を引きずるだけだ。

とは言え最近は、激しく疲労したり、足を酷使した時以外は、そんなこともなくなっていたが。激痛に一度苦しむと、さすがに自分をいたわろうという気にもなる。

自分のオフィスに戻ってノートをまとめ、エリオットは人のいない廊下を教室へ向かって歩いた。廊下を生徒がうろついていないのを見て安堵する。アシスタントのカイル・カンザが、全員を座らせて出席を取っていた。

カイルは入ってきたエリオットへ笑顔を向けた。「こんにちは、教授」

「やあ」エリオットは挨拶を返し、ブリーフケースを机の上に置く。「前線を守っておいてくれてありがとう」

カイルがすでに最前列にテレビとＤＶＤプレイヤーをセットして準備をすませておいてくれて、エリオットはほっとした。まさに完璧なアシスタントだ。カイルは頭が回るし、気配りも細かいし、いざという時の機転も利く。プラス、そのひどいマゼンタ色の角刈りと痛々しい唇のリングピアスにもかかわらず、彼は可愛い顔をしていた。華奢な体つきとアーモンド型の目に、蜂蜜色の肌の取り合わせが実に魅力的である。

エリオットが向き直ると、教室にとじこめられた観客たちは一斉にノートを――電子的なものから紙のノートまで――開き、携帯電話をごそごそとしまった。

「よし、念の為言っておくと、予定より時間が遅れているので、歴史と映画の対比についてのディベートは次の授業に回すことになるかもしれない」

彼はリモコンを取り上げてテレビの電源を入れ、ライトを消しに歩き出した。

「その商業的な成功にもかかわらず、この『捜索者』は封切り当時ほとんど賞賛を浴びることがなかった。アカデミー賞にも一部門もノミネートされずに終わったが、今ではアメリカ映画協会が、この映画はすべての時代を通して最高の西部劇であると評している」何一つ重要なことを言っているわけではなかったが、猛烈な勢いでノートを書きなぐっている生徒たちを、エリオットは眺めた。「偏見、人種差別、そして人種間の結婚についてのテーマに注目して見るといい。そういうテーマを含んだ映画だ。——ジョン・ウェイン主演、共演ジェフリー・ハンター、ナタリー・ウッド……『捜索者』」

エリオットは再生のボタンを押してから電気を消し、デスクに戻った。

「先週の『赤い河』についてのレポートを採点しておきましょうか？」映画のクレジットが流れ出すと、カイルが小声でたずねる。

エリオットはうなずいた。カイルは紙の山をすくい上げて立ち、部屋の前を通ってドアへ向かった。エリオットはテレビの明かりが照らし出しているたくさんの顔を眺める。後ろの列に、誰かがメールを打っている光が見えた。

「シュレイダー。携帯をしまうか、廊下に出なさい」

光が消え、シュレイダーが背すじをはっとのばした。あちこちの椅子が落ちつかなさげに動く。その時、誰かの視線を感じた。

エリオットがあたりを見回すと、そこには無論、彼を見つめるレスリー・ミラチェックがいた。彼女はぱっと視線をそらす。

いきなり彼の携帯電話が鳴り出し——マナーモードにするのを忘れていたのだ——エリオットが携帯電話を手に取る間、あちこちでくすくす笑いがこぼれた。

エリオットは画面をのぞいた。知らない番号だったが、最近はかかってくる電話もいささか増えていたので、彼は立ち上がってドアに向かうと電話に出た。

「ミスター・ミルズ？」女性の声だった。イントネーションはアフリカ系アメリカ人。

「ザーラ・ライルだけど。ゴーディの叔母の」

「早速電話をいただけて感謝します、ミス・ライル」

教室のドアを背後で静かにしめ、エリオットはがらんとした廊下に立った。アン・ゴールドの教室とアンドリュー・コーリアンの教室から流れ出す話し声が聞こえてくる。本来ならオフィスで受けたい電話だったが、同僚たちと違って、エリオットはクラスルームに生徒だけを残して目を離すのに気が進まない。警察組織でキャリアを積むと、そういうふうに猜疑心にあふれた人間ができあがるのだ。

「ゴーディについて、お話をうかがえないかと思いまして」

「ゴーディはあんたの生徒だったの？」

「いいえ。直接は」

「じゃあ何でさ？」

むき出しの敵意に、エリオットは虚を突かれた。

「私の聞いたところだと、あなたがゴーディの失踪を警察に届けたとか。私はシャーロッテ・オッペンハイマー学長に、大学と警察の仲介コンサルタントとして任命されたんです」

「ご丁寧な言い方をしてるけど」ザーラ・ライルが言い返した。「大学のために事件を揉み消したいだけなんだろ」

「いいえ、それは考え違いです。ただまず、あなたに聞きたいことがいくつかあるんですが」

「あんたがどんな質問をしたいかなんて見え見えさ、ミスター・ミルズ。オッペンハイマー学長からもう聞かれたよ。あんたたちは、ゴーディが家出したってことで納得したいだけなんだ。あたしは絶対そんなのは信じないし、あんたたちに何を言われたって黙りゃしないからね！」

これはこれは。この女性は心底へそを曲げてしまっているらしい。一体どれだけいい加減な対応を受けてきたというのか、エリオットは驚かざるをえなかった。それともこれが、彼女の普段からの態度なのだろうか？

「聞いて下さい、ミス・ライル。私はあなたに黙ってほしいとは思っていません。あなたの力になりたいが、まずいくつか教えてほしいことがあるんです。同じく行方不明になっているほかの生徒についても調査を始めましたし、その事件とゴーディに何か関係があるかどうかも調べるつもりです」

ザーラが問いただした。「ほかの生徒ってのは？」

「ゴーディから、テリー・ベイカーという男子生徒の名前を聞いたことはありませんか？」

「ないよ」続けて、つけ加える程度の礼儀は見せた。「あたしは聞いてないね」

「電話では少し話しづらいですね。お会いできませんか？」

沈黙が落ちる。

「――考えてみるよ」

やがてザーラはそう言って、電話を切った。

7

ワーフサイドの店は、シアトルの大学生や若い社会人たちの間で、飲みに行く先として便利に使われている。ヒトデとイソギンチャクだらけの海水の池の上に小さな鉄の橋が架かっているだけの、外から見ると素朴な木の建物だが、中に入ればくぐもった照明が革張りのブースを照らし、弧を描く壁の窓からは見事なマリーナの全景とシアトルのダウンタウンが見渡せた。

金曜の夜だ、エリオットが到着した頃にはバーは混みあい、ピアノの澄んだ音色が低い会話のさざめきと溶け合っていた。大きな見晴らし窓の向こうの空が、オレンジやレンガ色へと劇的な変化を見せながら暗くなっていく。マリーナの水面は銀の輝きを帯びて、インディゴ色の都市の影が落ち、小さな光がチラチラと明滅していた。

エリオットは木の壁で囲まれた店内を見渡した。ジム・フェダーとの約束にはまだ少しある――フェダーに実際に現れる気があるとして。

店のつきあたりにある暖炉の前に、スタイリッシュな眼鏡をかけたロングの黒髪の美人が座っている。同僚の講師で友人、アン・ゴールドの姿を見つけたエリオットは、テーブルの間を抜けて彼女の方へ向かった。アンはグラスを傾けながら、腕時計を見ている。

エリオットが彼女のテーブルにたどりつくと、アンはぱっと顔を上げた。その笑みはエリオットを見て曇ったが、彼女はすぐに失望を隠した。

「エリオット。まあ、びっくり」挨拶のキスを受けるために頬を向ける。「ここであなたを見かけるのは初めてじゃない？」

アンは美術史を教えている。二度の離婚歴を持ち、意味するところはどうあれ〝男食い〟というあだ名も持っていたが、エリオットにとって彼女はいつもチャーミングで話しやすい相手だった。まあそれも、エリオットが遠い昔に〝食える〟男ではなくなっているせいかもしれないが。

彼女の手振りに従って、エリオットは自分の椅子を引いた。

「このへんにはあまり来ないからね」

アンが来るような場所でもない筈だ。

「でしょうね」彼女は自分がここにいる理由を説明するようにつけ足した。「ここのアップルティーニはもう伝説級なのよ」

「俺がアップルティーニ向きの男だとでも？」

彼女は笑った。可愛い笑い声をしている。

「たしかに、可愛らしすぎるかもね。最近どう？　前に話をしてから、何だか随分立っちゃったわねえ」

アンは笑顔を見せてはいたが、その視線がエリオットの後ろへ流れてから戻ってきたのを、彼は見のがさなかった。約束の時間に遅れている誰かを待っているのだ。

「何とかやってるよ、まだなじめない部分もあるがね。君の邪魔をするつもりはないよ、俺も人と約束があるんだ。見かけたから挨拶しとこうと思っただけで」

アンは顔をこわばらせた。「いいのよ、友達を待っていたんだけど、どうせもう来やしないわ。あの馬鹿、これでもう四十五分も遅れてるんだもの。あなたのデートが来るまで、座って一杯飲んでったら？」

「デートじゃないんだ」エリオットは答えた。「デートじゃないことだけは間違いない」

「何よ、もう一生分使い果たしちゃったみたいな言い方しちゃって。まだ四〇にもなってないくせに。私よりずっと若いのよ。ま、よく言われることだけど、年齢なんて心の持ちようよね」

アンはグラスに残った氷をカラカラ鳴らして、眉をひそめた。

「何を飲んでる？」とエリオットがたずねる。

「スコッチのジンジャーエール割り」

「スコッチが台無しだ」

「ええ、わかってる。でも私が飲んでると洒落《しゃれ》て見えるでしょ？」

エリオットは笑った。「見えるよ。まあ何でもいい、同じのを一杯おごろう」

「どうしてもって言うなら、腕ずくでとめたりはしないわよ」

彼は立ち上がりながら、膝にかかったかすかなねじれを、表情に出さずにこらえた。何より慣れるのが大変なのは、常に慎重に動き、次の動きに意識してそなえなければならないという点だ。皮肉にも、回復して痛みが薄らいできた今、過去にできていたことがもう不可能なのだと受け入れるのがむしろ難しくなっていた。始めは、ただ歩けるだけでありがたかったのに。

二人の飲み物をバーで注文すると、エリオットはカウンターによりかかり、人であふれる店内を怠惰に眺めやった。

カップルが何組か、声をひそめて会話に没頭している。男だけのグループが、カウンターの後ろのテレビをくいいるように見入っている。カウンターのはじではフィッシャーマンセーターを着た女の子が、小さな傘の刺さったドリンクを両手で温めていた。

ジム・フェダーはまだ来てないようだ。

エリオットは飲み物を手にアンのテーブルまで戻った。

礼を呟きながら、彼女は自分のグラスを取る。

「ローリーは最近どうなの？　相変わらず政府転覆をもくろんでるの？」

エリオットはひるんだ。「笑えないよ」

彼女は笑い声をたてた。その視線がまた彼の肩ごしにドアの方を見る。

「親父は元気だよ。退職してよかったみたいだ。本人も、前は一日中仕事しながらどうやってほかのこともこなしてたか、さっぱりわからないって言ってたしね」

アンはまた笑ったが、うわべだけのものだった。彼女の心は何マイルも離れたところにある。

「最近じゃ俺を巻きこんで、友達の息子が行方不明になった事件を調べさせてる。ベイカー夫妻、ポーリンとトムを知ってる？」

これは彼女の注意を引き戻した。

「トム・ベイカー？　ええ知ってる、よく知ってるわ。ポーリンの方はそうでもないかな。彼女は少し……浮いてるから」

「どんなふうに？」

アンは曖昧に答えた。

「ちょっとした広場恐怖症とか、そんな話よ。もしかしたらおうちの暖炉のそばが好きなだけの人かもしれないけど」その表情がぱっと変わる。「え、待って、トムの息子が行方不明になったって言った?」

「今のところそういうふうに見える。テリーのことは?」

「何てこと――いいえ、じかには知らないけど、一学期だけ受け持ったことはあるわね。一般の必修科目のひとつだった筈。〝国際的文脈における芸術〟、二年も前よ。テリーは今、法律専攻じゃなかったっけ?」

彼女は、テリーがどのクラスを取っていたか正確に記憶していて、少なくともテリーの専攻を知る程度にはベイカー夫妻と親しい。興味深い情報だ。

「そうだよ。テリーは建築の授業も取っていたが。君は建築史のセミナーも持ってたよね?」

「ええ、まあ、今の学期では受け持ってないけど。テリーを教えたのは一度だけ。それにしても何でそんなことに首をつっこむ羽目になったの? それとも、聞くまでもないことかしら」

「何で聞くまでもないんだ? 俺もずっと自分に同じことを聞いてるよ」

彼女が向けてきた笑顔はやさしかったが、小馬鹿にするようでもあった。

「だって誰が見たって、あなたはFBI時代を恋しがってるじゃないの」

「教師でいるのも好きだよ」エリオットは反論する。

「でもＦＢＩ捜査官の方がもっと好きでしょ」

これには言い返せなかった。

さらに数分、二人で世間話をした後、アンはグラスの酒を飲み干して、もう行くと言った。「来週、ディナーでも一緒に行きましょう。水曜日はどう？」

エリオットは水曜でかまわないと言い、地元のレストランで会う約束をし、彼女の両頰にキスして、椅子とテーブルの迷路を泳ぐように出ていくアンを見送った。彼女の後ろ姿、肩のラインは何かを語っているように見える。……落胆？　一体誰を待っていたのだろう。明らかに、男には違いない。

エリオットはグラスを傾けながら、店の客たちをじっくり見回した。

ウェーブのかかった金髪と茶色の目をした若い男が、自分のテーブルから、探るような視線で彼を見つめていた。フェダーはこれくらいの年齢の筈だ。

勿論、こんなふうに凝視される理由もほかにないのだが、エリオットはふと、アンがデートについて言ったことも正しいのかもしれないと思った。もう随分と長い間、多分長すぎるほど、誰かとのデートなど頭をよぎったことすらなかった。デートする気になど、まだとてもなれないというのが大きい。セックスならまだしも——そっちの方は再開したいところだ。

できれば近いうちに。

彼は人で混み合う空間ごしに、口をはっきりと動かして呼んだ。

「ジム？」

ジム・フェダーはうなずき、グラスを手に取るとエリオットのテーブルまで歩いてきた。

「あなたがミルズ先生？」

「エリオットでいいよ」

握手を交わすと、フェダーはエリオットの向かいに腰を下ろした。

「いきなりの話だったのに、すぐに会ってくれてありがとう、ジム」

フェダーはうなずいた。居心地が悪そうに見えた。

「俺、さっきの電話で態度が失礼だったらすみません。ただ……」彼はそこで話題を変えた。「テリーの両親に雇われて、テリーを探してるんですよね？」

「どちらかというと俺は、この件のコンサルタントの役目をしているんだよ。テリーの失踪を調べているのはFBIだ」

「FBI!?」

フェダーががしゃんとテーブルに置いたグラスから酒がはねた。

そのショックは見せかけではない。シャーロッテがさっき見せた驚きのコピーのようでもあった。

フェダーは自分を取り戻すと、長い一息で酒を流し込みながら、グラスのふちからエリオットをじっとうかがった。

それを見つめ返し、表情を読もうとしながら、エリオットは続けた。

「テリーの両親は、息子が自ら失踪したとは考えていない。そんなひどいことをする子ではないと言っている」

「あいつらの方がテリーにひどいことをしたんだけど？」

「一体何をしたんだね？」

何があったにせよ、フェダーはその話を流した。話題を変える。「そりゃ、ベイカーのうちは色んなところにコネがありますよ。それはそうだけど、でもＦＢＩが入ってきてるなんてテリーが知ったらあいつ嫌がりますよ。ＦＢＩだろうが何だろうが、誰かに自分のプライベートをほじくり返されるなんて、そんなのは一番嫌いなことだし」

「君は、テリーが自分から姿を消したと思っているんだね？」

「ああ、そうですよ。あいつは親父とうまくいってなかった。あの──上っ面ばっかりの親父とね」

エリオットは、フェダーの若々しい、整った顔を見つめた。

「テリーは失踪することを君に打ち明けたか？」

「いえ。ちゃんとは言わなかった」

「では、何と言ってた？」

フェダーは渋々認めた。「何も言ってなかったと思う」

「君らはどのくらい親しかった？」

また居心地が悪そうな表情に戻った。「最近は、前ほどじゃなかったな」

「つまりもう……デートはしてなかった？」

こういう時、デートという言葉を使うのは古いのだろうか？　時おりエリオットは、社交生活に関しては実年齢の三十七にほど遠く、十以上も年を取っているように感じる。

フェダーは肩をすくめた。

「なんつーか……はっきり別れたとかそんなんじゃないけど、もうそんなに二人で出かけたりとかはしてなくて」

「それはどうして？」

「どうしてかって、テリーの親父のほかに何かありますか？　テリーの頭の中じゃいっつもあのおっさんがアレは大丈夫、コレは駄目って物差しを振り回してるみたいだった。ありえないくらいお高い理想の物差しをね。テリーがゲイだってことで、完全にその計算が狂ったけど」

「そのことが、君たちの関係へのプレッシャーになった？」

「どう思います？」

「俺は、テリーが自分で姿を消したにしては、彼が自分の車や服を置いていったのは変だと思ってるよ。スーツケースもベッドの下に残されたままだった」

フェダーはまじまじとエリオットを見た。それから首を振り始める。エリオットは興味深く彼を観察した。

しまいにやっと、フェダーが吐き出した。

「あの人でなしがテリーを殺したんだ、でしょう？　自分の息子を！」

「いきなりだな」エリオットはそう返す。「俺はそんなことを匂わせたつもりはないけどね」

「だけどそうでしょう。絶対にそうだ」

「ほんの何分か前に、テリーが自分の足で歩いていったに違いないと言ったのは君自身だよ」

「でもそれは、知らなかったから――」

フェダーの声は吸い込まれるように途切れ、彼はただ、物憂げにエリオットを見つめた。

「テリーのことを聞かせてくれないか」最終的に、エリオットの方からそううながす。

「何を話せばいいんです？　テリーはまさに絵に描いたようなAクラス優等生ですよ。まっすぐで真面目な」

「ああ、それは聞いてる。だが彼は普段、どんなふうだった？　イメージがはっきり浮かばないんだ。誰も彼について悪いことは言わないが、あまり友達がいなかったようだし」

「敵もいませんでしたよ。テリーは静かで、内気だった。絵に描いたような〝いい子〟でね。とにかくゴタゴタするのが嫌いだった」

「俺の印象だと、テリーが法律を専攻したのは父親の希望によるものだという感じがしたんだが」

「当たりです。テリーは建築家になりたかったけれども、親父が法律をやれと言い張ったんだ。建築は、ほかの食えない芸術系の専攻とは違って、夢物語ってわけじゃないのに、でもテリーの親父にとっちゃ自分のお気に入りの進路以外はお話にもならなかった。そんでテリーは――」フェダーは頭を振った。「テリーはゴタゴタするのを嫌がったんだ」

「それで自分の望まない職業のために法律を専攻し、やむなく君との関係をあきらめた？」

フェダーは奇妙な目つきでエリオットを見た。

「そんなんじゃ……つまり、テリーと俺はそんな――」

「シリアスな関係じゃなかった？」

ぱっとフェダーの顔が赤らんだ。

「まあ、何て言うか、その、俺が――俺たちが――相手に対していい加減だったとかそう言うんじゃないけど、ただそこまで……だって俺たち、まだ大学生ですよ？　みんなだってそんな、まだ遊んでるし」

フェダーはいきなり、後ろめたそうに訴えかける目になってエリオットを見た。

「俺もまだ……色々な相手と会いたいし」それまでと違う、だが魅力的な笑みを浮かべる。

「まだフリーでいたいんだ」

フェダーは、彼を誘っているのだ。それに気付いてエリオットは驚いた。グラスに手をのばすと一口飲んで時間を稼ぎ、それから彼は口調を変えずにたずねた。

「テリーも同じように考えていたのか？」

「知りませんね」

つまりは、ノー。

「ほかに何か、聞いておいた方がよさそうな話はあるかな」

「ない、と思う」フェダーは言い訳がましく続けた。「何と言うか、俺はテリーが消えたって聞いた時、驚いたけど驚かなかったんだ。意味わかります？」

「わかるよ。何か今回の件に関係がありそうなことを思い出したら、もしくは耳に入ったら、俺に知らせてくれないか」

「たとえば、テリーが俺に電話をしてきたらとか？」

「その時も、勿論」そう言いながら、だがエリオットには、その可能性は低いだろうと思えた。「とにかく何かテリーについて聞いたら、教えてくれるとありがたい」

「ＯＫ。了解」

エリオットが立ち上がろうとした時、かぶせるようにフェダーが言った。

「その、一杯オゴらせてもらえませんか、エリオット?」

エリオットはためらった。フェダーは魅力的な若者だったし、どうやらエリオットに興味を持った様子だ――それに、誰かと一緒の時間をすごしてから、もう随分長いこと立つ。

だが、フェダーは彼の大学の学生だし、厳密に言えば容疑者でもある。何の容疑者かもまだはっきりしておらず、事件へのエリオットの関わりもほぼ個人的なものでしかないが、それでもFBI時代と異なる対応をするつもりはなかった。ここで容疑者と、彼の父いわくの〝ぶっちゃけた〟関係になるのは、まちがいなくまずい。

「今日のところは延期《レイン・チェック》ということでいいかな?」

フェダーは見るからにがっかりした様子だったが、気を取り直して軽く答えた。「シアトルじゃ雨《レイン》には困りませんしね」

エリオットはにやっとした。「ああ、確かに」

用心深く、膝を間違った方向に動かさないように立ち上がり、フェダーの視線をはっきりと感じながら、彼は人とテーブルと椅子の間を縫うように歩き出した。

「いい夜を、エリオット」

フェダーが背後からやわらかに呼びかけた。

8

ワーフサイドの扉がエリオットの背後でバタンとしまった。

夜気の中に、潮の香りと直火にあぶられるステーキの匂いが漂っている。

橋を渡ってパーキングロットに向かったエリオットは、笑いさざめきながらレストランへ向かうカップルたちとすれ違った。港の水面に星明かりがきらめいている。埠頭に係留された船や建物の影が、水の上に黒く落ちて揺れていた。レストランのドアが開いてはしまるたびに、音楽と笑い声があふれ出してくる。

エリオットはポケットから携帯電話を引っ張り出すと、まだ忘れていない電話番号を親指で押した。

「ランス」ほとんど間を置かず、タッカーがぶっきらぼうに答える。

てっきり留守電につながると思っていたので、いきなり生身の人間相手と話さねばならなくなったエリオットはぎょっとした。心臓の鼓動がはねあがったのはそのせいだ。それだけだ。

「エリオットだ」

ほんのわずかな間があってから、タッカーがなめらかに答えた。

「……これはこれは」それは少し湿った声で、グラスに氷がふれる音も聞こえた。「何かご用がおありですかな、教授？」

エリオットの耳が、電話の向こうで食器洗浄器が動く音を拾った。タッカーは自宅のキッチンで飲み物を作って、くつろいでいる最中なのだ。エリオットに幾つもの夜の記憶がよみがえってくる——長くくたびれる一日の仕事を終えた後、タッカーの家に転がり込み、何杯かのグラスを重ねた後で、タッカーのベッドへと転がり込んだ夜。

押し寄せてきた記憶の波に、一瞬、心が呑み込まれそうになった。住んだこともない他人の家に対してホームシックになるなんてことがあるだろうか？

いや、違う——タッカーや、タッカーの家がなつかしいのではない。突如としてわきあがってきた、腹の底がねじれるようなこの強烈な切なさは、エリオットが失ってしまった過去の人生すべてに対するものだ。それだけのことだ。そうでもなければ、あまりにも虚しい。

「今、俺はジム・フェダーと会ってきたところなんだ。ベイカーのボーイフレンドの」

タッカーは一口酒を飲み——多分時間を稼いだのだろう——平坦に答えた。「ほう。そんなことに同意した覚えがないがな」

エリオットが車のキーを押すと、パーキングにずらりと停まった車の列の中ほどで、彼のニッサン350Zのライトが点滅した。苛立ちに背中を押されるように、自分の車に向かって歩いていく。

「別にお前の同意は必要ない、だろ？　こっちにはFBIのモンゴメリーの許可がある。大学の学長の許可もある。テリー・ベイカーの両親の許可ももらっている」

「そうだな」

エリオットはもっと攻撃的な返事を予期していたが、タッカーが自制してくれたおかげで、今度は慣れない攻勢側に立たされてしまった。どうにか気持ちをなだめて、説明する。

「俺もそっちの領分を荒そうってわけじゃない。お前がフェダーをじかに調べたいのもわかってる。フェダーにも、連絡が来るかもしれないと伝えておいた」

「お心づかい頂いて感謝するよ」

これぞエリオットが待ちかまえていた、いやそれ以上の反応だった。

彼は皮肉っぽく返す。

「お時間のある時にどうぞ」

「わかってるだろうが、こっちが抱えてる事件はそれだけじゃないんでな」

多分タッカーには、もはやエリオットがFBIではないという事実をえぐるつもりはなかったのだろう。欠点はあれど、決してそこまで器の小さい男ではない。だが意図はなくとも、その言葉は同じようにエリオットの生傷を刺し貫いた。

思わず、激しく言い返していた。「俺にはほかの事件はないんでね。ベイカーの両親は家族の友人だし、彼らはこの何週間も、息子が生きているのか死んでいるのか、いつわかるのかと待ち続けてる」

車にたどりつき、ドアを開けて運転席にすべりこむ彼へ、タッカーが冷たく返した。「もしお前が俺の捜査のやり方に文句があるというのなら、ここで聞いておこうか」

「そもそも捜査なんかやってるのか？　お前はもう結論を出したように見えるよ。テリー・ベイカーが家出したんだと決めてかかって、これ以上調べるのは時間と労力の無駄だと思ってる、そうだろ」

タッカーが母音を引きずって、嫌みったらしく言い返した。「昔通りのエリオットだな。自分が〝飛べ〟と言ったら誰もが即座に〝どのくらい？〟と返事をしてくると思ってる。しない奴はみんな頭からばっさりか」

「昔通りの？　ふざけるな、一体何が言いたい」

「お前が一番よくわかってるだろ」

「お前、俺の捜査手法に何か文句があったってことか？」

もうどうでもいい筈の昔のことが、何故これほどまでに気にかかるのだろう。

「お前の捜査手法に？」

タッカーは少し虚を突かれた様子で呟いた。

「……いや」と、彼はすぐに調子を取り戻す。「そっちには何の文句もない。だが、個人的には？　ああ、俺としちゃ、お前に大いに文句が言いたいね」

ただそれだけで。突如として二人の間に浮かび上がってきたものは、無残で救いようのない、彼らの関係の残骸だった。

「個人的に俺がどうしたって？」とエリオットはぴしゃりとはねつけた。「本気か？　お前が、それを言うのか？　最低な態度をとったのはどっちだ。その貴様が、俺の態度が気にくわなかったとでも言いたいのか？　はっきりさせとこうか。無神経だったのは俺か？　相手を見捨てて背を向けたのは俺か？　同情もせず、理解もしなかったのは俺の方か？」

返事はなく、沈黙だけがこだまして、エリオットの耳は港からの汽笛を聞いていた。

今になって、もしかしたら今夜のタッカーは少々飲みすぎているんじゃないかという考えが頭をかすめる。それならお互いにお似合いだ。駐車場の車の中で、エリオットが古き良き日々について電話にわめいているとしたら、まぎれもなく、自分の方こそ飲みすぎている。

「──まあとりあえず、お前が根に持ってないようでよかったよ」

沈黙を破って、タッカーがそう、おだやかに言った。

エリオットは笑い出した。

一体タッカーはどうやって──最悪の瞬間にすら、彼を笑わせるのだろう？　何一つ、笑えるようなことなどないと言うのに。そんな時でさえも。

エリオットは言い返した。

「はっきり言おうか？　俺はもうどうでもいいんだ。お前がどう思ってるのか、それとも何も思ってないのか、俺には全部どうでもいいことだ。何もかも昔々の話さ。あのフェダーが言っていたことをここで聞きたいか、それともご自分で聞きに行きたいか？」

「ああ、あのフェダーが言っていたことをここで聞きたいね」

エリオットは息を吸い込み、プロとしての距離感をどうにか取り戻そうとした。元から彼は、事件を無感情に扱えるタイプではなかった。人権侵害の事件を担当する捜査官の多くは、事件を個人的なもののように受けとめる傾向が強い。

「フェダーによれば、彼とテリーの間は冷めかかっていたらしい。彼はトム・ベイカーのせいだと言ったが、俺の印象だと、フェダーがテリーに縛られず色々な相手と遊びたがったというのが実際のようだ」

「その色々な相手と遊びたいという気持ちはお互い共通だったのか、それとも自殺の動機になりかねない話か？」

「俺が持ち出すまで、フェダーの頭に自殺の可能性はまったく浮かびもしてなかったようだ。それまでは、テリーがちょっとした息抜きに出かけただけだと言い張っていた。だが話が進んだところで、フェダーは、父親がテリーを殺したと言い出したよ」

「興味深い飛躍だな」

「おそらくは大部分、罪悪感によるものだと思う。見たところ、二人のつきあいに関してはテリー・ベイカーの方がフェダーよりもずっと真剣だったようだ。テリーが傷ついて自殺したなどと、フェダーは考えたくもないだろうね」

「彼を重要な容疑者だとは見てないのか？」

「判断するには早すぎるね。念の為に聞くんだが、息子が消えた日のトム・ベイカーのアリバイはどうなってる？」

「アリバイはない。本人によれば、仕事で遅くまでオフィスに一人でいたそうだ」

エリオットは返事をしようとしたが、その時、ダッシュボードの時計が七時十五分を示していることに気付いた。ステイラクームのフェリー乗り場に急いで行かなければ、父親のところで一晩すごす羽目になる。

心残りだったが、彼は言った。

「わかった。フェリーに乗り遅れそうだ。また連絡する」

「またな」タッカーが間を置かずに答えた。

エリオットは電話を切り、イグニッションキーを回した。３５０Ｚがうなりとともに息を吹き返す。

電話を切るのが、必要以上に難しく感じられたのは何故だろう？

やっとお互いにまともな会話が成立したことにほっとした、多分、それだけのことだ。元々、エリオットは人と対立する性格でもなければ、普段は根に持つたちでもない。大体何も、事件の話をできる相手がこの世にタッカーだけしか存在しないというわけではないのだ。父親のところに行って話してもいい。元々、父が持ちこんできた事件だ。ただ……父親がポーリン・ベイカーに対して恋心を抱いていると気付いた今、事件の悲惨な可能性を議論するのは気が進まなかった。

それにどうせ、とエリオットは駐車場から車を出しながら結論を出した。今夜は誰かといたい気分ではない。静かでくつろげるキャビンに帰って、平和な夜をすごしながら、コピペだらけのレポートでも読んで——。

レポート。

「くそっ！」

レスリーのレポートと、カイルが目を通しておいてくれたレビューを、ハンビーホールのオフィスに忘れてきていた。月曜には返さなければならないものだ。しまった——だが。今日は金曜。それなら、グースアイランド行きの最終フェリーは十時五分まで出ない。思っていたよりずっと時間が残されている。

視線を再びダッシュボードの時計に走らせた。実際、時間はたっぷりある。それに大学は向かう方角と大きく外れてはいない。

エリオットは州道99号線に合流した。道はこの時間混んでいて、流れはのろい。州間高速道路5号線に乗ると、アクセルを踏み込んで上等なタイムを叩き出した。大学につくまで四〇分と少し。チャペルの裏側のいつもの駐車スペースへ車を入れた。

煉瓦造りの建物は夜に暗く沈み、エリオットが樹木苑を横切る間も、あたりは打ち捨てられたかのようだった。金曜の大学からは早い時間に人影が消えるが、それにしても誰一人いないかのように見える。そびえ立つベイマツやメタセコイアの木々のおかげで、まるで人里離れた森の奥を歩いているように錯覚できそうだった。湿った土の豊かな香りと樹木の鋭い香りが冷たい夜を満たしている。湿気の中でエリオットの息は白く曇り、人為的に植えられた木々の間を抜けながら、とぼとぼと道をたどった。

ハンビーホールには、業務時間外特有の、いびつな雰囲気が漂っていた。

エリオットは自分のオフィスに入ると机から書類をつかみ、ブリーフケースに押し込んだ。ぐるっと見回し、ほかに何も忘れ物がないことを確認して、部屋の電気を消す。オフィスのドアに鍵をかけると、正面エントランスに向かって歩き出した。非常口の表示が、かすかな光を壁とオフィスカーペットに落としていた。

廊下の向こうから音が聞こえた気がして、彼ははっと足をとめた。振り向いて耳をすます。清掃用具のカートが通路のつきあたりに置かれているが、メンテナンススタッフの姿もなければ、彼らの立てる音も聞こえない。この手の大きな建物につきものの、正体不明のきしみや雑音は聞こえるが、どれも不安をかきたてるようなものではない。

人のいない廊下を満たす静寂に耳を傾けて、エリオットは待った。

耳に届く音はない。

それでも彼は待ち続けた。

エリオットは、決して根は神経質ではない。むしろその逆と言ってもいいほどだったが、クワンティコのＦＢＩアカデミーでの訓練期間で、直感を無視するな、と叩き込まれてきた。

とはいえ次第に、そんなことをしている自分が馬鹿馬鹿しくなってきた。大学の建物は鍵の管理もしっかりしているし、カードキーのアクセスによって安全性も保たれている。大学から認可されていない人間が入りこむ可能性はきわめて低い。セキュリティもしきりにあちこちを巡回しては、開けっ放しの窓や施錠を忘れた窓をチェックして回っているのだ。

彼はエントランスのドアを押し開け、ＩＤカードを通して再びロックした。

身が引き締まるような夜気に、コオロギの鳴き声があふれていた。エリオットは階段を注意深く下りていく。

失踪した木曜の晩、テリー・ベイカーが図書館を出たのは十一時半すぎだった。構内の人気のなさを基準にするならば、おおまかに金曜の九時——およそ今ごろ——と似たり寄ったりの状況だっただろう。つまりは、テリーが自分の寮に向かって戻ろうとした時、ほとんどあたりはゴーストタウンのようだったに違いない。テリーが寮に向かったと仮定して、だが。

エリオットは、歩道脇につらなる古風な街灯の青白い光で時計をのぞいた。夜のこの時間なら、大学からフェリー乗り場まで車で二十分で着ける。まだ、ちょっとした実地検証をためす時間はある。

チャペルの駐車場にまっすぐ戻るのをやめ、彼は体育館とテニスコートがある方向へ向かった。緑のネットが張りめぐらされた高いフェンスの向こうから、ボレーが打ち返されるたびにはねるボールの音がうつろに聞こえてきた。生きた人間の気配はそれだけだ。それと、低く垂れ下がった枝の向こうに見える学生寮の明かり。

今は静まり返っている音楽堂をすぎ、石のベンチや奇妙な彫像が群れを為すオッター円形広場を横切った。予想通り、図書館はしまっている。キングマンライブラリーは、大学内でも特に古い建物のひとつだ。煉瓦の壁を覆うつたと、斜め格子の入った窓とが、いかにも伝統的な大学らしい荘厳な雰囲気を漂わせている。エリオットは図書館の周囲をゆっくりと回った。

図書館を囲む生け垣と石壁のおかげで身を隠す場所には困らないが、だから何だ？　テリー・ベイカーは一般的な成人サイズの男性だし、ここは大学の真ん中だ。木曜の晩、いかに人がいなかったとしても、助けを求めるテリーの声が誰にも届かないとはにわかに信じがたい。大学のセキュリティはSWATチームとはいかないが、きちんと定期的に見回っている。

テリーに叫ぶチャンスがなかったとすれば、話は別だ。だがエリオットには、若い成人男性を大学構内で殴り倒し、そのままどこかへ引きずっていく図を想像することもできなかった。——大体、どこへ？

それに、構内のこの区画は監視カメラにとらえられている。

もしかしたら、テリーは寮までの帰り道で襲われたのだろうか？

エリオットは懐疑的ながらもその可能性を考えてみた。勿論、ありえないことではない。もしベイカーが女生徒だったならエリオットも真剣にその仮説を検討しただろうし、それを思えばもっと視野を広く、性別関係なく考えてみるべきかもしれない。

エリオットは、テリーが歩いたと思われる、最も可能性が高いルートをたどってみることにした。

テリーの住むティトリーホールは一番はじにある学寮のひとつで、キャンパスの雑音や活動から離れ、静けさを保証するだけの距離が充分に取られている。エリオットは、木々のトンネルの中を鋪装された歩道のカーブに沿って歩いた。枝を垂れた白樺が月光に浮かび上がり、しだれ落ちる葉の陰影が銀や骨の色にゆらめいていた。

静かで、そして、暗い。木々のおかげで身を隠せる場所がたくさんあったし、同時に寮からの視線もさえぎられている。大学構内でもこの場所は、監視カメラの範囲外だ。寮までエリオットの足で十五分かかったが、おそらくテリーなら十分ほどで歩けただろう。

寮についたエリオットは、まだ結構な数の明かりがついていること――金曜の夜なのでそれほど多くはないが――、そして窓から見えるテレビの青白い光やパソコンの光を心にとめた。エントランスを二つともためしてみたが、大学のセキュリティポリシーに従って、どちらもしっかり施錠されていた。

まあ、エリオットとしても、テリーが寮内からさらわれたと考えているわけではない。もしテリーが襲われたのであれば、監視カメラから外れて寮からの視線もさえぎられた、今の短い道筋のどこかに違いない。おおよそ七分ほど、彼の姿は誰からも見えなかった筈だ。

勿論、テリーが道を外れて近道をしたという可能性もある。その場合、寮まで歩いた時間は短くなるだろうが、セキュリティの死角に入る時間はより長くなる。常識的な人間なら、そんな夜中、街灯で照らされた道から離れたりはしないとは思うが。

エリオットは無意識に膝をさすりながらもう一度考えをめぐらせていたが、元来た道を引き返し始めた。

もし犯人が、この木々の影にまぎれてテリーを待ち伏せていたとすれば、その後、被害者の体を引きずりながら大学を横切って大駐車場に向かうような真似ができた筈がない。あらかじめ車を大学の裏に停めておいた、というのが一番ありそうだ。例えば、チャペルの駐車場なら、たまに教会で礼拝がある時以外、いつも人がいない。

エリオットは足をとめ、チャペルの駐車場への最短ルートを脳裏に描いてみた。襲撃者にとって一番安全な道――人目につかない道――は、陶芸学舎《セラミック》の長い校舎の後ろを回り込んだ後、チャペルの庭をまっすぐ横切るルートだろう。それなら誰かと顔を合わせる確率はゼロに等しい。それを知るのは大学内の活動パターンを観察し、熟知している者だけだが。

エリオットはコンクリートの歩道から外れると、草の上を横切るルートをたどり始めた。キャンパスの芝生の大部分は手入れが行き届いているのだが、この陶芸学舎は敷地の端に位置するため、古木の節くれ立った根に足を取られないよう、足元に注意を払わなければならなかった。つまづき、転倒、どれもまちがいなく医師の推奨項目ではない。

長い校舎の裏手の道は、予想通りに暗かった。

ゆっくりと歩きながら、彼は茂みや下生えの中に目を凝らし、テリーがこの道を通った痕跡が何かないかと探した。勿論これだけ時間が経った後で、何かを見つける可能性など現実的にはゼロに等しいのはわかっている。

数メートル後ろでポキッと音を立てて枝が折れる瞬間まで、エリオットは自分の立場が以前とすっかり変わったことも、自分がもう民間人で、危険に対して無防備なのだという自覚もなかった。

だがその瞬間、戦慄が走った。警察機構にいる人間が陥りがちな、自分が無敵であるかのような感覚に、彼も慣れきっていたのだ。

勿論、無敵などではない。過去も、現在も。

そして今は武装すらしていない——加えて、もし身の安全のために走らなければならない状況に陥りでもしたら、それこそ運の尽きだった。

エリオットは振り向いて背後を確認した。細い草の道にはずっと先まで人影はなかったが、なじみのある、嫌な感覚が背骨をつたって下りていった。信じがたいことに、誰かがこっちを見ているという確信が消えない。後をつけられている。

エリオットは待った。次第に慣れてきた目が、大きく葉を茂らせたヘーゼルナッツの木の下に暗い影の形を見てとる。首の後ろがそそけ立った。彼の目の錯覚でなければ、太い木の幹のすぐそばに、誰かが立っている。

それで？

そう、誰かが闇の中にひそんで立つ正当な理由なんて山ほどある。人を待っているのかもしれない。あちらも、エリオットの存在を不審に思っているのかもしれない。そこにいたのならば、エリオットのことをじっと見ていても当然だ。見ないわけがないだろう。それだけのことで悪意があるとは言えない。

——必ずしも。

それでも、やはり……。

それでもやはり、エリオットの直感は彼に銃を抜くよう告げていた。もはや彼が身につけてしていない銃を。心臓は、猛る気持ちと警戒とが入り混じって早鐘のような鼓動を打っていた。かつての彼であれば、この男、あるいは女に、まっすぐ立ち向かっていっただろう。だが今の自分の手には負えないかもしれないと思うと、これ以上踏み込むことはためらわれた――いや正直なところ、恐れていた。

人生最悪の瞬間は数あるが、まさに今、そうだった。もし実際に、今ここで何かが起これば、自分一人では生きて切り抜けられないだろうと実感した瞬間。誰かの助けが必要だと。

反射的に、彼は携帯電話に手をのばしていた。大学のセキュリティにかけるつもりでいたが、助けを求める自分の姿が脳裏に浮かぶ。にきび面の派遣警備員相手に、今まさに感じている身の危険を口に出して説明しようとしている姿――そう、何と言えばいいのだろう。誰かが……？　彼を、見つめていると？

そんなことはできない。できるわけがなかった。

どうしてか、かわりにタッカーの番号を押していた。あまりにも理屈に合わない。この地上で、誰よりもエリオットが弱みを見せたくない相手がいるとしたら、まさにこのタッカー・ランスがその相手だ。

それでも彼は電話に耳を傾け――一度鳴り、二度……。

「出ろよ、ランス」

呟いた。

「フェリーに乗り損ねたのか？」

突然タッカーが電波の向こう側からたずねてきて、エリオットは長い、はりつめた息を吐き出した。

「いいや、大学の構内にいるんだ」

「一体何でだ？」

エリオットは木々の壁を眺めやった。落ちつかない感覚は続いていたが、今になって、自分が実体のない影に驚いただけではないかという疑いにとらえられていた。誰かが木の下に立っているとしたら、その人物は彫像のように身動きすらしていない。

「オフィスに必要な書類を忘れてきたのを思い出したんだ。今日が金曜だったのも思い出した。フェリーの最終便は十時だから」

「それで大学に戻って書類を取ってきた後、俺と酒でも飲み交わしながら事件の話をしようってお誘いか？」

タッカーは勿論本気で言ったわけではなかっただろうが、それでもその言葉はエリオットの虚を突いた。

「え？　……いや、俺はテリー・ベイカーが消えた晩に取った可能性のあるルートを歩いてみようと思っただけだよ」

タッカーは飲み物を一口飲んでから、ずばりと言った。「夜のこの時間にか？　お前、子供の頃に見たおっかないホラー映画で学んでないのか？」

「夜のこの時間に歩くのが重要な点なんだよ。ベイカーが消えた時の周りの様子がどんなふうだったのか、つかもうとしたんだ」エリオットは短い笑いを洩らした。「それにな、我が家は『クライシス——大統領の裏切り』がおっかない映画の代表格とされてるような家でな」

「それで、何がわかった？」

「何も」エリオットは渋々認めた。「根拠となるようなものは何もなかった」

歩き出しながら、警戒のまなざしを肩ごしに後ろへ投げた。何の動きもない。木々は描かれた背景のようにじっとしている。

「何も？　ふむ、お前から電話をもらって嬉しくないわけじゃないが、一体何の用があって電話してきた？」

タッカーの疑問は当然だ。ここはやはり、多少きまりが悪くとも、きれいに白状した方がいいだろう。

「ああ、そうなんだが……実はな——何だか嫌な感じがしたもんでな。誰かがこっちの動きを見ている気がして」

短く、鋭い沈黙が落ちてから、タッカーがゆったりとした調子で言った。

「まあお前は、大学のセキュリティカメラにとっちゃ久々のお楽しみ物件だっただろうがな」

「ああ、かもな。大抵、そんなもんだ。だろ?」エリオットは歩き続けた——そして背後に遠ざかっていく動かない影に向けた注意もそらさなかった。

「車に向かってるのか?」

「ああ」

「電話を切るな」

「そのつもりだ」

滑稽に見えているのは承知の上で、それでもこの際、つかんだ藁を最後まで離す気はなかった。とは言えタッカーが電話の向こうでこちらの動きを聞いていると思うと、エリオットは歩きながら馬鹿らしいほど自意識過剰になるのを感じる。

同時に、心強くもあった。

おかしな話だ。もしここで誰かが襲いかかってきたら、タッカーにできることなどほとんどないし、エリオットにとっても自分の身を守りながら月光をたよりに襲撃者の顔立ちを電話で説明するのは、難易度が高そうである。

車まで、やけに長い道のりに感じられた。近道だった筈だが。

「その息が荒い感じ、なかなかイケるぞ」タッカーが評した。

「地獄、へ、落ちろ」

タッカーは彼独特の、なめらかなのにざらついた、深い笑い声をたてた。「純粋な好奇心から聞くんだが、近ごろはどうやって体がなまらないようにしてるんだ？」

タッカーは利口だ。会話するのはいい考えだった。普段通りのように感じられて、エリオットの緊張も解けてくる。

「ま、ジョギングは論外だね。ロッククライミングも、テニスも、スキーも、アクロバットも……」

「お前、テニスなんて元からろくにしてなかっただろ。アクロバットと言えば――」色気のある、喉にかかるようなタッカーの低い笑い声に、エリオットは腹の底がねじれるような気がした。「俺が覚えてる限り、お前は確かにいい動きをしてたな。あれなら大して足に負担もかからんが……」

「お前、一体どれくらい飲んでるんだ？」

タッカーは意外なほど陽気に答えた。「たくさんさ」

「何でそんなに」

「何でだかお前にわかるか？」

素っ気ない言葉をエリオットがはかりかねている間に、タッカーがまた聞いた。

「相変わらずオモチャの兵隊で遊んでるのか？」

「軍隊のミニチュアレプリカを使った戦略ゲームのことなら、ああ」

「やっぱり。だろうな」タッカーの声にはエリオットが予期しなかった鋭さがあった。「お前は物事を支配するのが好きなんだ、そうだろ、ミルズ？　だから歴史が好きなのさ」

エリオットには返事のしようがなく、そしてタッカーは話題が尽きたようだった。

刺々しい沈黙に向かって、エリオットは報告した。

「今、車のドアを開けるところだ」

「斧を持った殺人犯がひそんでないかどうかバックシートを確認しろよ」

怠惰な口調で、馬鹿馬鹿しい指示がとんできた。

エリオットはスモークフィルムの窓ごしに車内を見やったが、大して得られるものはない。フィルムの欠点だ。彼は運転席のドアを開け、自分のレインコート以外何もない座席に視線を走らせた。タッカーだけでなく自分も嘲るように、吐き出す。

「バックシート、安全確認完了」

タッカーが鼻を鳴らした。

エリオットはブリーフケースを放りこんで、ハンドルの前に座ると、ドアを引いてしめた。ロックして、シートにぐったりとよりかかり、ふうっと出そうになる安堵の溜息をこらえる。背中が汗でびっしょりと濡れていた。木の根に足を取られたせいで、今や膝も容赦なく痛み出していた。

どうにか気持ちをまとめて、言葉を押し出した。「ＯＫ。電話につきあってもらって悪かったな。お前は愉快だろうが、こっちはすっかり馬鹿みたいな気分だよ」

「エンジンをかけてみろ」

「からかって楽しいか？」

「まあな、とにかくいいからエンジンをためせ」

エンジンはうなりを上げ、支障なく始動した。

「システムに問題なし」

「ラジャー、こちらヒューストン。いい打ち上げを」

何か言わなければならなかった。彼らの関係を思えば、ここで何も言わないのはあまりにもいびつだ。エリオットはぶっきらぼうに言った。

「なあ。電話を切らないでいてくれてありがとう」

一連の疑惑のドタバタにタッカーが辛抱強くつきあってくれたことは、エリオットにとって、理屈に合わないほどずっしりと重く感じられた。立場が逆だったら、自分がタッカーほどの忍耐力を発揮できたかどうか、自信がない。

「どういたしまして」タッカーの口調は揶揄するようだったが、その皮肉っぽさがエリオットに向けられたものかそれとも彼自身に向けられているのかは、何とも言いがたかった。

「もしフェリーを逃すような羽目になったら、またいつでもかけてこい」

エリオットが答えられるまで、一瞬の間があいた。

「……フェリーを逃すつもりはないよ」

「ああ、お前ならそう言うだろう」

「じゃあな、タッカー」

「じゃあな。教授」

9

その晩、タッカーの夢を見た。

始まりは悪くなかった。よくある、曖昧で、エロティックな夢のひとつ。

夢の恋人は当然のようにタッカーの姿となり、たっぷりとした愛撫とキスで溶かされた挙句、最後にはエリオットが負けて手と膝を付くよう強いられた。理性が崩れ、裏切った肉体が相手の男の欲望に応え出す。ねじ伏せられることに対する怒りすら、なじんだ喜びに変わっていく。

タッカーの重みがエリオットを組み伏せ、マットレスに抑え込まれたエリオットの全身がタッカーの肉体と熱に包まれる。自分より大柄な男の強い手が腰をつかみ、貫かれる瞬間、エリオットはぴんと張りつめた期待感に身を震わせた。あまりにも快感が強すぎる――ゆっくりと、狙いすましたように突き入られ、痛みと欲望がどろどろに混ざり合った刺激を与えられる。

気持ちよさに、エリオットの口からはなすすべのない、自分のものとは思えない声がこぼれた。

――もっと。もっと、お願いだ、強く――タッカー……

その時、夢が変化した。雨のパイオニア・コートハウス・スクエア。天気予報の機械の下。倒れているエリオットの片膝は撃ち抜かれ、至るところが血まみれで、そしてタッカーは彼に「しゃんとしろ、ガキじゃあるまいし、そんなに騒ぐことか」と言い放っていた。

現実にもそれに近いことはあった――だが、夢の中のエリオットはなすすべなく泣き続けており、そればかりは事実とはほど遠かった。そもそもタッカーはあの公園にはいなかったし、エリオットも泣かなかった。一生分叫んだし、悪態もつきまくった。だが彼は、泣きはしなかった。

涙など一度も流さなかった。

ましてやタッカーのためには、決して。

この先も。

土曜の朝に目を覚ました時、気持ちがざわついて、どことなく憂鬱だったのは、単に休養と息抜きが足りないせいに違いない。二、三日、休みを取ればすぐ片づくことだ。必要なのは、テストの採点もテリー・ベイカーの件も、そして過去の出来事についても考えずにすごす数日間。新鮮な空気と陽光を浴び、木々の間を散策し、それから暖炉のそばで上等の本を読む。そうだ、それこそが人生だ。

エリオットは起き上がるとシャワーを浴び、ひげを剃らずにいられることにちょっとした優越を覚えた。実際もう、やりたければ顎ひげをのばしてたってかまわないのだ。その気はないが。髪を長くのばしたり、サンダル履きで授業に出たりするつもりもない。

エリオットは陽光が差し込むキッチンでコーヒーを淹れた。窓からのぞむ木々の向こうは海で、彼はコーヒーを飲みながら、深い入江の海面から身を踊らせるシャチの姿を眺めた。

普段は早起きのカヤック漕ぎたちだが、今朝は一艇も見えないあたり、人食いシャチの訪問に気付いた住人はエリオットだけではないようだ。

コーヒーを済ませると、エリオットはお気に入りの散歩道を軽く歩き、鮮やかな秋の葉群れと、孤独感を楽しんだ。スティーヴンのキャビンから流れてくる薪の煙の匂いが空気にまじっていた。時おり、彼の足音を聞きつけた野ウサギや、鹿までが、がさがさと茂みを揺らしながら駆け去っていく。

濃密な陽光に晒されながら色あせていく倒木のそばを通りすぎた。そびえたつ松の幹では、勤勉なキツツキがくちばしで穴を刻みつづけ、緑に囲まれた池の上空を、オオアオサギが飛び去っていく。

夕べの酷使にもかかわらず、膝はしっかりと持ちこたえていて、エリオットの気持ちは上向いた。以前には、少しでも使いすぎると歩くこともできずにひっくり返り、痛み止めをキャンディのように口に放りこむしかなかった日々もあったが、ありがたいことに、それはもう過去になったようだった。相当な無茶でもやらない限り、新しい膝関節は長持ちしてくれるだろう。

ここに至るまでずっと、たゆまぬ努力を続けてきたのだ。リハビリを忠実にこなし、週に一度は理学療法士の元でマッサージも受けてきた。それがやっと、実を結んできた。

キャビンに戻ると、またコーヒーを淹れて、朝食——毎週末のお楽しみであるスモークハムのエッグベネディクト——の準備を始めた。

スティーヴン・ロケがキャビンのドアをノックしたのは、まだ熱したフライパンにハムを放りこむ前のことであった。

「一体夕べは何時に帰ってきたんだ？」

いきなりそう問いただしたスティーヴンを、エリオットは一歩引いて中に入れた。

朝の冷たい空気にさらされて、スティーヴンの日焼けした顔は紅潮している。エリオットと似たようなジーンズとスウェット姿だが、エリオットと異なり、シャワーを浴びて身繕いした様子はなかった。

「遅くだよ」とエリオットはキッチンに戻る。

「成程？　最近はよく夜更かししてるみたいだな？」

エリオットは探るようなまなざしをスティーヴンに投げた。

スティーヴンが明るい笑顔を作る。

「いや、ただ調子がよさそうで何よりだと思ってな。ここまで大変だったからなあ！」

そこに異論はない。とは言え何ともお粗末なセリフだった。「パンを持ってきたりはしてないだろ？」

「パン？　食うパンか？」

「トーストにするパンだ。二人分はないんだよ」

「気にすんな、トーストはいらないから。作家がトーストなんか食ってたら、ケツがぶよぶよになっちまう」

エリオットは好奇心からちらっとスティーヴンを眺め回した。スティーヴンはわずかにエリオットより背が低く、一、二歳年上だったが、体つきは見事なものだった。一日中座って執筆している運動不足の分を、サイクリングやカヤックでしっかりと埋め合わせているのだろう――もっとも、本当にスティーヴンが仕事をしているかどうかはわからない。エリオットはその成果を、実際にはほとんど見たことがない。

キッチンで勝手に自分のコーヒーを注ぎ、スティーヴンはシンクによりかかると、窓から眼下に見える自分のキャビンの屋根と松林に覆われた丘の斜面、そしてその先にある海の青い水面を眺めていた。

「今朝は、シャチが港まで入ってきたみたいだね」

エリオットはそう言いながら、オランディーズソースに使う卵の黄身をダブルボイラーに入れてかき混ぜた。土曜のゆったりとした時間は、彼のお気に入りだった。焼けたハムと抽出されたコーヒーの匂い、木々の間の散策、そしてキッチンにさしこんでキャビネットを照らしているおだやかな陽光の輝き。そういったものが好きだった。

家を持つのは、ここが初めてだ。FBIで働いていた間はいつも、部屋を借りてすませてきた。

「ああ。あいつらが死んだイルカをつつき回しているとこを見たよ」スティーヴンは音を立ててコーヒーをすすった。いきなり言う。「あんた、犬を飼った方がいいぜ」

「またどうして」

「一人じゃなくなる」スティーヴンは曖昧に答えた。「防犯にもなる」

「俺が一日中仕事に行ってる間、犬は一体何してればいいんだ」

まるで犬をほしがっているのはスティーヴン本人で、自分のかわりにエリオットに払わせようとしているように聞こえるのだが。

「それに、自分の身は自分で守れるよ」

「ああ、わかってるさ。ただこのあたりは……何かと人気《ひとけ》がないからな」

エリオットはスティーヴンをじっと見た。「何か気になるようなことでもあったのか？」

「そうじゃない」スティーヴンは肩を揺らした。「夜中に森を見てると色々と変なことも考えちまうだけさ。松の木がざわついたり、床板がきしんだり、な」

「寝る前に怖いお話を読むのはやめたらどうだ」

「言ってろよ。なあ」スティーヴンは何気ない調子で続けた。「あんたの大学で生徒が二人ばかりいなくなったって？」

「どこでそれを聞いた？」

「ニュースで流れてたぜ。かたっぽの生徒の叔母さんが、地元テレビ局の取材を受けてた。彼女によれば、大学側は事件を揉み消そうとしたらしいな」

「やられた」

エリオットは口の中で呟いた。出遅れたようだ。

「じゃ、本当の話なんだな？」

スティーヴンは何かを求めているような顔をしている。一体何を？

「言い切るには早すぎるよ。二人とも若いし、大学生だからね。何日か授業に顔を見せなかったからって、それが即深刻な事態につながるとは限らないだろ」

皮肉なことにエリオットは、前にタッカーが彼に押しつけようとしたのと同じような理屈をこねていた。

「噂じゃFBIが捜査に入ってるって聞いたがな?」

まずい。オランディーズソースが分離してしまった。ダブルボイラーの下側に入っている湯をうっかり熱くしすぎたのだ。

エリオットはスティーヴンが冷蔵庫から出したままの生クリームに手をのばした。

「ほかにはどんな噂を聞いた?」

「ガキの一人は地元の有力者の息子だとか」

「名前を言ってた?」

「なんとかベイカーだったな」

油断のならないまなざしだった。この犯罪ライターは、スクープを求めてやって来たのだ。

「ほかに?」

「もう片方のガキは大学の女講師とつきあってたらしいってさ」

彼はぱっとスティーヴンに視線を向けた。

「講師の名前は出てたか?」

「出てないね」

「地元のテレビはゴシップが好きだからな」とエリオットは曖昧に言う。

「なあ、あんたはこの事件に足つっこんでるんだろ？」

「スティーヴン――」

「当たりだ」スティーヴンはにっと笑った。「顔中に書いてあるぜ。これは知られちゃいけないと思うと、あんたはスフィンクスみたいに哲学的な顔をするからな。ベイカーの家族にたのまれたんだろう、違うか？　探偵をやるつもりだな」

「そんなつもりがあるわけないだろ。いいか……」エリオットはダブルボイラーをレンジからどかした。「全然、仕事なんかじゃないんだ。ベイカー家は親父の友達でね」

「じゃあ尚更、堅苦しくこだわることもないな。仕事じゃないなら――」

「よしとけよ、スティーヴン。ライルと交際していたと推定されてる講師の名前、本当に出なかったんだな？」

「〝推定されてる〟？」とスティーヴンがにやついた。「相変わらずのＦＢＩっぷりだなあ、エリオット。先生とおつきあいしてたのがライルってガキの方だってどうして知ってんだ？」

「まぐれ当たりさ」

シャーロッテ・オッペンハイマー学長とタッカーに電話をしなければならなかった。

シャーロッテがまだ電話をかけてこないのが驚きなぐらいだ。

だがエリオットは壁に掛かった電話機をちらりと見て、留守番電話の赤いランプが点滅しているのに気付いた。しまった。近ごろあまりに電話がかかってこないせいで、メッセージをチェックする習慣までなくなっていた。

スティーヴンは小馬鹿にするような笑みを浮かべた。「ああ、だろうよ。なあいいか、俺たち二人で協力しないか、エリオット。これは俺にもあんたにもどでかいチャンスだ」

「一体何の話だ？」

「俺にはわかるのさ。こいつは、派手な殺人事件になるぜ。しかも俺たちは特等席にいる。俺は、あんたの立場から見た事件捜査について書かせてもらうよ」

エリオットは首を振ったが、スティーヴンはそれでもしつこく言いつのった。

「何で駄目だ？　わかるだろ、この一件が俺たちの手元に転がり込んできたのは天の恵みってやつだぜ」

「チャールズ・マットソン誘拐事件の本はどうなったんだ？」

「あんなのは昔々の事件さ。結局あのガキを殺した犯人なんて、誰にもわかりゃしない。だけどこいつは今の事件だ。アツアツの、現在進行形で、しかもハッピーエンドで片付く可能性だってまだあるときてる。それに正直……いや、とにかく俺が一本エージェントに電話をすりゃ、このネタは即効で値がつくよ」

「断る。俺の関与はどこまでも非公式なものだしな。ＦＢＩが主導権を握った事件だし、言っとくが、この件の担当捜査官の邪魔はしない方が身のためだぞ」

「誰が担当なんだ？」

公式発表を見ればわかることでもあり、ここで誤魔化したところで何の意味もなかった。

「タッカー・ランス特別捜査官」

「タッカー・ランス？　お前の、タッカー・ランス？」

エリオットの顔に血がのぼった。ひたすら、どうにかサルベージしようとしているソースにすべての意識を集中させる。一体スティーヴン相手にタッカーのことをどれくらい話したものか、記憶になかった。エリオットはあまり個人的なことを人に話すたちではなかったが、グース島ですごした最初の数ヵ月は鎮痛剤漬けでぼんやりしていたし、少なからず気持ちが弱ってもいた。

「棚から皿を取ってくれ」

そう指示した。

スティーヴンは白いプレーンな皿をエリオットに手渡し、エリオットは焼いたハムとポーチドエッグを皿にのせた。上からバター入りのソースを垂らす。

「見た目もいいが、匂いも最高だな」とスティーヴンが皿をテーブルに運びながらほめた。

エリオットは二人分のコーヒーのおかわりを注ぎ、スティーヴンの向かいに腰を下ろした。スティーヴンが空気を察してあの話題を流してくれることを願ったが、そうはいかないだろうともわかっていた。

そして実際、スティーヴンは自分の卵に塩をかけ終わったところで、口を開いた。

「じゃあ、あんたの昔の恋人が事件の捜査責任者ってことか」

「彼は別に——」

エリオットは言葉をとめた。タッカーが〝昔の恋人〟でないとしたら、自分たちの関係を何と言っていいのかわからなかったからだ。セックスフレンドか？

二人は友達以上ではあったが、恋人には足りない関係だった。少なくともそれが、エリオットがこの十七ヵ月間、自分に言い聞かせ続けてきたことだった。

だが正直なところ、タッカーの怒りを目のあたりにした今、気が進まないながらも、エリオットは視点の変化をせまられつつあった。タッカーは罪悪感を覚えているのではない。彼は、エリオットに怒りを向けている。そしてその怒りは、タッカーが自分こそ被害者だと思いこんでいることを意味していた。どうやってまともな説明がつけられるかわからないが、事実は変えられない——タッカーは、自分にはエリオットに対して怒って当然だと信じている。

「あっちの方は、あんたが事件に足を突っ込んだことをどう思ってるんだ？」

その質問がエリオットを物思いから引き剥がした。まるでこの数日で初めて食物にありついたように朝食をがっついているスティーヴンを、テーブルごしに見やる。スティーヴンの買い物嫌いを考えると、もしかしたら本当に唯一の食事かもしれない。

エリオットはできるだけ淡々と、余分な情報を与えないように言った。

「前に一緒に仕事をしたことがないってわけじゃないしな。マットソンの本に戻れよ、スティーヴン。もう相当な時間と労力をあの本に注ぎ込んだんだろ」

スティーヴンはいつもの大きな笑顔で歯を見せると、後はおかわりを要求するだけに終始した。食事が終わるとすぐに彼は引き上げ、エリオットはほっとした。

食器洗い機に皿をつっこみ、すぐにシャーロッテ・オッペンハイマーに電話をしたが、彼女は出ず、やむなく留守電にメッセージを残す。

次にタッカーにかけてみた。同じ結果に終わる。

誰も家にいない——あるいは少なくとも、誰も電話を取らないようだ。ゴーディ・ライルの叔母に電話をすることも考えたが、月曜にじかに顔を合わせて話す方がいいだろうと決めた。彼女も今日はマスコミの相手で忙しいだろうし——テレビで証言したからには当然の成り行きだが——誰だってそんな日には機嫌が悪かろう。

午後の残りはおだやかにすぎていった。エリオットはレポートを採点し、来週の授業プランを作った。夜になると、南北戦争の〝ピケットの突撃〟シーンのジオラマに取りかかる。キャビンの西側、窓がずらっと並んだ彼のサンルームは、現在のところこのジオラマに占領されていた。

ジェブ・スチュアート将軍のフィギュアを、シアトルからグース島への引越しにまぎれてなくしてしまったので、かわりに手塗りの十五ミリフィギュアを取り寄せておいた。颯爽《さっそう》としたスチュアート将軍を、指揮下にある二隊の騎兵旅団とともに設置し、エリオットは一歩下がって成果を堪能した。

ジオラマをのせたゲームテーブルは一・二×二・四メートルの大きさがあり、作るのを手伝ったローランドによると、これはエリオットが無味乾燥な独身生活で老いることになるという動かぬ証拠らしい。

今夜、郵便物の中にあった不用なクレジットカード見本に、荒いスパイスの粉とコーヒーかすを接着してせっせと〝地形〟を作りながら、エリオットは父親の言うこともあながち的外れではないだろうと認めた。ＦＢＩで働いていた頃は、このミニチュアゲームに集中することで気持ちを落ちかせることができたものだ。最近では——そうでもない。むしろこうしていると、考える時間が長すぎる。

しかも頭に浮かぶことと言えば、必死に忘れようとしてきたことばかりだ。

夜八時、ついに鳴り出した電話が一日分の孤独と沈黙を打ち砕き、ぎょっとしたエリオットはピケットの師団の生き残りの半数を倒してしまった。

キッチンでその電話を取ると、シャーロッテ・オッペンハイマー学長の声が挨拶し、エリオットは腹の底で失望が身じろいだのに気付いた。一体、電話の向こうに誰を期待していたのだ？

シャーロッテは電話をかけ直すのが遅れたことをわび、生徒たちと登山に行っていたのだと釈明した。シャーロッテのそういう面を彼はすっかり忘れていたが、ニューイングランド風の上品な婦人の姿の下には熟練した登山家の顔があるのだ。カナダのバガブー山群からカリフォルニアのカテドラル・ロックに至るまで、手当たり次第に登っている。気候がよければ、よく生徒たちをマウント・レニエ国立公園まで日帰り登山につれて行っていた。

「ニュースのこともさっき聞いたばかりなのよ」彼女は続けた。「ライルの叔母がマスコミに話したなんて信じられないわ。彼女、大学側が生徒の身の危険について無視していると、はっきりと非難したのよ！」

「彼女は怯えているんですよ。だから考えられる限りあらゆるところに救いを求めているんです」

「でもあの人、一体どこからテリー・ベイカーのことを聞きつけたのかしら？」

それはエリオットなのだが、彼はその問いを誤魔化した。「テリーの失踪は秘密ではありませんからね。学生は噂話が好きですし」

その割にテリーの失踪がさしたる噂になっていなかったのは、もう一月近くも続報がないからだろう。他人の災厄に対して人々の興味は、往々にして短いものだ。

「それにしても無責任よ！」

エリオットは返事のしようがなかった。彼にはライルの叔母の行動が無責任だとは思えなかった。それに、もしゴーディ・ライルが自分の意志で姿を消したのだとしたら、テレビ出演は、待つ者が心配していると当人に伝える有効な手段である。

シャーロッテはゆっくりと言った。

「彼女の話がどこまでどうなのか、まだわからないところもあるわよね」

「どういう意味ですか？」

「私から見ると、彼女の態度にはどうも理屈のあわないところがあると思うの」

「それはつまり……？」

「もしかしたら、彼女はゴーディの家出に何らかの責任を感じていて、その罪悪感を大学に転嫁しようとしているのかもしれないわね。ゴーディが消えた日の朝、彼と言い争ったと私に言っていたもの」

「何について言い争ったと？」

「それは言ってなかったわ」

エリオットは考え込んだ。こうした悲劇に襲われた人々の多くが、下らない言い争いをしたことを後悔したり、ささいなことだと見逃してきた物事にもっと注意を払っていれば、と後になってひどく悔やむものだ。現実の視力が一・〇だとするならば、自責の念で思い描く理想の視力はX線並みである。

「この件はきちんと処理しないと」シャーロッテが苛々と言った。

「月曜に、私がゴーディの叔母とじかに話してみます。もし今、大学側が少しでも強い態度に出たなら、彼女は圧力を受けたと感じるでしょう。すでに彼女は私のことを、大学をかばっていると非難していますし」

シャーロッテはさらに数分愚痴を続け、エリオットはできる限り彼女をなだめすかした。だが、物事というのは好転する前に、大抵一度は悪化する癖がある。残念ながら大学にとって、今回はそうなりそうだ。

最後にやっと彼女はあきらめ、「おやすみなさい」と「楽しい週末を」と言い残して電話を切った。

エリオットは、考え込みながら受話器を戻した。

日曜日も、港のシャチとスティーヴンとの朝食を除けば、似たような一日だった。エリオットは二回ほど散歩に出て、薪を割り、南北戦争のゲーム同好会の季刊会報『CHARGE《チャージ》!』の最新号を読み、それからジオラマの空きスペースを埋めるべく、せっせと地形を手作りした。

訪問者はなし。電話もなし。タッカーがエリオットが残したメッセージを聞いたのかどうか、反応は何もなかった。

静かでおだやかな一日だった。まさにこういう一日が必要なのだと、エリオットが自分に言い聞かせていたような。

岩の暖炉に炎がパチパチと燃え、一階のスピーカーから『コールドマウンテン』のサウンドトラックが流れている。鶏肉と練り団子のスープを作り（出来合いの団子でズルをして）、テレビでアメフトの試合を眺めた。

午後遅くには小雨が降り出したかと思うと、やがて屋根を雨粒が打ち鳴らし、窓を銀の流れが覆った。きらめく松の木々に囲まれ、雨と霧に包み込まれて、エリオットは初めてこの暮らしの静けさが、孤独と紙一重であることを感じた。

10

レスリー・ミラチェックは本当に泣き虫だった。

彼女は、凍りついたような沈黙のままエリオットの論評に聞き入っており、エリオットが「自分の言葉で書くように」という指摘をきわめてそつなく、うまく伝えきったのではないかと安堵し始めた時になって、一気に涙をあふれさせたのだった。

面食らい、慌てたエリオットは次々と机の引き出しを開けてティッシュの箱を探し回った。やっと見つけ出したティッシュをレスリーに手渡す。

彼女はティッシュの中でむせび泣き、鼻をかみながら、義母との間の軋轢《あつれき》について語り出した。続いて彼女のルームメイト、そしてボーイフレンドのジョン・サンドスキーとの問題について語った。そのどれがジョン・フォードの映画やレポートに関わってくるのかエリオットにはさっぱり伝わらなかったが、レスリー本人にとっては何やら関係があるらしかった。

彼女が立ち去った後、エリオットが携帯を確認すると、ザーラ・ライルからかかってきた電話を逃していた。ザーラの無愛想な声が告げるところによれば、午前十時までに彼が電話をかけ直さないと、彼女が仕事から戻る午後七時まで話は待たなければならないということだった。

エリオットは腕時計を見て悪態をついた。もう十時半だ。廊下の方からレイの清掃用カートがカタカタと進む音が聞こえてきて、さらにその遠くではアンドリュー・コーリアンが芸術とファシズムに関するいつものご高説をがなりたてていた。

「我々の政府もまた、ファシズム的手法で芸術や文学を用い、民衆の心に暗示を擦り込んでいるのは明らかだ。考えてもみたまえ、小説や映画の中であのような組織が礼賛されているのだ。警察、ＦＢＩ、ＣＩＡ……」

まさにそこから、一日は下り坂になった。

南北戦争の歴史の授業を終わらせたきっかりその瞬間、エリオットは覚えのある感覚に背骨がぞくりとして、嫌な予感がこみ上げた。肩ごしに見やる。

講義室の扉のすぐ内側にタッカーが立ち、腕組みをしていた。オーダーメイドのダークスーツにネクタイを締めていて、くせのない銅色の髪が、服の色と鮮やかなコントラストを見せている。ぞろぞろと列になって出ていく生徒たちが彼に好奇の目を向けた。たとえパンツ一枚で立っていたとしても、タッカーが警官であることはその雰囲気でまちがえようもなかった。

「今日、早上がりしてもいいですか？」

カイルがたずねた。エリオットは彼の方へ視線を向ける。

「かまわないよ」

「ありがとうございます、ミルズ先生」

普段のカイルは明るくエネルギーにあふれているのだが、今日の彼はくたびれた様子だった。目の下に黒い影がある。眉のリングピアスすら、だらりとうなだれて見えた。

「大丈夫かい？」

「ばっちりです」

カイルはそう肩をすくめた。彼もまた、皆と同じようにあやしむような視線をタッカーの方へ投げる。無理もなかった。タッカーの表情ははっきりと固く、その顔を見たエリオットにはどれだけ悪い知らせなのかがわかった。

ポーリン・ベイカーのことを思い、心がズキリと痛む。今の状況よりいい知らせではない、それだけは確かだった。

最後に教室を出ていったのはカイルだった。タッカーはよりかかっていた壁から離れると、ほぼ無意識の仕種で書類をブリーフケースにしまうエリオットへ歩み寄ってきた。

「テリー・ベイカーの死体を見つけたんだな」近づいたタッカーへ、エリオットはそう断じた。

「ああ、我々はそう考えている。正式な身元確認は待たなければならないが、だが現場からは彼の持ち物が見つかった。携帯電話、身分証、ノートパソコン」

それからタッカーは短くつけ加えた。

「残念だ」

エリオットはうなずいた。「どこで?」

「学校の裏にある湖だ」驚くエリオットへ、タッカーはさらに続けた。「自殺の線が濃厚だろう」

一体どうして、タコマの地元警察はあの湖を調べなかったのだ？　エリオットは首を振ったが、彼らを非難してのことではなかった。あまりにも可能性が多すぎた。

「鉄床《アンヴィル》をロープで腰にくくりつけ、湖に入っていって自分を撃った」

「どんな手段で？」

二人を沈黙が包み、エリオットはその耳に、外の廊下で笑いながらお互いを呼ぶ生徒たちの声を聞いていた。「……じゃあ、使った銃も見つかったんだろうな」

「まだだ。湖にある筈だがな」

タッカーは完全に確信しているようだった。

多分その言葉通りなのだろうが、エリオットはのろのろと言った。

「こんな結末になるとは思わなかったよ」

「知ってる。だが、一番高い可能性だっただろ」

そうだろうか？　確かに、そうだったのかもしれない。

エリオットはノートパソコンをブリーフケースに入れると、鞄をカチッとしめた。「俺の方からベイカー夫妻に伝えようか？」

タッカーの青い目が彼の目をとらえた。勿論、タッカーにとってもその方がありがたいに違いない。誰だってこんな役割は全力で免れたい。だが、エリオットがタッカーの表情を読んだようにタッカーもエリオットの表情をはっきりと読んだのか、一瞬のためらいを見せてから、彼は言った。

「一緒に行かないか？」

エリオットはうなずいた。「死体発見現場を見せてもらえるか」

タッカーが鋭い息を吸い込む。「何のつもりだ」

「何のつもりだって、そっちこそどういうつもりだ」

お互いのその一言で、見せかけの休戦は脆くも崩壊した。

「あの学生は自殺したんだぞ。事件は終わりだ。たとえ鑑識や地元警察の現場捜査で自殺を否定する証拠が出てきたとしても、もうお前には関係ない」

「ほう、いつからそうなった？」

「いつも何も、お前は始めからただのコンサルタントなんだぞ、エリオット。もうＦＢＩじゃない、わかってるのか？」

「俺がわかっていないとでも？」

その言葉は、エリオットが意図した以上に苦々しく吐き捨てられていた。

目の前の冷徹な顔をした男が、金曜の夜、電話ごしに誘いをかけてきたタッカーと同じ男だとはとても思えない。多分あの時、エリオットが思った以上にタッカーは酔っていたのだろう。きっと、彼らのどちらもが。

「よせよ、お前が自分で決めたことだろ」

「俺が決めたこと？」

つきあげてきた憤怒は、エリオット自身も驚くほど荒々しいものだった。もっともタッカーが関わるところ、常に怒りの種は尽きない。

「意味はわかってるだろ。ここでお前とどうこう言い合うつもりはない。とにかくたった今から、お前はきっかりこの件とは無関係だ。わかったか？」

エリオットはまっすぐにタッカーと視線を合わせ、笑いをこぼした。

「仰せのままに、ランス特別捜査官」

この返事には誰であろうとムッとしただろうが、タッカーも淡い目を細め、その顔が黒ずんで、エリオットは一撃が届いたと悟る。

「……ああ、仰せのままにしてくれ」

エリオットはブリーフケースを手にしてドアへと向かった。

タッカーは彼について廊下に出ると、エリオットが講義室の鍵を締めるまでそこで待っていた。「俺の車でベイカー家に行くか？」

エリオットは問い返す。「現場に立ち会わなくていいのか？」

「今ごろは、鑑識の連中が一寸刻みに這い回ってるさ」

エリオットはやむなくうなずいた。タッカーと同じ車に乗りたくはなかったが、断るのはあまりにも子供っぽいだろう。それに、事件の情報も聞いておきたい。建物を出ていく二人のどちらも、ドライブしながらおしゃべりという気分ではなかったが。

タッカーのシルバーのGライド——政府所有の公用車——は、チャペルの駐車場、エリオットのニッサンの隣りに駐車してあった。フェンスの向こう側の湿地からはカモたちがクワックワッと騒がしく鳴き交わす声が聞こえてくる。湖の岸辺に停められた鑑識の車や、署員たちが行ったり来たりしている様子も見えた。報道ヘリが頭上の空をゆっくりと旋回していた。

二人は車に乗りこむ。タッカーは携帯電話で会話していた。

「わかっています。ええ、はい、捜査チームはもう編成済みで——」

その会話が記憶の引き金を引き、エリオットは皮肉っぽい笑みを浮かべた。モンゴメリーには、事細かに口出ししたがる癖があるのだ。続く会話を聞くともなく聞きながら、彼の視線は草むらの向こうの捜査風景に引き寄せられていた。タッカーの捜査チームは、最初に現場に到着した警察官も含め、地元の捜査官と証拠収集の専門家とで構成される筈である。写真係、現場指紋係、様々な専門技官。証拠収集の方針はタッカーに委ねられる。チームのメンバーと現場の情報を共有し、科学分析にかける証拠の選別について話し合い、分析の優先順位を決定し、現場の捜査に必要なすべての行為に最終的な決断を下すのも、タッカーの仕事になる。

やっとタッカーが電話を切って車のエンジンをかけた頃には、エリオットは質問を準備していた。「テリーが腰に鉄床をつないでいたと言ったよな?」

「ああ、その通りだ」

「本物の鉄床か、それとも鉄床みたいな何かだったのか？」

「俺は専門家じゃないからな。本物のようには見えたが。何故だ？」

「鍛冶屋が使うものだろう、一体どこでそんなものを手に入れたんだ？」

タッカーは返事をしなかった。

「そのへんにほいほい落ちてるようなもんじゃないだろ」

「事前に計画してたってことだろう。見るからにわかりきったことだろうが。彼は自殺して、自分の死体を湖に隠すつもりだったんだ」

「死体を見つけたのは誰だ？」エリオットはたずねた。

「飼っているレトリーバーを訓練しようと、獲物のデコイを池に並べていたハンターさ。ベイカーは自分の頭を吹きとばした時、それほど岸から遠くまで行ってはいなかったんでね」

「ああ、そりゃそうだろうさ。鉄床がどのくらい重いか知ってるか？」

「正確な重さが知りたいわけじゃないんだろ。ヨットの錨と同じぐらいか？」

エリオットはまだ考え込んでいた。

「テリーはどのくらいの期間、水の中にいたと推測されてる？」

「検死医はまだ断言してない」

タッカーがゆっくりと答えた。

その口調の中の何かに、エリオットは引っかかった。タッカーに向き直る。横顔には何ひとつ読みとれるものはない。

「で？」

「で、って何がだ？」

車がノースユニオン通りを左に折れた。

「で、何を言わずに置いてるんだ？　現場の何に、納得いかないんだ」

「現場に何かおかしなことがあったわけじゃないさ」

「しかし？」

「しかし、検死医は、死体が水中にあった期間について疑念があるようだ」

渋々ながら、タッカーはそう認めた。

雷に打たれたような沈黙の後、エリオットはたずねた。

「検死医は、一体どれくらいの期間、死体が水中にあったと思ってるんだ？」

「憶測はしたがらなかったが、彼はベイカーが水の中にいたのは一週間たらずだろうと見ている」


エリオットの持論によれば、キッチンからは、住人の姿が色濃く読みとれる。

ベイカー家のキッチンは、完璧そのものであった。フードチャンネルで放送されたあらゆる道具がずらりと揃えられている。だが、大理石のアイランドキッチンの上方、吊り棚から下がっている銅鍋の輝きから何かを読むとするならば、それはこの何年も、このキッチンでは誰も卵ひとつ茹でたことがないということだった。

はっきり言えば、調理どころか、ここで誰かが食事を取ったことすら一度もないように見えた。

「……こんなことになって驚いた、とは言えないのが残念だよ」

トム・ベイカーがそう言った。

「何故言えないんですか？」

タッカーが丁重な口調でたずねる。エリオットは、ベイカーのぎくしゃくした動きをタッカーが観察している様子を見ていた。

トム・ベイカーには、長年の旧友であるローランド・ミルズとは異なり、かつて左翼の過激派だった名残りは何ひとつ見てとれなかった。実際のところ、磨かれた爪からいかにも金がかかってそうなヘアスタイルまで、ベイカーに関するすべてが〝権威〟の輝きを放っている。金、地位、名誉——それが、トム・ベイカーが世間に対して作り上げたイメージだ。もっともエリオットの知るところによれば、ベイカーの出自はエリオットの一家と同じように労働者階級である。それでも今の彼は、フランス貴族のように見えた。細身で背が高く、厳格そうで、鷹を思わせる顔に、厚い瞼の下の黒い目。

「それがその手の連中のライフスタイルだろ、そうじゃないか?」

腫れた拳を氷水のボウルに浸しているベイカーは、感情を抑えている。だが二十分前にタッカーとエリオットが息子のテリーに関して悪い知らせを伝えた時の彼は違った。実際、声高だった夫に対して、ポーリンの方が静かで、彼女は苦悶に満ちた沈黙と青ざめた顔で二人の報告を聞き終えると、精神安定剤を飲んで自室に引き取っていた。

ポーリンがいなくなると、ベイカーは白い両開きのスウィングドアに拳を叩きこんでキッチンの中へふっとばした――少なくとも、ふっとばそうとした。今や壊れたスウィングドアの片方が、折れた翼のように蝶番からぶら下がっている。

「誰のライフスタイルですか、ミスター・ベイカー?」

タッカーが、馬鹿丁寧に食い下がった。

エリオットは口を開けたが、そのまま閉じた。こうと心を決めた時のタッカーは前にも見たことがある。何を言おうが、言うだけ無駄だ。

「ゲイのだよ」

ベイカーが吐き捨てた。突如として彼は、まるでエリオットこそ自分を問いただした相手であるかのように、エリオットをにらみつけた。

その態度が、タッカーの苛立ちをさらにかき立てたらしい。彼は冷たく、

「私の理解する限りでは、自殺は誰のライフスタイルでもありませんね。ただ残念なこと

に、二十五歳以下における自殺率は高い。さらに、ゲイのティーン世代の自殺率は同世代のストレートの子供のおよそ六倍以上に上昇します。その要因となるのは、家族や、社会からの圧力によって生じる抑鬱状態であると考えられていますが」

「ランス――」エリオットが呟いた。

ベイカーの顔は怒りでまだらに紅潮していた。

「よくもそんなことを！」息を切らせるように、「俺の息子は死んだんだぞ！」

「ええ、もし彼の死亡を取り巻く状況を明らかにできるような情報をそちらが何かお持ちでしたら、ご提供いただければありがたく思います」

タッカーの口調はまるで録音されたもののように抑揚がなかった。

エリオットは信じがたい視線をタッカーへ投げた。それから口を開く。「拳銃をお持ちですか、ミスター・ベイカー？」

ベイカーの茶色の目が彼をじろりと見た。

「いいや、持っていない。当然だろう。私は心底、銃反対派だ」

「テリーがどこで拳銃を入手したか、心当たりはありませんか？」

「このふざけた国と州と市のどこだろうと手に入っただろうよ。簡単だっただろう。この国では有効な銃規制が何ひとつ為されていないんだからな！」

これではまるで、家でローランドと会話をしながらすごす晩と変わらない。エリオットは続けた。

「テリーがこれまで自殺すると訴えたことはありましたか？」

「いいや。そんなことはない。当然だろう」

若い頃リベラルだった人間にしては、もはや〝当然〟のことが多いようだ。

「テリーは抑鬱状態でしたか？」

「お前らがあの子に手を出すまでは、そんなことはなかった」

「私が？」

エリオットは、タッカーが背を正したのに気付いた。力強く盛り上がった肩やぐっと張った顎の与える威圧感が、エリオットにまで伝わってくるようである。警告の視線をとばしたが、タッカーの視線はまっすぐベイカーへ集中していた。

「ホモだよ。オカマ連中」

ベイカーが嘲った。どうやら彼は、すべての問題に対してリベラルで寛容なわけではないらしい。

タッカーが口を開いた。「あなたの話を聞かせてくれないか、トム。息子が消えた晩のことだ。証言によると、遅くまで仕事で職場にいたそうだが」

「それがどうした？」

「誰かそれを証明できる相手はいるか？」

「貴様――！」

ベイカーが氷水のボウルから手を引き抜くと、突進してきた。

咄嗟にエリオットは、タッカーをかばおうと間に踏み込んだ。

いい考えではなかった。ベイカーは全身でエリオットにぶつかり、二人で揉み合いながら、エリオットは年上の男をどうにか拘束しようとしたのだが、その時、膝がキッチンカウンターに叩きつけられた。

一瞬にして稲妻に打たれたような激痛が走り、すべてが色を失う。エリオットはベイカーを離すと、床に崩れ落ちないよう大理石のカウンターを握り、歯をくいしばって、喉を裂いて出そうになる生々しい叫びをこらえた。

苦痛の嵐の外から、わめき散らすベイカーの声が聞こえてくる。その声は奇妙にくぐもって聞こえた。タッカーがエリオットに話しかけている。やっと聞き取れた言葉は、

「ミルズ？　大丈夫か？」

灼けるような白い光がしぼんでいき、同時に気絶したい衝動も――最悪なことに泣き出したい衝動も――おさまっていく。

エリオットは再びベイカー家の完璧なキッチンに戻っており、ぴかぴかの大理石のカウンターに嘔吐すまいと、必死で耐えているところだった。

「エリオット？」

「平気、だ」

エリオットは言葉を押し出した。カウンターを押し放す。にじむ視界のはじでは、タッカーがベイカーを床に押さえ付け、まさに手錠を掛けようとしているところだった。どうやらこの騒動で起きてきたらしいポーリンが壊れたスウィングドアの横に立ち、うっすらと揺れている。彼女の口は何かを朗読しているかのように動いていたが、何の言葉も出ていなかった。

「タッカー、やめとけ」

タッカーがエリオットを一瞥した。エリオットが〝闘犬モード〟と名付けていた顔つきになっている。無機質で、鋼鉄の弾丸のように揺るぎない。これぞまさにタッカーだった。即座に、そして攻撃的に反応する。滅多なことではためらわない。

エリオットは彼に首を振る。

「ふざけんな──」

「考えろ」エリオットは、ドアフレームをつかんでもまだ揺れているポーリンに向けて、あごをしゃくった。

彼女は夢遊病者のように呟いた。

「……何なの、これ……」

「あなたの夫は警官に暴力をふるった」

厳密に言うならばそれは真実ではなく、ベイカーは警官に暴力をふるってはいない。標的の警官の前に出てきた愚かな民間人を襲ったのだ。だが、ベイカー夫妻の前でタッカーの言葉を正す気は、エリオットにはさらさらなかった。他人の目があるところで、タッカーの職権にケチをつけるつもりはない。

彼はふたたび首を振り、トム・ベイカーの逮捕には断固反対だと無言のまま伝えようとした。いくつも理由はあるのだが、夫が逮捕されれば、残されたポーリンが息子の死体の身元確認をしなければならない——それが何より大きい。

タッカーは明らかに賛成しかねる様子で、エリオットはためらう彼を見ていた。意外だった。思いやりのない男ではなかった筈だが、もしかしたら、元からこんな男だったのだろうか？　タッカーには情などないと、エリオット自身そう信じ込もうとはしてきた。だが、これまで本心からそう見なしたことはない。

タッカーの口元が険しくなる。自問自答を終えた様子で、彼は短く言い捨てた。

「お前の決めたことだぞ」

手錠をしまい、立ち上がる。

ぎこちなく両手と膝を付いたトム・ベイカーが、最初はスツールに、次はカウンターにしがみついてよろよろと起き上がるまで、二人はじっと様子を見ていた。ベイカーは六十代後半、エリオットの父と同年代で、いかに体を鍛えていてもその老いは否定しようがなかった。

タッカーが声をかける。

「随分カッとなりやすいようだな、トム」

ベイカーはすっかり崩れてしまった髪を、指で目の上から払った。彼の声は震えていたが、それでも思いがけない威厳があった。

「私の息子――一人息子が、死んだんだ。一体貴様は……」

その語尾が割れた。

ポーリンが彼に歩み寄り、二人はすがりつくようにお互いを抱きしめる。

タッカーは長い息を吐き出した。彼はエリオットに向き直り、エリオットはドアの方へぐいと顎をしゃくった。

「息子さんのことはお気の毒でした」タッカーはベイカー夫妻に言葉をかけた。彼らの耳に届いたかどうかはわからない。「また連絡します」


家の外の歩道に出ると、タッカーが険しい声で先を制した。

「何も言うなよ。個人的には、もし誰かがあのガキをやったなら、犯人はあの親父であってほしいね」

「俺は別に、お前が悪いと言うつもりはないよ」

「あの男は骨の髄からゲイを憎んでる——おまけに暴力的な癇癪持ちだ。奴の記録を見たことがあるか？　お前のパパとつるんでウッドストックのチケットを買いこんでた時代、あいつは暴行罪で三回記録に残ってるんだぜ」

パパとつるんで？　愉快なことなど何もない筈だったが、エリオットの口元がゆるんだ。

「その暴行罪はどうなったんだ？」

「今日と同じようなことになったんだろうさ。誰かさんが別の誰かの良識をねじ曲げて、告訴を取り下げさせたとかな」

エリオットはタッカーの刺すような視線を受けとめた。頭を振る。

「あの男は弁護士だぞ、ランス。それもえらく成功した弁護士だ。しかも、悲嘆にくれている父親だ。法廷に持ち込まれたら、一体彼とお前のどっちに人々が共感すると思う？　模範的な市民の彼と、お前のような強面《こわもて》と？」

タッカーの目はかたくなだった。彼は口を開こうとしたが、エリオットが先を制した。

「形式的な質問ってやつだよ。答えは決まってる。大学まで乗せてってくれるか？」

一瞬の間を置いて、タッカーはぞんざいにうなずいた。

大学までの帰りのドライブは記録的に短い時間と、凍りついたような沈黙の中で完了した。タイヤがチャペルの駐車場を踏むと、タッカーはエリオットの方へ視線を流して、うなるように言った。

「平気か？」

エリオットは目を細めて見返した。

「何のことだ」

「あそこで、一体どうしたんだ」

タッカーの視線が、エリオットが無意識の内にさすっていた膝をちらりと見やる。

「別に」さすがにどう見ても、その返事は嘘臭い。エリオットは言い直した。「膝をカウンターにぶつけたんだよ」

タッカーは口を開け、それから思い直した様子で、肩をすぼめた。

「俺は大丈夫だよ。気にしないでくれ」

そうは言ったが、勿論、エリオットは大丈夫などではなかった。疲れ果てていたし、気落ちもしている。膝は鼓動に合わせてドクドクと規則正しい痛みを刻み、傷ついた神経や筋肉や腱のあちこちから時おり不意打ちの激痛がほとばしった。

テリー・ベイカーの失踪の調査を引き受けたことも、もう後悔していた。一体何の役に立った？

「そりゃよかった」タッカーは返事を押し出し、エリオットのニッサンの横に停めた。「とにかくよかった」

「……じゃあ、また今度な」

また今度。

タッカーにまた連絡を取る理由など、どこにあるだろう。

それはわからなかったが、とにかく今ここでタッカーに完全な別れを告げることなど自分には無理だと、エリオットにはわかっていた。この気持ちの奥に何があるのか深くつきつめたくもないが、それでも同じことだ。

今だろうといつだろうと、ここであろうがなかろうが、タッカーと二度と会えないという事実を受けとめられる時などない。

彼がドアに手をのばした時、不意にタッカーが、切羽つまったように名を呼んだ。

「エリオット?」

エリオットは頭を向ける。タッカーの大きな手が荒々しく彼の肩をつかみ、引き戻して、熱い唇がエリオットの唇を奪った。

茫然としたその刹那、エリオットの感覚はただ重ねられたタッカーの唇の強さに満たされる。荒々しいほどの唇の力、タッカーの味、匂い——そしてタッカーから伝わってくる、心をかき乱す強烈な欲望——。

「エリオット……」

タッカーが、一瞬だけ唇を離して囁いた。エリオットの頬にかかる息は熱く、彼を酔わせ、心を揺さぶる。タッカーの唇がエリオットの唇にふたたびふれて、エリオットは自分の名前と、その名にこめられた問いかけが唇の上にくぐもるのを感じた。

たったそれだけで。

ただ——エリオットと、それだけで？

それはあまりにもなつかしい感覚だった。忘れたつもりが、本当は何も忘れ去ってなどいないのだと、自分に言い聞かせてきた嘘が暴かれていく。すべてが、まだそこにあった。深く埋められながらも、まだくすぶり続けていた——まるで神経回路のショートのように、細胞に灼きつけられた記憶のように。深く刻みこまれ、秘められているのは、タッカーの存在そのもの。

突然こみあげてきた衝動の甘さはあまりにも耐えがたいほどで、エリオットの息がつまり、目の裏が痛んだ。焦がれる気持ちで、体の奥が溶けてしまいそうだった——この手がほしいと。ほかの誰のものでもない、この手が……。

理不尽だ。

激しい怒りをかき集めて、エリオットはやっと身を引きはがした。

彼を見つめ返すタッカーの瞳は瞳孔が欲望に暗く、息が荒かった。

「一体どういうつもりだ!?」

タッカーの胸がふくらんで、沈む。

「どういうつもりなんだ！」

相変わらずタッカーからは何の反応もなく、エリオットの怒りに火がついた。

「頭がイカれたのか？　一年半もたって、ただ単純に――前に終わったところからまた続きができるとでも思ったのか？　お前は一体何を考えてるんだ！」

エリオットはタッカーをつきとばした。ハンドルの向こう側、運転席のはじまでぐいぐいと押しやる。タッカーはまるで抵抗を見せなかった。

「お前のことを考えてたよ」タッカーが怒鳴り返す。「何でこんなふうに戻ってきた、お前は――！」

「戻ってきたわけじゃない！」

「じゃあここでしてることは一体何だ？」

「俺はベイカー夫妻に協力してただけだ」

「嘘だ。でたらめだ、エリオット」

「まさか俺が首をつっこんだのはお前が担当だったからだとでも言いたいのか？」

「いいや。さすがに俺もそんなことは考えないさ。お前は思い出したくないことはみんな忘れちまったみたいだがな、俺は違う。俺は覚えてる。俺たちがどうして、どんなふうに終わったのか――お前は、俺だけが悪いと思ってるんだろうがな！」

「一体何を言ってるのか全然――」

「お前は人の話なんか聞きゃしない！　あの時もだ！」

見ようによっては滑稽だっただろう。二人の男が車の中に座ったまま息を荒げてにらみ合い、怒りと欲望に震え、激しい混乱に支配されて、ほかの何も見えなくなっている。

だがこの瞬間は滑稽さなどみじんも感じなかった。痛々しい出来事が起こった虚しい一日の、さらに痛々しく虚しい瞬間にすぎなかった。

「ああ、お前は自分にそう言い聞かせてりゃいいさ、タッカー」エリオットは吐き捨てた。車のドアを開けて、外にとび出す。「そのうちに、背中を向けたのが、お前じゃなく俺の方だったと信じ込めるだろうよ！」

かき立てられる限りの憤怒と力をこめて、ドアを叩きつける。

エリオットが苛々と、無意識の手で膝をさすりながらそこに立っている間に、タッカーの車は駐車場からスピードを上げて走り去っていった。

11

「あの白人の生徒の話を聞いたよ」

のだった。

ザーラ・ライルが言った。

「これでやっとあたしの話もマトモに受け取ってもらえるかねえ」

チャペルの駐車場からタッカーが去った後、エリオットはザーラ・ライルに電話をかけたのだった。

草地の向こうの死体発見現場まで走っていくタッカーの車を見送って、ハンビーホールのオフィスに戻ったエリオットを待っていたのは、「きちんと毎晩ゴミを廊下に出しておくように」というメンテナンス主任からの注意の紙だった。数錠の痛み止めを口に放りこむと、彼はマッサージの予約をキャンセルし、代わりに理学療法士に電話をかけた。五時の予約を取ってから、ためしにゴーディ・ライルの叔母に電話をかけてみると、驚いたことに彼女の方からエリオットと会いたがった。

「甥御さんはテリー・ベイカーを知っていましたか?」

ザーラは首を振った。「いいや。あんな子がゴーディの友達にいるもんかね。ありえないよ」

ライル家の家はタコマのヒルトップ地区にあり、ベイカー家の住居がある地域とはかけ離れていた。距離的にも、環境的にも。

かつて、このタコマの中心部は、ドラッグの売人やギャングがたむろする界隈であったが、住人たちは、警察を始めとした様々な組織と連携を結ぶことで対抗を試みた。のろのろとではあるが確実に、町は住人の手に戻りつつある。少なくとも、不動産屋のパンフレットにはそう書いてある。

ゴーディ・ライルと叔母は、幾度も改装した小さな家に住んでいて、裏には猫の額ほどの庭があり、私道に敷かれたブロックタイルにあちこちへこんだフォルクスワーゲンが停めてあった。家は、外も内側も、完璧に片付けられていた。

「ゴーディは美術を専攻していましたよね、確か？　彼はコーニッシュ芸大で何かトラブルがあってこちらに転入したそうですが」

彼女の顔が険しくなった。「ありゃゴーディのせいじゃないさ。あのガキどもがあの子を妬んでたんだ。しかも教師が人種差別《レイシスト》の白人でね」

エリオットはその言葉を流した。ＦＢＩにいた頃、警官への抗議をいくつか調査したことがあるが、その時に人種間の偏見や文句は肌の色を問わずどちらの側からも生じる可能性があるのだと学んでいた。

「何故、ほかの生徒たちは彼を妬んでいたんですか？」

「ゴーディは女の子たちにすごく人気があってね。山ほど女の子がいた。どれも真面目なおつきあいってわけじゃなかったが、でもあの子は、あの子はね……」

ザーラは数秒、ゴーディをどうかばおうか言葉を探していた。彼女にとって甥が目に入れても痛くない存在なのは明らかで、その甥に何らかの落ち度でもあれば、当然その責任は別の誰かになすりつけられるべきなのだろう。

「わかりますよ。女の子がゴーディを放っとかなかったんでしょう？」

ゴーディの叔母は、自慢するべきか弁解するべきか迷ったようだった。

「まあね。ちっとはね」淡い思い出し笑いが浮かんだ。「こんなちっちゃな時から、あの子は磁石みたいにみんなをひっつけたもんだよ」

「あなたが彼を育てたんですか？」

ザーラはエリオットよりさして年上には見えなかった。結婚指輪もしておらず、壁に掛かった数枚の写真からも、夫や、生活を共にしているパートナーの姿はうかがえない。

「あの子が十歳の時からね」

彼女の顎が挑むように持ち上がり、エリオットはこの話題をあきらめた。彼女は魅力的な女性であった。黒髪はきっちりと優雅に編み込まれ、そして見事なZシェイプのボディ――豊満な胸に細いウエスト、肉付きのよい尻。だが同時にエリオットが感じとったところによると、彼女は甥以外の、あらゆる男性に対して冷淡な態度を取るようだ。

彼女はエリオットとの会話に応じてはいる。だが明らかに、その一秒一秒が不愉快で仕方ないのだった。

「前の大学で、彼は講師の一人と争論になってますね。この時の原因は何だったんですか」

「さっきも言っただろ。あの男はレイシストだったのさ。あいつこそ学校から放り出されりゃよかったんだ、ゴーディじゃなくてね」

「何があったんですか?」

そこから始まって、彼女は長く、入り組んだ説明を繰り広げた。エリオットがどうにかつかんだ要点が正しいとすれば、とどのつまり、ゴーディが自分の作品に対して下された評価が気にくわなかったという話になる。

「それでゴーディはその教師をレイシストだとして非難し、教師は彼を退学にするぞと脅したんですか?」

ザーラは猛烈にうなずいた。

「そしてゴーディは、てめェをダチにシメてもらうぞ、と教師に言い返したんですね?」

彼女は一気にまくしたてた。「あの子はまだ子供なんだよ、口だけのことさ。そんな友達なんていやしないのに。このへんをうろついてるクズどもとだって、何のつきあいもない子なんだ。頭に来て、大口を叩いちまっただけなんだよ——」

「そうですね」エリオットは口をはさんだ。「わかります。こっちの大学ではうまくいっていましたか?」

彼女は渋々ながら矛先をおさめたが、黒い目はなおもゴーディの弁護のために戦う気満々で燃えさかっていた。

「よかったよ。大学のみんなに好かれてた。教師にも好かれてた」

エリオットは微笑を返した。

「でしょうね。あなたはテレビで、ゴーディが大学講師の誰かとロマンティックな関係にあったとほのめかしましたね？」

ザーラはまばたきした。警戒の表情になる。「それが？」

「何かはっきりした根拠があるんですか？」

「ゴーディが言ってたのさ」

「彼は、その講師の名前を打ち明けましたか？」

「いいや」彼女は無意識の仕種でイヤリングをいじった。「あの女はゴーディと連絡を取ろうと、うちに何回か電話してきてね。あたしがそのことを聞くと、ゴーディは笑い出して、女講師がどうとか言ってた。女の名前は何も言ってなかったね」

「電話で、彼女は名乗らなかったんですね？」

「名乗りゃしないよ。だろ？」

まあそうだろう、まともな頭のある女であれば。

だが、まともな頭のある女なら最初から生徒と関係を持ったりはしないものだ。

「ゴーディが彼女について言ったか、何かあなたが気付いたことはありませんか？　彼女がゴーディを受け持っている教師だというのは確かですか」

「あの白んぼの売女が何か関係あるってのかい？」

白んぼ？　本気か？

「つまり彼女は白人なんですか？　どのくらいの年齢に聞こえました？」

ザーラは肩をすくめた。「とにかくお上品でお高いしゃべり方をする女さ。さてね、ああいう女はあたしにゃみんな同じように聞こえるんだよ」

「二人はどの程度会っていましたか。それと、どこで会っていましたか？」

ザーラは知らないと首を振った。時間が経つにつれ、表情がどんどん鬱陶しさを増している。

「わかりました。質問を変えましょう——その女性は、ゴーディが姿を消した後、電話をかけてきましたか？」

「ああ。二回」彼女はすぐにつけ足した。「あの女、自分への疑いをそらすためにかけてきたのかもしれないね！」

「しかしあなたは彼女が誰か知らないのだから、彼女が疑いをそらす必要はないでしょう」

エリオットはザーラをつぶさに観察した。「ゴーディは、その女性を危険だと感じたようなことは言っていませんでしたか？」

「いいや」ザーラは小馬鹿にしたように鼻を鳴らした。「ゴーディは自分の身は自分で守れる子さ」

「その割に、あなたは彼に何かあったと確信しているようですが」

「あの子がこんなに長いこと、留守にするわけがない。あたしが心配するってあの子もわかってるんだし……それに、また退学になるような馬鹿なことをしたりはしないよ。何かあったに決まってるじゃないか」

エリオットはさらにゴーディの友人や仲間について、ザーラに質問を続けた。大学の授業について、彼が空き時間を何をしてつぶすのかなど、思いつく限りのことをたずねる。

ついには、エリオットは結論を告げざるを得なかった。

「ご心配はもっともだと思いますが、今回の二つの事件に関連があるとは思えませんね」

「やっぱりだ！　あんたはゴーディのことなんかどうでもいいんだ！　どうせあんたたちは、漂白したみたいに真っ白な人間しか相手にしないのさ！」

「私が言いたいのは、あなたの心配が的外れだということではありませんよ」エリオットは彼女の勢いにたじろぎつつ、言った。「私が言っているのは、少なくとも表面上、この二人の生徒たちに何ら関係があるようには見えないということです。二人にはまったく共通点がない。これは喜ぶべきことなんですよ、ミス・ライル。テリーは死んでいますからね。自殺したと見られていますが、もしあれが自殺でないとすると、二人の失踪に関係があったらゴーディは大変なことになります」

彼女はまばたきもせず、エリオットを数秒間見つめた。「……それはつまり、あんたにとっちゃゴーディのことは、もうどうでもいいってことだね？」

「いいえ、そうは言っていません」

「じゃああの子に何があったのか、ちゃんと調べてくれるのかい？」

「それは可能ですが……」

その言葉が口から出た瞬間にも、エリオットは自分の足元にぽっかりと大穴が開くのを感じた。一体どういうつもりだ？　自分は探偵なんかではない――勿論違う。それに勿論、FBIの捜査官でもないのだ。

彼は、歴史の教師だ。

――望もうと望まなかろうと。

それが問題なのだろうか。アンに言われたことは正しい。エリオットは教師の仕事を楽しんではいるが、FBIの仕事を心から愛していたのだ。社会をいい方に変え、小さな歪みを正すことのできる仕事だと信じて、その信念に身を捧げてきた。

ベイカー夫妻と息子のテリーを助けたいという気持ちに嘘はなかった。それだけに、無残な結果はつらいものだった。もしかしたら――ゴーディ・ライルの件では、その償いができるかもしれない。

一方で、視点を変えればこれは思いもかけない抜け道になるかもしれなかった。テリーの死によって、エリオットが捜査に関わるのは難しくなった。ここでザーラ・ライルの頼みを引き受ければ、学長の依頼を続行するという名目も足して、捜査状況を知る正当な権利を主張できるかもしれない。

「――できる限りのことはします」

彼はそう、折れた。

ザーラの表情から、構えた刺々しさが少し薄らいだ。

「ゴーディは特別な子なんだよ。本当に特別なんだ。あの子の先生たちに聞けば、あんたにもわかるよ」

「わかりました」

エリオットはうなずいた。ゴーディの部屋を見せてくれと頼むと、ザーラは家の奥へと案内してくれた。テリー・ベイカーの部屋が、持ち主が大学への荷造りを終えた翌日には訪問客用の客室に改装されていたのとは異なり、ゴーディがまだ住んでいる部屋は、まるで子供時代の遺跡のようであった。マイケル・ジャクソンのポスターが壁に貼られ、本棚には児童書が並んでいる。

エリオットの目には、ゴーディが普段からこの部屋の中ですごしていたようには見えなかった――そしておそらく、この家でも。

「彼はパソコンを持っていましたか？」

「机の引き出しだよ。あんまり使っちゃなかったね」

エリオットは、引き出しからアップルのノートパソコンを見つけた。

「借りていってもいいですか？」

ザーラはためらった。それから、うなずいた。


ザーラ・ライルのところを出ると、エリオットはサウスユニオン通りの整形外科クリニックへ向かった。

「ダメージは受けてませんよ」

エリオットの膝の、短いが徹底した診察を終えてから、理学療法士のオージーはそう保証した。彼はエリオットの膝関節を優しく動かす。

「これはどう感じますか？」

「よくなってきたよ。平気だ」

オージーが小さく微笑した。「相当痛いと思いますけど、明日にはよくなっている筈です。今晩眠れないようなら、少し鎮痛剤を飲んで下さい」

「薬の習慣を断とうとしてるんだけどね」

「痛みを我慢しなくてもいい時もあるんですよ」

オージーが気楽に請け合った。

エリオットはうなずきを返したが、納得したわけではなかった。

彼は自分の膝をじっと眺めた。ここまでよく回復してきているが、ピンクと白の傷がパッチワークのようになった見た目からは、とてもそんな風には思えないだろう。自分の見栄えに大した虚栄心を持っていたわけではないものの、自分の外見や健康を、かつてのエリオットは当たり前のように享受してきた。

銃撃の後、何よりこたえたのは不具となって愛する仕事から追われたことだ。だが、時に、心の準備がないまま自分の膝を見てしまうと、この傷にもひどく心がかき乱される。いくつかの傷は時と共に薄らいでいくかもしれないが、とにかく近い将来にショートパンツを履く予定がないのは確実だった。

その上、誰かに裸を見せることなど――

深く信頼している相手でなければ、ありえない。そして、それほど深く誰かを信頼したのがいつのことだったか、エリオットはもう思い出せなかった。

――俺は覚えてる。俺たちがどうして、どんなふうに終わったのか――お前は、俺だけが悪いと思ってるんだろうがな……。

ハーモニカの音色のような列車の警笛が、長くわびしげに夜をふるわせ、エリオットの暗い物思いを中断した。

ステイラクームのフェリー乗り場で、彼は停めた車の中に座り、通過する列車の音を聞きながら、ゆっくり近づいてくるフェリーの光の点滅をぼんやりと見つめていた。大きな船の船首に水が裂かれて、波が揺れ輝く。

彼はタッカーのことを、そして大学の駐車場での、あの混乱したキスのことを考えていた。

少なくとも、エリオット側からの一方通行でないとわかったのは慰めだった。タッカーの側でも相変わらずこの、心をかき乱す、もどかしい感情の混沌を感じていると知れたのは。最初から、そうだった。初めての時、タッカーがロサンゼルスの支局から転属してすぐ、エリオットが人でこみあう会議室の向こうに視線を向けた時から——瞬時に、そしてお互いに、彼らは惹きつけられた。どちらも、それをはっきり自覚していた。

出会いの瞬間を、二年前ではなく、まるで先週のことのようにエリオットは思い出すことができた。

実際には、ロマンティックな点などかけらもない出会いだったのだ。二人は人の仕草や視線を読みとる訓練を受けていたが、それでもなお、タッカーの視線が彼の視線をとらえたあの時のことを思い浮かべると——かすかに大きくなった瞳孔、鋭い頬骨のあたりに浮かぶ淡い紅潮、険しい下唇のラインを無意識に親指で擦っている仕草……今でさえ、あの時の引力がはっきりとよみがえってくる。

タッカーがシアトルに来て一週間もたたないうちに、二人がひとつのベッドに転がり込んだのは何の不思議でもなかった。

十一週間だ。そしてその間ずっと、エリオットは一体自分は何をしているのだろうと自問し続けていた。

それまでの人生で、あんなふうに感じたことは一度もなかった。タッカーに焦がれるほど、ほかの誰かに焦がれたことなどなかった。あんなことが続くわけがないとエリオットにはわかっていた。彼らは二人ともに仕事に貪欲だったし、出世を目指していた。

二人はあまりにも違っていた。予期しておくべきだったのだ。当然、いつかは──。

エリオットの電話が鳴った。

ディスプレイに浮かび上がる番号を見た。ローランド。

胸をかすめた失望に気付かぬふりで、彼は通話を受けた。

「やあ、父さん」

「大丈夫か？」ローランドの声は奇妙にこわばって響いた。

「俺？　勿論」エリオットは素早く思考をめぐらせる。「ああ、テリーのことを聞いたんだな」

「ポーリンから電話をもらったんだ」

「へえ」

平坦な相づちを打った。一体ポーリンは何だって、自分の息子が死んだと知らされた晩にローランドに電話なんかかけているのだ?

それともそう感じるのは、フェアではないだろうか。何と言っても、最初の時から、ポーリンはローランドのところへ助けを求めに行ったのだ。悲惨な知らせを分かち合う最初の相手の中にローランドが含まれるのは、何の不思議もないことかもしれない。

ローランドは相変わらず言いにくそうに続けた。

「すまなかった、エリオット。トムがあんな大馬鹿野郎だと知ってたら、お前を引っ張り込んだりはしなかったよ。本当に大丈夫なのか?」

父が話しているのはベイカー家のキッチンでの出来事だ。どうやら、ゲイ嫌いの旧友が自分の息子を痛い目に合わせたのではないかと心配しているらしい。実際のところエリオットは、膝に深刻なダメージはないとオージーに保証された後、あの時のことはきれいに忘れてしまっていた。タッカーの車の中でのキスで、それより前の記憶がすっかりかすんでいる。

「いいよ、父さん。俺は何でもない。ベイカーはタッカーに向かっていったんだ。俺はたまたまその途中にいたのさ」

「たとえそうでも俺がわかっていれば——」そこで父の声が変わって、鋭く尖った。「タッカー? お前が言ってるのは、お前の力になるべきだったのに見捨てたあのFBI野郎のことか? そいつがテリーの事件の担当なのか?」

一体、撃たれてからの数ヵ月、エリオットはどれほど薬漬けだったのだろう。明らかにその頃の自分は、耳を貸してくれる相手なら誰にでもやるせない気持ちをぶちまけてきたらしい。

彼は居心地悪く答えた。

「ああそうさ、まったく世界は狭いよな？　とにかくもう昔の話だし、水に流してくれ。水と言えば、フェリーが接岸するところなんだ。もう切るよ、父さん。また明日電話する」

エリオットが電話を切る時も、すっかりいつもの調子を取り戻した父はまだわめいている最中だった。テリーの事件に何の進展もないのも当然だ、あの傲慢なファシストのナチ野郎め、靴底で証拠や人の気持ちを踏みにじって——。

12

火曜の昼近くにスティーヴンがひょいとオフィスに顔を見せた時、エリオットはシャイローの戦いについて同僚の歴史教師が書いた論文を読み返しているところだった。

「よお、昼飯なんかどうだい？」

「ここで何してるんだ？」

エリオットはスティーヴンを笑顔で歓迎すると、論文を横に置いた。

「仕事の面接でね」

「どんな仕事？」

「特別講師。もし通ったら、オンラインで犯罪ドキュメンタリーの書き方を教えるのさ」

「自分の本の方はどうする」

「フルタイムの仕事ってわけじゃないからな、本を書く時間ぐらいたっぷり残るだろうよ。それで……メシは？」

「行こう。ちょっと待っててくれ。こっちを片付けるのに五分もかかないから」

スティーヴンはエリオットのデスクの正面に座りこむと、エリオットが仕事を続ける間にデスクから本を持ち上げてぺらぺらとめくった。

「あいつと何かあったのか？」

「誰？」エリオットは〝ルー・ウォーレス准将の迷った師団〟についての思索から、顔を上げた。

「あのメンテナンスの男さ」

「レイがどうしたって？」

「お前、ゴミ箱の中にスカンクでも仕込んどいたのか？　あいつが通りすぎた時、こっちをにらんだ目つきったら凄かったぞ」

「ああ。俺がゴミを廊下に出しとくのをよく忘れるからだよ。秩序を冒瀆《ぼうとく》してると思ってるんだろう」スティーヴンがここにいる限り、何一つ仕事は片づかないと悟り、エリオットは研究論文を置く。「じゃあ、どこか行こうか。何か腹に入れよう」

二人は大学にほど近いところの小さなカフェで昼食を取った。サンドイッチを食べてコーヒーを飲む間、エリオットはスティーヴンが放つテリー・ベイカー事件についての質問を辛抱強くかわし続ける。

しばらくして、スティーヴンがまたたずねた。

「ちょっと聞いてもいいか？」

「いいよ、テリー・ベイカーとゴーディ・ライルに関すること以外ならね」

スティーヴンは言葉を探している様子だった。

「あんたさ、自分を撃った男を殺したことは、一度も後悔してないのか？」

「……おかしなことを聞くんだな」

エリオットはやっとそう答えた。スティーヴンは申し訳なさそうな顔を見せたが、まだ答えを待ち続けている。

「本音を聞きたいか？　後悔したことはないよ」

「ほんのこれっぽっちもか？　ああわかるよ、あんたは負傷したし仕事もなくしたさ、だが相手は死んでる。殺さずにとめるだけってことは考えなかったのか？」

エリオットは皿の上にサンドイッチを置くと、その皿を押しやった。

「アイラ・ケインはあの裁判所内で二人の人間を撃ち殺したんだ。いいや、致命傷を負わせずにすまそうとは思わなかったね。ひとつには、あの男はもうちょっとで俺の膝をふっとばすところだった。もうひとつには、俺たちエージェントは確実に仕留めるように訓練されているからだ」

「おいおい――」スティーヴンは降参のしるしに両手を上げた。「ちょっと聞いてみただけだって」

ゴーディ・ライルには短所もあったようだが、何であれ、才能に恵まれた学生であることは間違いなかった。火曜日に彼の指導要録を読んだエリオットは、才気にあふれながらも血の気が多い一人の若者の姿を脳裏に描き出す。

コーニッシュ芸術大学から追い出される羽目になるよりももっと前に、ゴーディは同級生との喧嘩や教師とのトラブルの数で、学校記録を打ち立てでのけている。成績は全体にまああと言ったところだったが、何より輝きを放っているのは美術の才能だった。いくつかの助成金を獲得しているばかりか、芸術分野の奨学金まで得ていた。

専門は立体造形。指導担当は――アンドリュー・コーリアン。

エリオットは顔をしかめた。コーリアンとの対面はまったく楽しみにできない。ゴーディはハンサムな若者だった。だから何だと言うわけではないが、学生証の写真からでさえ、彼が美形だということがはっきりわかる。

ゴーディとテリー・ベイカーのファイルを照らし合わせてみたが、何も浮かんでこなかった。検索結果はゼロ。テリーは大学寮に住み、ゴーディは叔母の家に住んでいた。専攻も別々、指導担当の教師もばらばら、二人は共通の授業を取ったことすらなかった。エリオットには、彼らをつなぐ共通項がまるで見つからない。ゴーディは黒人で、テリーは白人。ゴーディは異性愛者で、テリーは同性愛者。ゴーディは貧乏だが、テリーは裕福。

エリオットが見つけ出せた唯一のつながりは、二人が前年に病気を患っていたことだった。テリーは盲腸の手術で入院し、ゴーディは単核症にかかっている。だがたどってみると、それもひどく細い糸だった。同じ医者にかかってもいないし、同じ病院ですらない。

それでもとりあえず、エリオットはこの共通点をタッカーに報告することにした。タッカーならば二人に関わった看護師や看護助手、健康保険の担当者などについて調べられる筈だ。何が出てくるか、やってみるまではわかるまい。

テリーは確かに自殺したのかもしれない。エリオットはまだ納得していなかったが。だが、ゴーディ・ライルに関しては、自殺の可能性はまずない。まずありえない。性格分析から見えてくるゴーディの姿は、どこまでも揺るぎない自信に満ちあふれていた。
二、三時間を費やしてゴーディのノートパソコンを調べ終わった頃には、すっかり暗くなっていた。罪深いほどに大量のポルノ――健全な若い男にしてもだ――と、のぼせあがった女の子たちから送られた、いささか驚くばかりの数のメール。ゴーディの返信を見た限りでは、彼はそれを当然のように享受していたようだ。
何通かはゴーディの叔母や教師からのメールで、学生展覧会に関してアンドリュー・コーリアンから送られたメールもあった。しかし、メールのほとんどを占めていたのはやはりゴーディが手際よく幾股もかけていた女の子たちからのものだった。

あやしいメールの中には、女性講師からのものは見当たらない――少なくとも判別できた限りでは。勿論、メールで正体を隠すのは簡単だ。それでも、例の女性教授がわざわざ十代の女の子の〝しゃべり方〟を真似ていない限り、このメールの中のどれかを大人の女性が送ってきたとはとても考えられなかった。

ゴーディが相手からのメールをすべて、返信も含めて削除していたという可能性も残るが、エリオットがこれまで受けた印象では、ゴーディは慎重なたちでもなければ、相手の無謀な女講師の名誉や地位を守ってやろうと気配りするようなタイプにも見えなかった。謎の女にも少しは自衛意識があって、電話だけで連絡を取っていたか、さもなければそんな女講師など存在しないか。

ゴーディは予定を書きとめておくたちではなかったが、どのメールを読んでも、彼が留守にするつもりがあったとは見えない。むしろこのノートパソコンを残していったことで、そんな予定などなかったと裏付けられているように思えた。

エリオットにしてみれば、女性たちの純真な気持ちをこれだけもてあそんでいれば、どこかで刺されていてもおかしくはない。それでも、やはり同じ大学から二人の学生が同時期に消えたという偶然は心に引っかかった。二つの行方不明事件がおそらく——いやほぼ間違いなく——無関係だろうと、エリオット自身の口でザーラに言っておきながら。

二つの事件は無関係だと思いたい。一方で、どうにも確信が持てない。

エリオットはタッカーに電話をしたが、タッカーは電話を取らなかった。検死医の報告内容はどうだったのかと、メッセージを残しておく。

その日は奇妙な一日だった。

テリー・ベイカーの死についてのニュースが伝わるとともに、大学全体が衝撃に沈んだ。生徒たちには、心痛をやわらげるためにカウンセラーの用意があると伝えられ、大学のセキュリティスタッフはマスコミを大学構内から締め出そうと忙しく動き回った。中庭が、花や、供えられた様々な品でゆっくりと埋められていったが、エリオットにはそれがテリー個人に対するものというより、悲劇に対する若さゆえの感傷に映った。

その昼下がり、ジム・フェダーがエリオットのオフィスを訪れた。彼の目は赤く、腫れぼったかった。

「あいつが死んだなんて信じられないよ……」

フェダーはそう言いながら、エリオットがすすめたデスク正面の椅子にどさっと腰をおろした。

「あなたには最初からわかってたんでしょ？　テリーが死んでるって？」

エリオットは首を振った。「いや。ただ可能性はあると思ってただけだ」

とは言え、ジム・フェダーの言うこともあながち外れではない。テリーの失踪について聞いた瞬間から、エリオットの直感は最悪の結末が来ると囁《ささや》いていた。

「あんなことをするなんて信じられない――自殺するなんて」

「テリーが自殺について一度でも話したことは？　たとえば、冗談としてでも？」

「いえ」フェダーは即座に否定した。「いっぺんも」

テリーが自殺したのでなければ、残る可能性は殺人だけとなる。うっかり腰に重りを巻き、うっかり湖に入って自分を撃つ者はいない。エリオットはゆっくりとたずねた。

「この間話してから、何かテリーの死に関係ありそうなことをあらためて思い出したりしたかい？」

フェダーは首を振った。「いいえ」

それでもフェダーは、エリオットを見つけにわざわざやってきた。何故だろう。

「君は前に、父親のトム・ベイカーがテリーに害を為したと考えていると言ったね。君の知っている限りで、トムがテリーを脅したり、肉体的な暴力をふるったりといったことはあったのか？」

「いいえ」

フェダーはエリオットの机の上、ゲティスバークの戦いの大砲のレプリカのペーパーウェイトを、まるで人生で最も興味深い物体であるかのように見つめていた。

「テリーが、ゴーディ・ライルという名前の生徒について何か言ったのを聞いたことは？」

「誰です？　いいえ」

その時、誰かがあけっぱなしのオフィスのドアを叩いた。エリオットは視線を上げる。

タッカーが扉口に立っていた。

瞬間的にエリオットの心臓が大きな鼓動を打つ。激しい感情のあまり、胸が苦しかった。こんなに深い感情を覚えるのが恐ろしいほどだ——しまいこんでとじこめるにはあまりにも大きすぎたのだと、それを思い知らされるのも怖い。あれだけ必死に過去を埋めようとしてきたあの十七ヵ月は、一体何だったのだ？

タッカーは、ＦＢＩ捜査官のイメージをそっくりそのまま演じているかのような立ち姿だった。冷徹な顔にはわずかな表情もない。サングラスはかけていなかったが、与える印象は似たようなものだ。

「ミルズ教授？」

彼は礼儀正しく、慇懃《いんぎん》に呼びかけてきた。

「悪いけど外してくれるかな」エリオットはフェダーにたのむ。

フェダーは自分の苛立ちを隠そうともしなかった。タッカーへ不愉快そうな視線を向けながら、その横を足早にすれちがう。とは言えまったくの徒労であった。タッカーは、おもちゃを追いかけていく幼児程度にしか彼のことを認識していないようだった。

フェダーの背中にドアを閉め、タッカーがエリオットのデスクへ歩み寄ってきた。

エリオットは、立ち上がって迎撃体勢を取りたくなる衝動を抑え込む。フェダーが座っていた椅子に腰を下ろすタッカーは、冷静で、いかにもプロフェッショナルらしく見えた。前回会った時に何があったのか覚えている気配すらない——あのチャペルの駐車場での、ほとんど絶望的なまでに激しいキスも、そしてそれに続いた言い争いも。

エリオットの方はと言えば、そのことがどうしても頭から離れないというのに。

「検死医から初期報告が出た。聞くか？」

「当たり前だろ」

「要点だけ言う。ベイカーは自らによる額への発砲の結果、死亡したと見られる」

「こめかみじゃなくて、額の中央か？」

「額だ。傷の正確な位置までは覚えていないが」

「自らによる発砲だと検死医が断定した根拠は？　あの死体は一週間も水中にあったんだ。あの現場の状況では、法医学的な物証のすべてを正確に得るのは難しいだろ」

「だから〝見られる〟と言った。手順はお前も知ってるだろ。当然、火薬残渣《ざんさ》やその他、多くの物証は得られていない。残った証拠によれば四十五口径が使用されたようだが、聞かれる前に言っとくと、ノー、まだ銃の発見には至っていない。毒物検査は結果待ちだ。付着ＤＮＡは水中では劣化が激しい」

エリオットは情報を頭の中でまとめた。「彼は服を着ていたのか？」

タッカーは壁にあるジョン・ウェインのポスターと、そこに書かれた〝人生は厳しい。愚かであればあるほどに〟というスローガンを眺めていたが、その視線を引き剥がした。

「ああ、着てた。そして彼のジャケットと携帯電話、ノートパソコン、ＩＤの入った財布が、水際にきちんと置かれていた」

「防御創は？」

「所見では見られない」

「死体はどのくらいの期間、池の中にあったんだ？」

「一週間以内だ」タッカーはエリオットと目を合わせた。「我々はこの事件をタコマ警察に引き渡す。この事件はＦＢＩの管轄外だ」

「随分と確信があるようだな」

「あのライルの叔母が何と言おうが、彼女の甥の失踪とベイカーの死に関係があるとは思えないからな。それともそうではないという反証を、お前が示せるか？」

タッカーは正しい。ＦＢＩがこの捜査に関与するべきだという根拠はなきに等しい。だがそれでも、エリオットの口をついて出たのは頑固な反論だった。

「自殺ならテリーは遺書を残した筈だろう」

「俺はそうは思わんね。被害者は、自分の死体が見つからないようにあれだけのことをしていた。それに、遺書がないのはよくあることだ、知ってるだろ」

タッカーは、エリオットの背後の本棚に並んでいる背表紙を眺めているようだった。

その言葉は事実だ。男性は女性よりも遺書を残す傾向にあるが、それでも遺書を書くのは自殺者の四分の一以下にすぎない。

「確かに。だがそれだけじゃない。鉄床を重しに使った点もそうだ。誰がそんなことをする？　あまりにも仰々しい。あれは……偽装だよ」

タッカーは椅子に座ってからこの方、四方八方をしきりに眺め回している。何の変哲もないこの小さな学問の隠れ家で、一体どんな手がかりをほじくり出せると思っているのだろう？　それとも、エリオットの視線を避けているだけなのだろうか。

「いいか、追いつめられた人間がどれだけイカれたことをしでかすか、お前だって山ほど見てきたろ」

「ああ、だがこれは……理屈に合わないんだ。自殺するだけなら、もっと簡単な方法がいくらでもあった筈だ。大体、テリーは死ぬまでの三週間、一体どこにいたんだ？　自殺を決心するためにしちゃえらく長い時間じゃないか。それについて何か情報はあるのか？　あの晩大学を出てから彼がどこにいたのか、どこで鉄床を手に入れたのか、もっと言うなら、あの銃は一体どこから？」

　タッカーは無表情にエリオットを見た。「わかってるだろ。あの親父の言うことは正しい。どこに行けばいいか知ってれば、銃を手に入れるのは大して難しいことじゃない。残りの質問は……答えを出すのはタコマ警察の仕事だ」

「お前は間違ってる、タッカー」

「初めてのことじゃないさ、だろ？」

　エリオットはまばたきし、椅子の背にもたれかかった。「じゃあここまでか？　捜査は終了？」

「ここまでだ」

　タッカーの顔はまるで岩に掘ったようだった。

「そうか、それじゃあ……またな」

　タッカーが固い笑みを返した。

「それじゃ」大きな手が椅子のひじ掛けを包み、タッカーはしなやかな一動作で立ち上がった。「またいつか」

晴れ晴れとした気持ちになるべきだった。もはやタッカー・ランスはいなくなり、「俺の捜査に首をつっこむな」という傲慢な命令にムカつかされることもない。

だと言うのに、腹立たしいことに、エリオットの中にあるのは——失望感と言ってもいいものだった。

勿論、失望のひとつは単純に、タッカーがいなくなってしまうと警察の情報や捜査状況を直接得られなくなるせいである。エリオットは大学講師であって、探偵でも何でもない。どんな権利があって警察の捜査ファイルを見せてくれと言えるだろう？　単なる詮索好き？人助けが好きな家系だから？　権力の側にいた頃は、そんな面倒は何もなかった。

だがそのことだけではなく、心の中には深く沈んだ部分があった。言うなれば、たとえば喧嘩腰で挑んだのに、肩すかしをくらったかのような。タッカーと戦うために心を奮い立たせてきた筈が、今やそのタッカーが戦場から姿を消した。これが勝利だとしても、おもしろくも何ともなかった。

シャーロッテ・オッペンハイマー学長から電話が入り、エリオットの助力に感謝していること、調査を終了できてほっとしていることを告げた。

「ゴーディ・ライルはまだいなくなったままですよ」エリオットはそう指摘する。

「あれは関係ないわよ。ゴーディも気が済んだら顔を見せるでしょ」

シャーロッテはすっかり元の自分を取り戻した様子で、その声は自信と威厳をたたえ、くつろいでいた。

「木曜の学生展覧会のオープニングパーティには、あなたも来るのかしら?」

「今度の木曜は、ちょっと」

木曜日の夜は父親とのディナーの夜である。こうしたわずかな儀式の積み重ねのおかげで、エリオットの新しい人生はどうにか形をなしているようなものだ。

「気にしないで。展覧会は学期終わりまで開かれているし」

シャーロッテが明るく、上品に先を続けるにつれ、何故ザーラ・ライルが大学からまともに取り合ってもらえないと感じたのか、エリオットにも見え始めた。シャーロッテがまちがったことを言っているわけではないが、ただ彼女は、都合の悪い可能性を受け付けようとしない。

だが常に、物事には様々な可能性が存在するものだ。

エリオットは、ザーラ・ライルがまるで好きになれなかった。彼女の無礼な態度もカンに障《さわ》ったし、あの女はあからさまなレイシストだ。そして見たところ彼女の甥は、才能はあるかもしれないが、自己中心的で思い上がった青年だった。

だがそうであっても、エリオットにはこのまま放っておけなかった。

それに彼はザーラの直感――ゴーディは何かの事件に巻きこまれている――が正しいと感じていた。大体、ゴーディの根性がよかろうが悪かろうが、社会はテリーと同じぐらい彼を心配し、注目するべきなのだ。そんなふうに感じるのはローランドの価値観が思った以上に伝染しているせいかもしれないが、とにかくエリオットは、ゴーディの件をこのままにはしておけなかった。

彼はアンドリュー・コーリアンがオフィスにいるタイムスケジュールを確認すると、自分の午後の授業を終わらせた後、コーリアンのオフィスをのぞいた。

いつものごとく、コーリアンは取り巻きにちやほやされている。女生徒が二人、オフィスにたむろって、コーリアンの口から出る言葉にいちいちうっとり聞き入っていた。片方の娘は赤いベルベットの上着をまとっており、カールした黒髪、青白い肌、落ちくぼんだ目――まるでヴィクトリア王朝時代の結核患者といった感じだった。もう片方は一見すると、陽気そうな人間ピンクッションというところだ。人の顔にこれほどたくさんのリングと装飾用安全ピンがとまっているところを見たのは、エリオットの人生でも初である。

「ミルズ！」コーリアンは上機嫌に彼を迎えた。「最近役人があたりをウロウロしてるから、てっきり君を脱税でつかまえてくれたものだと思っていたよ！」

ひょろひょろの娘が鼻を鳴らし、ピンまみれの信者と視線を交わした。

「少し二人で話をしたいんだが」とエリオットは言った。

「いいとも」コーリアンは生徒に向かい、「本日はこれにて、ご令嬢たち」

解き放たれた娘たちが部屋から旅立っていくと、エリオットは扉をしめた。

「あなたが担当している生徒について話を聞かせてもらいたくてね。ゴーディ・ライルだ」

「座るがいい、ミルズ。見下ろされるのは気に入らん」

コーリアンがほとんどの相手より数インチは上回ることを考えると、その文句は滑稽にすら響いた。エリオットはコーリアンのデスクの向かいの椅子を取る。腰を下ろすと、視線の高さにヌードの女性のトルソーがあった。こちらに向かってぴんと突き出している乳首を見つめないよう、エリオットは苦労した。

珍しく、真摯な表情になったコーリアンが眉根を寄せた。

「何故君がゴーディのことを聞くんだね？」

「ゴーディは先週の月曜から行方が知れないんですよ。丸一週間になる。当然、叔母さんが心配していまして」

コーリアンは苦い顔をした。

「君は、ゴーディに姿を消すに足るだけの相当な理由があるとは考えなかったのかね？」

「どういう意味です？」

コーリアンが肩をすくめる。「もし君がザーラ・ライルに会ったのならば、あの女がまさに暴君であることに気付いたろ。あの家で暮らすのは、ゴーディの芸術的精神を育む助けにはならんよ」

「つまり、ゴーディは芸術のために家を出たと？」

コーリアンはまた肩をすくめた。

「もしゴーディが私の忠告を聞いたのならば、そうだろうね」

「あなたはあの学生に家出しろと勧めたんですか？」

「その〝学生〟はもう成人している。立派な一人の男であり、自立した大人だよ、ミルズ。彼が家を出ようと選択したのであれば、それを家出と呼ぶのは適当であるまい」

「たしかに。しかしながら一言も残さずいなくなり、授業を欠席して、叔母にも一週間以上居場所を知らせずにいるのは、自立した大人のすることには思えませんがね。彼が何故、今になって家を出ることにしたのか、心当たりはありますか？」

「さっぱりだね。本当にそうしたのかどうかもわからんしな。私が言っているのは、ザーラの知ることがすべての事実とは限らんということだ」

「ザーラ？　ゴーディの叔母のことをよくご存知のようですね」

「ゴーディのことをよく知っているんだよ。彼は私の生徒たちの中でもきわめて才気煥発な、輝かしい未来を持つ青年だ。ザーラは彼のおまけにすぎん。これでも女性についての見識はあるが、その私に言わせればあの女は匹婦《ひっぷ》だな」

匹婦？　またここに、日ごろ耳にしない言葉がきた。

「あなたがゴーディを最後に見たのはいつでした？」

問われて、コーリアンは考え深げに天井を眺めた。

「月曜かな？　ああ、月曜だったと思うよ」彼はエリオットの視線を受けとめて眉を上げる。「君を信じるならば、彼が姿を消した日だな。これで私も容疑者の一人かね？」

「彼はどんな様子でした？」

「いつも通りだったよ。エネルギーに満ちあふれ、昂揚していた。生き生きとしていた。展覧会を楽しみにしていた」物問いたげなエリオットのまなざしへコーリアンはひややかに続ける。「毎年の学生展覧会だよ。木曜から開催されるだろう」

「ああ。ですね」

コーリアンはまたじっくりと考え込んだ。「ゴーディはどこかへ行くようなことは何も言っていなかったな。実際あの時はおかしな振舞いなどまったく気付きもしなかったが、しかし振り返って見るに、もしかしたらあの時――心ここにあらずだったか、気もそぞろだったか……はっきりとは言えんがな。特にこれと示して言えるようなものはないよ、〝見たまえワトソン君！〟とはね」

エリオットは嫌味を流した。「ゴーディがもし何かトラブルに巻きこまれていたとしたら、あなたに打ち明けたと思いますか？」

「いや、私はただの指導講師だよ、彼の告解相手でもなければカウンセラーでもない」コーリアンは肩を揺らしてそう認めた。「PSUに来てからの、ゴーディの先達としての役割は果たしていたと思うがね。せめて、我々は友達であったと思いたいところだ」

「彼は以前、いざこざを起こしています。少なくとも、PSUに転入してくる前には」

「ゴーディは己の罪以上に非難を浴びせられたことだろうな」

「やけに確信ありげですね」

「あるとも。あのような偉大な才能は、妬みを引き寄せずにはおかんものだ」

コーリアンは、いかにも同じ痛みをくぐり抜けてきた者として、確信をもって断言する。

エリオットは鼻を鳴らしそうになるのをこらえた。

コーリアンが続けた。

「何故君がゴーディのことについて聞いて回らねばならんのか、教えてくれるかな?」

「ザーラ・ライルにたのまれたからですよ」

「ほう、ゴーディが歴史の単位でも落としそうなのかね?」

エリオットはコーリアンの温度のない視線を受けとめた。「いいえ。彼女はゴーディの失踪がテリー・ベイカーの事件と関係あるのではないかと、心配してるんです」

「ベイカー？　自殺した学生かね？　これはまた、ザーラにしても突拍子もない」

「そう突拍子もないかどうかはわかりませんよ。ベイカーは死体で見つかる前、一ヵ月間失踪していましたからね」

コーリアンが芝居がかった表情で眉を上げた。

「事件について、君は随分詳しいようだな。世界を救うのをあきらめて教師に転身したと思っていたんだがな？」

「教師だって、生徒を救うでしょう」

エリオットは、努めておだやかに応じた。

エリオットがこの大学に赴任した初日から、彼らはずっとこうだった。エリオットの何かがコーリアンの気持ちを逆なでするらしい。まあ、ＦＢＩなどの警察機構を反射的に忌み嫌う人間もいるし、コーリアンの政治的主義に基づく反感かもしれない。エリオットが〝ファシズム的〟な組織で働いてきた過去が気にくわないのかもしれない。もしかしたらエリオットが父親のローランドのコネで大学の職を手に入れたと見なしているのかもしれない。

理由が何であれ、コーリアンはエリオットへのむき出しの敵意を隠そうともしていなかった。

コーリアンは楽しげな笑い声をたてた。

「こりゃやられた。何だかんだでローランドの息子だな、君も」

エリオットも微笑を返したが、彼の思考はふたたびゴーディ・ライルのところへ戻っていた。ゴーディがコーニッシュ芸術大学にいられなくなったという過去を考えると、ＰＳＵで得た二度目のチャンスを、彼が一週間も授業をサボってふいにするだろうか。何か重大な理由がない限り？　彼の叔母は、ありえないと信じている。

「もしゴーディがしばらく姿を消したいと思ったなら、どこに行くか、心当たりはありませんか？」

「いや。正直言えば、知っていても君に言いたくはないだろうね。君はザーラにご注進するだろう。だが、もしゴーディが連絡してきたら、叔母さんに電話するようにあの子に言っておくよ。それ以上は何の保証もできんがね」

「あなたはまったく心配していないんですか」

「してないよ」コーリアンは自信たっぷりにうなずいた。「間違いなく、あの子はそのうち顔を見せるさ」

13

水曜日には、計画通り、アン・ゴールドと二人でタコマのステーキハウスでディナーを取った。約束より少し早く着いたのだが、すでにテーブルに陣取った彼女は憂鬱そうに前菜をつまんでいた。

「イカ好きだったっけ？　ならいいんだけど」彼女なりの歓迎の挨拶を投げてくる。「ここのマリナラソースはとってもいけるのよ」

本音を言えば、イカは好きではなかった。ぐにゃっとした歯ごたえはあまり好まないのだ。だが革張りの座席に腰をおろしながら彼が眉を寄せたのは、イカのためではなかった。

「どうかしたのか？」

ほんの五日前に会った筈なのに、アンの変化は驚くばかりだった。彼女はまるであれから一睡もしていないかのように見えた。目の下には隈ができ、極度のストレスによる細い皺が口元に刻まれている。

「女の子にご挨拶ね。あなた、自分がほんとにゲイだって自信あるの？」

今夜の彼女はべっ甲ぶちの眼鏡までかけている。らしくもなく、野暮ったい。

「最後にチェックしてからかなり立ってるが、自信は結構あるよ」

「じゃあ何で映画やドラマのゲイみたいにできないの？　テレビの中じゃみんな友達にお役立ちのファッションアドバイスをしたり、失恋の愚痴にのってくれたりするじゃない」

勿論それは冗談だったが、アンの口調にはエリオットが初めて聞く棘があった。

氷だけになったグラスをゆする彼女を、エリオットはじっと見つめた。静かにたずねる。

「ファッションアドバイスが必要なのかい？」

彼女の目に涙があふれ、急いでしばたたいた。

「ごめんなさい、エリオット。あんまりよく眠れてないの……」

「何かあった？」

彼女は素早く首を振る。「注文しましょう」

続く一時間は、二人ともお互いの仕事の話に終始し、アンはわずかにリラックスしてきたが、それでもエリオットはまだ空気の底に凝った緊張感を感じる。

彼はさり気なくアンを観察しながら、彼女について知っていることを頭の中で整理した。アンはタコマで生まれ、このワシントン州で育った。結婚には二度失敗、子供はいない。大学から長期採用が保証されている教授で、ＰＳＵでも人気の高い講師としてよく名前が上げられている。

最後に彼女と会った時、あれはシアトルのバーで、アンはデート相手にすっぽかされたのだった。

何故シアトルに？　彼女の行動範囲からは大きく外れている筈だ。誰か、知り合いに見られたくない相手と会おうとしていたのだろうか？　ちょっとやそっとで他人の目にひるむような女性ではないと見えるが。

食事を食べながら、彼はじっくり考え込んだ。頭の中にまとまりつつあることはある。楽しい考えではなかったが、アンの青ざめてこわばった顔を見ていると、性に奔放であるという彼女の評判と「年齢は気の持ちよう」という彼女自身の言葉が重なった。そして、ザーラ・ライルに聞いた、ゴーディを追っかけ回していたという女性講師の話と、失踪後にその女が電話をかけてきたという話も。

料理の皿が下げられてデザートを待つ間、会話がふっと途切れ、思わぬことにアンの方から完璧な糸口を提供してきた。

「さっきからずっと私ばっかりしゃべっちゃってる気がするわね。あなたの方はどうなの？小耳にはさんだところだと、あの可哀想なテリー・ベイカーの捜索のためにＦＢＩに協力してたそうだけど？」

「ああ、それは本当だ」彼はアンの表情を探った。「だが今は、ゴーディ・ライルという名の生徒を探している」

彼女の表情が凍りつき、手にしたスプーンがコーヒーのソーサーに落ちて甲高い音を立てた。

二人の間に落ちた衝撃的な沈黙へ、エリオットは口を開く。

「彼を知っているのか？」

勿論知っている——それは痛々しいほど明らかだったが、それでも彼女は抵抗を試みた。

「ゴーディ——」唾を呑みこむ。「ライル？」

二人のどちらも何も言わなかった。

「……何で、わかったの」

アンが囁いた。

エリオットは首を振る。

「PSUは小さな大学だからね」

「まさかそんな——誰かがそんな噂を——？」そこで彼女は己を抑えた。「どうして腹が立つのかしらね。本当のことなのに」

コーヒーカップを見つめていた。

「……ええ、私、ゴーディを知ってるわ。よく知ってる」

「だが彼がどこにいるかまでは知らない？」

知らない、と彼女は首を振った。

「私、ザーラ・ライルがテレビでしゃべってくれてからというもの、もう、参ってしまいそうで。調べられれば、私たちのことがわかってしまうんじゃないかと……」アンはエリオットの目を見た。「本当のことを言うと、あのニュースが出るまで、私、もしかしたらゴーディは——何と言うか、私を避けてるんだろうと思ってたくらいよ」

「いや。それはないだろうね。彼が誰にも言わずに失踪したのは何でだと思う？」

アンは溜息をついた。「プレッシャーとか？　学生展覧会が今週始まるし。彼の作品には皆が注目してたから、相当な重圧だった筈よ」

「プレッシャーに負けるような性格だったようには思えないが」それはエリオットの受けた印象から大きく外れている。

「あの子、脆い部分もあるのよ。誰もがそれをわかってあげられるわけじゃないけど。一、二度、つらくなった時、ふらっと消えたこともあるわね」

「そういう時、彼がどこに行っていたのか、心当たりは？」

「いいえ」

「友達のところとか？　このあたりに、ゴーディが転がり込めるような友達は？」

アンは素っ気なく、「彼の友達のことなんか知らないもの。私たち、友達に紹介したりはあまりしなかったからね。それに、ゴーディは一匹狼タイプだった」

「彼の叔母は、ゴーディは自分の意志で失踪したんじゃないと考えている」

「ああ、あの女ね……」アンはうんざりと頭を振った。「あんな馬鹿なこと言っちゃって」

「ザーラに会ったことは？」

「ないわ、ありがたいことに。何回か電話で話したことはあるけど。彼女……あんまり愉快な相手とは言えないし」

「ゴーディと叔母の仲はどうだった？」

「問題なかった、と思う。ゴーディの方は、子供みたいに扱われるのが気に入らなかったけど、彼女のことは大目に見てたわ」

「君が最後にゴーディに会ったのはいつだ？」

「先週の月曜の午後に、見かけた」

「どんな様子だった？」

「文字通り、見かけただけだから」アンは説明した。「私のクラスの廊下を通りすぎていっただけよ。彼と最後に話したのは、その前の水曜ね。一緒にディナーをして、それから……まあ、それが毎週水曜の習慣だったの」

それなのに今日――水曜日に、アンはエリオットと夕食の約束を入れたのだ。それは、ゴーディがそれまで戻ってこないと知っていたからか？　それともゴーディを嫉妬させようと仕組んだのだろうか？

「会ったのは、シアトルで？」とエリオットは確認した。

「そう」

「その時のゴーディはどんな感じだった？」

「普通ね」

そのアンの言い方が、妙に引っかかる。

「本当に？」

「そうよ」彼女はきっぱりと言い切ったが、それから肩を落とした。「いいえ。近づいた展覧会のことですごくナーバスになってた。緊張して、でも楽しみにもしてたわ」

「それから？」

「――私たち、喧嘩したの」

「原因は？」

彼女は口元をこわばらせた。「関係ないでしょ。下らないことよ」

「一体何について喧嘩したんだ」

「これじゃまるで取り調べじゃない、エリオット」

アンがそう言うのも無理はない。この何分か、エリオットはすっかり捜査官時代に戻っていた。

「悪かった。ただ、心配してるだけなんだ」そう言いながらも、思わずこらえきれずにたたみかけた。「喧嘩の原因は？」

アンの唇が震える。その瞬間、エリオットは彼女が泣き出すのではないかと思ったが、だが結局、アンは静かに答えた。

「ゴーディが言ったからよ。私たち……」声が揺れた。「少し時間をおこうって。お互いから離れて」

エリオットは、何と言えばいいのかわからなかった。普通の取り調べの状況とは違う。彼女は同僚であり、友達だ。そしてエリオットは色恋の話とは長らく無縁だった。

「……つらいな」

「彼、本気で言ったんじゃないのよ」

「そうなのか？」

アンはうなずいた。

「そんなことを言い出した理由は言ってたか？」

彼女は首を振った。

「理由なんて——本気じゃなかったんだから」だが一瞬置いてからのろのろと、「多分、誰かと、つきあっていたんだと思う」

「誰だかは？」

「知らないわ」

「彼と話したのはそれが最後だね？　今どこにいるのか、見当はまったく？」

「見当なんてないって、さっきも言ったじゃない」

「悪い。ゴーディの叔母さんがとにかく心配してるんだ」

「いらない心配だわ。大丈夫、ゴーディは木曜日の展覧会には戻ってくるでしょ」

「アンドリュー・コーリアンも同じことを言ってたよ」

「アンドリューが言うなら絶対ね」アンは皮肉っぽく言った。「ゴーディは彼の子犬だし」

「へえ。まあ、明日が楽しみだ」

ウェイターがデザートを運んで来たのに合わせ、エリオットはそう相づちを打って、捜査モードから自分を切り替えた。

「俺もゴーディに会うのが楽しみだよ」

だがゴーディは、翌日の学生展覧会に姿を見せなかった。

キングマンライブラリーでの午後のオープニングに、エリオットは出席するつもりはなかったのだが、ゴーディが現れると皆があまりにも確信しているので、顔を出しておくかと思い直した。ローランドが出席すると連絡してきたことも、エリオットの決断を後押しした。父は、この年一回の祭典に行くので、今週のディナーは別の日にしようと言ってきたのだった。

去年のこの頃、エリオットの膝はまだ状態が悪く、生徒たちの作品の前に何時間も立ちっぱなしであれこれおしゃべりするなど論外だったので、毎年恒例のこの学生作品展覧会がどれほど盛大なイベントであるか、彼はすっかり忘れていた。全員の顔がそろっている。

いささか愉快なことに、ローランドは、生徒たちからもかつての同僚からも、まるで王者が戻ってきたかのように歓迎されていた。アンドリュー・コーリアンすら、いつもの傲慢な態度をあらためてローランドを迎えた。

ローランドとコーリアン。この二人の男に共通するところがあるならば、それは女性を惹きつける見えない力だろう。六十代後半にして、ローランドはいまだに女を集める磁力を放っている。エリオットは笑みを隠しながら、積極的に動く父親を見ていた。普段は生真面目な女性教授たちまでもが、顔を赤らめてくすくす笑っている。

ふと、ポーリン・ベイカーのことが思い出され、エリオットの笑みはかき消えた。

二人に向かって学長のシャーロッテ・オッペンハイマーが歩み寄ってきた。

「これは、ミルズ教授」彼女はローランドと頬をふれあわせて挨拶する。「近ごろはいかが、ローランド？　執筆の調子はどう？」

「文句なしだよ、シャーロッテ。予定通りに出版される筈さ」

「大学の名誉が傷つく覚悟をしておいた方がいいかしら？」

ローランドは笑っただけで何ひとつ保証せず、エリオットはもし自分がシャーロッテだったらとても心が安まるまいと思った。だがそこはそれ、ローランドの本が書き上がるとは誰も本気で思っていないふしがある。

ローランドとシャーロッテがしゃべりながらふらっと歩き出したところで、エリオットはコーリアンにたずねた。

「ゴーディからは音沙汰なしですか？」

「どうやらそのようだな」コーリアンは顔をしかめる。「だからそう言っただろ——そう、言いたくて仕方ないんだろ？」

「いいや」エリオットは本心から否定した。「言えばいいさ。彼が現れないとは、私にとっても心からの驚きだね。この日の栄誉を得るために、ゴーディは大きな努力を重ねてきたというのに」

コーリアンは生徒の父母らしきカップルに笑いかけられ、機械的な微笑を返した。だがエリオットに向き直った彼の表情は、らしくもなく深刻なものだった。

「認めるのは癪だが……しかし、心配していた君の方が正しいのかもしれん」

「テリー・ベイカーという生徒を知っていますか？」

「私がベイカー君を知っていたかどうかだって？　知るか」そこでコーリアンはやや取りつくろって、「こう言えばいいか、これまで彼のクラスを受け持ったことはない筈だ。勿論、ご両親のことは知っている。ベイカー夫妻は著名な方々だし、大学に関する活動にも精力的に参加されているからね。ご夫妻には私の作品をひとつ所有してもらっているし」

最後の言葉は、コーリアンがベイカー家へのお墨付きを与えたかのように聞こえた。

たしかにあの一家なら、コーリアンの彫刻を買うだけの余裕もあるだろう。

以前通りすがりに、コーリアンの作品にいくらの値がつけられているか耳にしたことがあるが、まさに仰天するような値段であった。コーリアンが才能も名声もそなえているのは承知しているが、同僚の教師が、実は教師をする必要などないほど専門分野で名をあげているとは、普段は思いもしないものである。

「ゴーディが、すべてから逃げ出したいと思ったとして、行き先を知っていそうな友達はいませんか」

「すべてから逃げ出したいだって？　ゴーディはこの展示会を楽しみにしてたんだ。この晴れの場に自分の作品を出展できるよう、必死に頑張ってきたんだぞ」

「ゴーディの友達によると、彼には時おり、一息つく時間が必要だったらしいと」

「どんな友達だね？　ゴーディは一匹狼だった。ま、女の子はたくさんいたがね、それだって気を許す相手ではなかった筈だ」

「それは何故？」

コーリアンの微笑はほとんど彼を哀れむかのようだったが、反論せずに問い返した。

「ゴーディの展示はまだ見てないな？」

「いいえ、まだ」

「見るがいい」

談笑する人々にあふれた柱と本棚の迷宮を抜けると、コーリアンはコーナーにある大きな展示スペースへエリオットを導いた。

そこには、角張った支柱で支えられた、ワイヤーと鉄の構造物がそびえたっていた。

「君がゴーディのことを理解したいのならば、まずは彼の作品を理解せねばなるまいよ」

金属や陶磁の鈍い輝きを放つコイルと管の塊を、エリオットは見上げた。二つの体が絡み合っているようにも見える――が、これは人間の体なのだろうか？　よくわからない。聞くのも気がすすまない。

かわりにやむなく、彼は作品の足元にあるネームタグを見た。

「巨人《タイタン》？」

「そうだ。まさに釘付けになるだろう？」

「確かに釘は多そうだ」

コーリアンは笑い声を立てた。

「ああ、やっぱりそう来ると思ったよ。君は虫酸《むしず》が走るんじゃないのか、これを見ると？」

「いいや」

だが確かに、エリオットは嫌悪感に心をつかまれていた。男根のように突き出した雄々しい屹立《きつりつ》や隆起の塊を見ていると、闘争心がぞわぞわと沸き上がってくる。目の前のものはあまりにも生々しく、攻撃的であった。

まるで拳の一撃のようだ――殴り返したくなる。

「この作品を作るのに、彼はどのくらいかかったんです？」

コーリアンはエリオットの社交辞令を見抜いた顔で、また笑い声を立てた。

「ゴーディはほぼ二年近くこの作品に取り組んできた。己の全てをこの中に注ぎ込んでいたよ」

確かに、ゴーディは芸術分野に関してはとびぬけたものを持っているらしい。

「印象深いね」

エリオットは身を傾けると、像の太腿部分に使われている鍛鉄のプレートをじっくりと眺めた。それが太腿だとしてだが。もしかしたらもう一体の人物の腕かもしれない。

この二体は戦闘中なのか、それともセックスの最中なのか。両方？

「彼はこれを作る時に鉄床《アンヴィル》を使ってましたか？」

返事がなかったのでエリオットが見上げると、コーリアンは部屋の向こう側をじっと見つめていた。その視線の先には、到着したばかりのアン・ゴールドの姿がある。

果たしてコーリアンとアンの間に、昔の噂があったかどうか、エリオットには思い出せない。だがもし、二人が昔の恋人同士だとすれば、コーリアンにとってゴーディが恋のライバルとなった可能性も出てくるだろうか。もっとも、自分の魅力に絶大なる自信を持っているコーリアンには似合わないが。

「何か言ったかね？」

コーリアンが上の空でたずねた。エリオットを振り返る。

「ゴーディはこれらのパーツを作る際に、鉄床《アンヴィル》を使っていましたか？」

「ああ」コーリアンは眉を持ち上げた。「何故だね？」

「特に意味はありませんよ。その鉄床はどこにある物ですか？」

コーリアンの眉間にきついしわが寄った。

「ああ、そんなことか。陶芸学舎に置いてあるよ。だが君らが考えているような鉄床《アンヴィル》と同じ物ではない」彼はまたちらっと部屋の向こうを見た。「失礼、ミルズ」

エリオットの返事を待ちもせず、コーリアンはさっさと人混みの中を横切り始めたが、すぐさま別のカップルにつかまっていた。

シャーロッテがローランドと連れ立って戻ってくると、「印象的な作品よね」と呟いた。

「ええ、まったくぶっとんでますね」

時には、ローランドの若作りのボキャブラリーが、エリオットにも伝染するのだ。

シャーロッテとエリオットがひっそりと笑みを交わしている間に、ローランドはゴーディの作った像に歩み寄っていった。首をあっちこっちに傾けながら、棘だらけのペニスとおぼしき物体を様々な角度から吟味している。

「ここにこめられたエネルギーを見ろ――この情熱。この子は才能があるぞ」

「たくさんの怒りと欲求不満――私ならそう言うわね」

シャーロッテの返事は素っ気ない。

「欲求不満ということはないでしょう」コーリアンはまだカップルたちと会話を続けており、彼がアン・ゴールドと言葉を交わそうとしていたのか、ただ単にエリオットのしつこい質問から逃げ出そうとしたのかはわからない。「少なくとも下半身の欲求不満があるような子ではないですね。どこで聞いても」

「あらあら、そう、面白そうな男の子ね」

シャーロッテはそう述べたが、明らかに彼女の中でその〝面白い〟は〝破廉恥〟の同義語である。

「彼を知ってましたか？」とエリオットはたずねた。

「いいえ」

彼女は一瞬のためらいもなく言い切った。きっぱりした響きだった。過去、現在、そして未来にも知ることのない相手だと。

三人は社交的な沈黙を保ったまま、ゴーディの作品をしばらく眺めた。

「ゴーディはまだ、姿を見せてませんよね？」

そう聞きはしたが、エリオット自身答えはわかっていた。ここに到着してからずっとゴーディの到着に目を光らせてきている。

「私は気がつかなかったわね」シャーロッテの笑みは少しこわばっていた。「生徒は、時には才能に恵まれた生徒までもが、大学を去っていくのよ。ほとんどが深刻な理由もなしにね」

確かに一理ある。失踪者の多くは、自由意志で姿を消しているものだ。

失踪すること自体は犯罪ではないのだ。たとえそれが、愛する者たちをどれほど深く傷つけたとしても。

エリオットが無難で心のこもらない返事を呟く間、ローランドは像の後方にぐるりと回り込んでいった。

シャーロッテは静かにつけ足す。

「ゴーディの叔母も来てないのよ。興味深いことだと思わない？」

興味深くはある。多少は。とは言え、何の確証にもならない。

エリオットはアンとのディナーの後、またザーラに話を聞きに行っていた。ゴーディが消えた朝、二人で何を言い争ったのか聞き出そうとしたのだが、始めのうちザーラは口論自体を否定しようとし、次にはゴーディが女性教授との関係で深みにはまってトラブルに巻きこまれないかと心配して言い合いになったのだと主張した。

ゴーディが彼女に何と言い返したのか、はっきりとした答えを得ることはできなかった——だがそれは、ザーラの心配に対してゴーディ自身がはっきり返事をしなかったせいかもしれない。あちこちでゴーディの気性の激しさを耳にしたが、エリオットの受けた印象からすると、そんな彼もザーラに対しては自分を抑えていたようだ。ゴーディはどうやらあの叔母を心から愛していたらしく、それは、彼女に何も言わずに姿を消す筈がないというザーラの言葉を裏付けてもいた。

エリオットは、シャーロッテに向けて曖昧なジェスチャーを返した。彼女はまるでエリオットがわざと頑固に振る舞っているとでも思ったのか、くすくすと笑った。

「あなたは謎を楽しんでるだけでしょう」

そうだろうか？

もしかしたら。楽しんではいるかもしれない。

彼女は愛情を込めてエリオットの腕をぎゅっと握り、離れた。台座をぐるっと回ったローランドが入れ替わりに戻ってくる。

「一体今のはどうした？」

「俺はゴーディ・ライルの調査を引き受けたんだんだ。シャーロッテは、俺が時間とエネルギーの無駄遣いをしてると思ってるのさ」

「ほう？　ゴーディの母親がテレビに出演していたのを見たぞ。ＫＯＮＧチャンネルだった。かわいそうになあ」

「母親じゃない、叔母だよ。彼女の話だと、ゴーディはこの一週間ほど行方不明になってる。ひどく心配してたね」

「その子はお前の生徒なのか？」

「いや」

「じゃあ何故お前が首を突っ込む？」ローランドはそこが気になるようだった。

「俺にもわからない。もしかしたら、誰もあの子の失踪を本気にしてないのがムカつくからかもな。心配してる叔母が、皆から相手にされていないのも納得いかない。俺の経験上、何かあってもろくに心配もしない家族の方が多いってのに」

ローランドは笑うと、彼の肩をぱんぱんと叩いた。今日は親からご褒美をもらえる日か。

「お前は気に入らないかもしれないが、それでもその体には我が家の血が流れているのさ、エリオット。たとえ、その人助けの精神を弾圧的なファシスト連中に利用されてきたとしてもな」

エリオットは溜息をついた。

「父さん、そういう話はコーリアンと盛り上がってくれ。こっちはあいつから散々聞かされてる」

「コーリアンはいい奴だぞ。人の話を聞き入れない欠点はあるかもしれんがな」

父が言うには皮肉なその言葉をエリオットが噛みしめているうちに、父はどこかへ行ってしまった。エリオットは隣に展示されている、石灰石で作られた見事な男の裸像の前へと移動する。

「あんまりアートのことは詳しくないけど、俺の好みで言うなら、これですね。すごく好きだな」

そう言いながらジム・フェダーが彼の横に立ち、エリオットの肩に軽く肩をふれあわせた。彼はエリオットに向けて、やや物おじした、だが心を決めたような微笑を投げる。

「美しい作品だね」とエリオットは同意した。

「テリーの葬式は今度の日曜ですよ」

「そうらしいな」

「行かないんですか？」

「まだ決めてない。テリーのご両親の気持ちも尊重しないとな」

「俺は、行きます」

「それがいい」エリオットは彼にうなずいた。「俺はテリーを知らないが、君は知っている。彼と仲がよかった」

フェダーが大きく息を吸い込んだ。

「思ってたんですが」ごく軽い調子で切り出そうとする。「もしよければ一緒に――」

「エリオット」

ローランドが呼びながら、ぶらぶらと戻ってきた。

「何人かでジャコメッティに行ってディナーを食おうってことになってな。来るか？」

「ああ、今行く」

エリオットは一瞬の間をおいてから、フェダーへと向き直った。

「また会えてよかったよ、ジム。それじゃ、元気で」

14

うまい食事、いいワイン、楽しいお仲間。

エリオットの辞書による、人生における三大要素がそこにそろっていた。

だが展覧会の後、ジャコメッティのレストランに場所を移し、資金集めや生徒の審査やソーシャルネットワークについて職業的な会話がはずむのに耳を傾けながら、エリオットは段々と気もそぞろになり、集中力が失せていくのを感じていた。

食事はおいしかった。ズッパというトスカーナのスープから、メカジキのシチリア風ソテーに至るまで。ワインはシチリアのシャルドネ、これも同じく素晴らしい。

問題はエリオット自身なのだ。それはよくわかっていた。今の、新しい人生への不満や焦りが、テリー・ベイカーの失踪について調べると約束したあの瞬間から、心の中でどんどん膨れ上がっている。再び出会ったタッカーの存在もその焦燥に拍車をかけていた。

「教員の皆が自分のプライベートを大事にしようとしているのはわかるけれども、でも教師というのは本来、週七日二十四時間、途切れることなく責任が伴う職なのよ」

シャーロッテの言葉がテーブルの向かいから流れてきた。

「私たち全員がそれを心に刻む必要があるわ。最近はネットで交流しようとしている教師もいるけれども、大学では、そういう場合に対してソーシャルメディア・ポリシーの概要を作成中よ。常に、職員には自覚を持って、生徒との境界線をきっちりわきまえてもらいたいわね」

シャーロッテのその警告は、エリオットに向かって向けられたものなのだろうか？　キャンドルとワイングラスごしに彼女と視線が合い、エリオットは自問した。もしかしたら彼がジム・フェダーと話していたところを見られて、二人の間の緊張感を誤解されたのだろうか？

それとも彼女の発言は、甥が女講師とつきあっていたというザーラ・ライルの主張を念頭に置いてのものだろうか。大学周辺の物事には精通しているシャーロッテのことだ、ゴーディが関係していた女性講師についてはすでに心当たりを付けているかもしれない。さして難しくはあるまい。対象になりそうな年齢層で、身を固めていない女性講師など、大学内に五人ほどしかいない。

まあ、ゴーディが年齢にこだわっていたとして、だが。

そう考えてみると、エリオット自身ももっと柔軟な視点を持つべきだろう。

「そのあたりは昔から難しい問題だったな」ローランドが返事をした。「私らの時代には、もっと色々なことがゆるかったね。もっともあの時代、これほどあちこちに落とし穴もなかったさ。今ときたら、ブログだのフェイスブックだのツイッターだの……」

「幸せな時代だったわね」ローランドより年かさに見える女性教授――エリオットは彼女の名前を聞き逃していた――が、そう賛同した。「今じゃもう、昔のようには生徒を誘惑もできやしない」

皆が笑ったが、エリオットの目は、シャーロッテの不快感を見逃さなかった。

「金曜日の、アンドリューのオープニングパーティには行くの？」

隣からアンがたずねてきて、その問いに彼ははっと我に返った。アンが話題を変えたがるのは当然だろう。

「アンドリューの……？」

「アンドリュー・コーリアンの」アンはからかうような微笑を浮かべた。「アンドリューをご存知かしら？　世界的に有名なアーティストの？　私たちと同じ建物の中にオフィスがある？」

「アンドリューが誰だかはわかってるよ」

「あなたたち、お互い大好きってわけじゃないみたいね。違う？」

「さあ、深く考えたことがないからわからないね」

アンがくすっと笑った。

「状況証拠はクロよ。その声の素っ気なさでバレバレ。でもあなたのお父さんを別にすれば、アンドリューはうちの大学で一番有名な卒業生じゃないかしら。まあ、シャーロッテはまた話が別だけど」

シャーロッテが執筆した、ロマン派時代の女流詩人たちについての本は二冊とも高く評価されていた。とはいえ、彼女はローランドやアンドリュー・コーリアンのように、地元でもてはやされるタイプの著名人ではない。

エリオットは聞き返した。

「コーリアンが別の展覧会をするとは知らなかったんだが？」

「何で気が付かずにいられるのかわからないわよ。ポスターが至るところにべたべた貼られてたじゃない」

毒のある返事を呑み込んで、エリオットはたずねた。「君は行くのか？」

「そのつもり。同業者同士、支え合わなきゃね。シャーロッテも喜ぶし」

エリオットはテーブルごしにシャーロッテの方をちらっと見た。彼女はワインを傾けながら、自分の部下たちの顔をひとつずつ見渡し、鷹揚に微笑んでいた。まるで忠実な廷臣たちに囲まれてひとときをすごす寛大な女王のようであった。

エリオットが父親と二人で話をするチャンスを得たのは、やっとディナーが終わって、ジャコメッティから帰る時になってのことだった。

「お前がこうして外に出て人とふれあおうとしているのを見て、うれしいよ」

車を停めた場所まで連れ立って歩きながら、ローランドが言った。

「今だから言うが、あれからしばらく心配したよ。お前は母さんによく似てるから。お前たちはいつも物事を真正面から受けとめすぎる」

「それ父さんに言われたくはないね」

だがローランドは冗談のつもりで言ったわけではなかった。「気をつけないと、現実の重さがいつかお前の心をくじいてしまうぞ」

「父さん、俺が何年FBIにいたと思ってるんだ？　俺はそんな、ヤワな理想主義者なんかじゃないよ」

「いいや。皮肉屋は、現実に失望した理想主義者の行きつく先なのさ。遠くの星を求めようとする分だけ、失望も大きい」

エリオットの愉快な気分が一気にしてかき消えた。

「母さんも……現実に失望してたのか？　何かに？」

「お前にではない。そんなことは一度もなかった」

「それじゃあ、失望してたのは父さんにか？」

ローランドは面喰らった表情になった。

それから少しずつ、彼の顔から愛情が消えうせ、固く、冷たい何かに変わっていく。

「お前は何を言おうとしてるんだ」

エリオットには、今この場所でこの話題を持ち出すつもりなどなかった――そもそも、いつかこの話を持ち出すことができたのか、それだけの踏ん切りがつけられたかどうかすら定かではない。

だが突然、話は一直線に転がり始め、どう向きを変えればいいのか、もうエリオットにはわからなかった。

我知らず、口が動いて問いかけていた。

「父さんとポーリン・ベイカーの関係は？」

「何だって？」

「彼女と不倫してるのか」

瞬間エリオットは、人生で初めて、父親に殴られるのではないかと感じた。その一撃への覚悟を、肉体的に、そして精神的にも固めて身構える。

だが実際、ローランドから返ってきた凍るような沈黙は、拳よりもなお容赦がなかった。

「――不倫？　親友の妻とか？」ひどく長く感じられた沈黙の後、父親がエリオットに問い返した。「お前は俺のことをそんな男だと思ってるのか？」

「俺は……そうじゃない。わからないんだ。だから聞かなきゃならなかった」

「何故だ。聞かなきゃならないわけがどこにある？　一体どうしてそんな質問ができる？　俺はお前の容疑者の一人なのか？　何の容疑者だ？」

エリオットの胸の中に罪悪感と羞恥と、得体の知れない恐怖感が渦巻き始める。「質問には、答えないんだな」

「これはお前が首を突っ込む筋合いなんかまったくない話だ、エリオット。俺が答える必要などない。お前がそんなことを聞いたのも最低だが、そもそもどうしてそんなことを聞いていいと思ったか、思えたか、それにもぞっとするね」

エリオットは唇を湿らせた。口の中がまるで布をつめこんだように乾いている。

「父さんがポーリンの話をした時……彼女への好意が伝わってきたんだ」

「俺は、彼女を二十年も知ってるんだぞ！　彼女は、俺の古い親友の――」

「それ以上なんだろ」

エリオットはさえぎった。今回ばかりは、ローランドもいつものように言葉をかぶせて言い負かそうとはせず、ただ口をとざした。

どちらも動かない。

どちらも、何も言わなかった。

「……地獄へ落ちろ」

最終的にそう、ローランドが吐き捨てた。切るように。

そして歩き去った。

エリオットは身じろぎもせず立ち尽くし、父親が車に乗りこんで、きっちりと小さな半円を描いてバックし、スピードを上げながらレストランの駐車場から出ていくのを見送っていた。蜂の羽音のような攻撃的なエンジンのうなりが、夜の向こうへ消えていった。

グース島までどう戻ったのか、ほとんど記憶にない。エリオットの心によみがえってきたのは、かつて父親と交わしたもうひとつの激しい言い争いのこと、その後のみじめな気持ち——みじめという一言でこの嘔吐しそうな感情を言い表せるものならば——で、あれは、FBIに入ると彼が両親に告げた日のことだった。

今でこそ、あの日のことはそれなりに冗談の種にされている。だが、あの時、ローランドはエリオットの決意を自分への背信だと思ったのだった。ローランドが信じ、そのために戦ってきたものすべてに、エリオットが否定を叩きつけたのだと。ローランドはエリオットが選んだ未来への道を、父への裏切りとしてとらえた——単純、かつ純粋に。

その後の六ヵ月間、二人は互いに口をきかなかった。もしかしたら、エリオットの母の死がなければ、彼らはいまだにそのままだったかもしれない。ローランドがどう言おうと、ある面エリオットと父はあまりにも似た者同士であった。

海を渡るフェリーの上で、じっとしていられなくなったエリオットは車から降りると、フェリーの手すりぎわまで甲板を歩いた。

何故ポーリンについて、しつこく問いただしてしまったのだろう？　いやその前に、何故最初の問いを発してしまったのだ？　たとえ、彼女と不倫の関係だったとしても、ローランドに説明する責任があるとも思えなかったし、自分に非難する権利があるとも思えなかった。

そもそも、父が不倫していると思っているわけではない――少なくとも、本気で信じてはいない。

だがそれでも……誰であろうと、警察組織で数年間も働けば、人間性というものにろくな信頼をおかなくなるものだ。どれほど相手をよく知っていると信じていても、必ずどこかに、知らない影が残っていると。

もし、ローランドとポーリン・ベイカーに何らかの〝関係〟があったとしたら、どのくらい昔からのものなのだろう？

――何故、ローランドはああまでテリー・ベイカーの失踪に心を痛めていたのだろう？

エリオットはローデッキの手すりのそばに立ち、船体にはね返る波音と、フェリーのエンジンの低いうなりに耳を傾けていた。顔にしぶきがかかる。塩辛かった。心は鉛のように重い。そんな可能性を真剣に検討している自分が恐ろしくてならなかった。

だが、もしそれが真実だったら？

もしローランドがポーリンと関係を持っていたら？　その関係の結果、テリーが産まれたとしたら？……もし、テリー・ベイカーがその事実を知ったなら？

エリオットは頭を振った。多少の想像力は犯罪捜査の役に立つが、これはもはや妄想の域に入る。

――だがそれでも、もし……。

闇が揺れ動く夜の彼方で、打鐘《ベル》ブイが淋しげな音を鳴らした。

この件に関わってから初めて、もしかしたらテリーはやはり自殺したのかもしれないという疑いがエリオットの心に芽生えていた。

トム・ベイカーについても、もう少し調べなければなるまい。タッカーは、トムの逮捕歴について言及していた。

まあエリオットの父親も逮捕歴は持ってはいるのだが、ローランドの主張は平和的に政府を引きずり下ろせというものだ。受動的な抵抗活動とメディアの巧妙な操作によって、効果的に世界を変えられるというのが彼の持論だったのだ。一方のベイカーはと言えば、エリオット自身が目撃した通り、暴力的手段に走りやすい傾向があるようだ。

そうだ、警察にあるトム・ベイカーの記録を見なければ。ＦＢＩとタッカーが事件から手を引いた今、犯罪ファイルにアクセスするために、別の手段も必要だ。

エリオットの歪んだ昂揚感は、グース島でフェリーから降り、深い木々の中を家へ向かって車を走らせる間も持続していた。

丘陵を越えると、行く手の二階建てのキャビンは完全に闇の中に沈んでいた。出かける前にはいつもポーチのライトを点けていくのだが、電球が切れたに違いない。

彼はガレージに車を入れると、キッチンへつながるドアから中へ入った。

犬を飼えと、スティーヴンが言ったことにも一理ある。家に帰った時、犬が出迎えてくれたらいいだろう。キャビンはあまりにも、冷たく、静かに感じられた。電話に視線をやったが、メッセージを示す赤いランプは点滅しておらず、溜息を吐き出した。

酒を注ぐと、グラスを持ってサンルームへ行き、〝ピケットの突撃〟シーンのジオラマをしばらくいじくり回した。外では高い松の木のシルエットが風に揺れ、その風が窓枠をガタガタと鳴らす。揺れる灯火が照らし出す窓の表面に、長い部屋が反射して映り込み、エリオットはそこに映る自分自身の姿を見た。背を丸めて椅子に座り、グラスを両手に包んで、虚空をにらんでいる。

ジム・フェダーが学生なのが残念だ。もしジムがほかの講師の一人だったなら。

彼が容疑者の一人なのも残念だ。今夜ばかりはエリオットは誰かと一緒にいたかったし、えり好みをする気分でもなかった。

もっとも、エリオットに関する限り、シャーロッテの警告は無用である。学生と深い関係になる気などない。フェダーは実際のところもう成人で、エリオットの担当する生徒でもなかったが、アン・ゴールドの悲嘆を目にした今、大学の職とセックスを混同するのは悪い考えだとあらためて痛感していた。

教師の職とセックスの混同より、FBIの職とセックスの混同が大きくマシだというわけではないが。何しろ――ああ、いい加減、自分を誤魔化し続けるのもうんざりだ。

今夜一緒にいたい相手など、ただ一人しかいない。

そして状況証拠から見る限り、その欲望はお互い様だった。車の中での、タッカーの不意打ちのキスを思い出す。キスの後、タッカーがどんな表情をしていたか――頬は紅潮し、険しい唇がキスでぽってりと赤らんでいた。思い出しただけで、エリオット自身の顔まで熱くなってくる。

それなのに、実際、何が問題だというのだろう？　お互いに求めるものは一致している。二人とも大人だし、二人ともお互いセックスだけの関係だとわかっている。

誰だってセックスが必要な夜はある、それは恥じることでも何でもない。

ウイスキーを舌で転がしながら、エリオットはじっと考え込んだ。実際テーブルにグラスを置き、タッカーに電話をかけようと立ち上がる寸前までいった。

問題なのは――エリオットはやっとのことで現実を受け入れ、何とか心の安定を取り戻して、今の場所にたどりついたのだ。その安定は、だが、再建手術を受けた膝と似たようなものだった。それなりに機能はしているし、今はもう滅多に痛みも訴えないが、長時間の強烈なストレスにはとても耐えられない。そして、〝強烈〟とはまさにタッカー・ランスのためにあるような言葉だった。

　エリオットはふたたびグラスを持ち上げると、酒を飲み干した。玄関ポーチのライトが切れていたのを思い出し、ドライバーと懐中電灯と踏み台を取りに裏口へ行く。表玄関のドアを開けて固定すると、慎重に踏み台にのぼり、埃だらけの三日月型のシェードを外した。緑のシェードには古風な月の模様がくりぬかれている。思った通り電球が切れていたので、それを取り換えてからシェードを元の位置に固定した。

　あふれ出した黄色い光が、オークのポーチと砂利道へ続く階段を照らし、月の模様がニヤリと笑った。照らされたシェードに蛾がぱたぱたと体当たりを始める。エリオットはざらついた壁に手を置いてバランスを保ちながら、慎重に台から下りた。踏み台をのぼるようなシンプルな動きすら、ごく最近まで不可能そのものだったのだ。エリオットは数秒、足が無事だったことを、そしてその足を使うことができる幸せを噛みしめた。

　ベティ・デイヴィスの古い映画の台詞は何だっただろう。〝月なんかなくてもかまわないわ、星があるもの〟、そう、そんな感じだった。

　ドアの上でにやにや笑っている月を見上げた。いいアドバイスだ。

　いきなり、キャビンの裏側でガチャンという音が響き、そしてゴミバケツが次々ひっくり返る音がして、エリオットの心臓が激しくはねた。

「何だ一体――」

踏み台を家の中に運び入れると、ドアを中からロックする。明かりのついていない裏口まで抜け、窓ガラスごしに不自然に乱れた金属のゴミバケツの列をにらんだ。ごくまれに、島まで泳ぎ渡った熊が、ゴルフに興じる人たちを驚かせたり、ゴミ箱をあさり回ったりはするが、それとて滅多にないことだ。しかもこれまで、ゴミバケツの蓋を戻しておくような行儀のいい熊に出会ったことはない。

エリオットは暗い裏口に立たずんで、目をこらした。空き地に動くものはない。

ゴミバケツは風で動いたのだろう、と半ば信じ始めた時、聞き違えようもない、キャビンの角に積まれた薪が落ちるドサッという音がした。緊急モードに切り替わった心臓が激しく鳴り、思考が素早く駆けめぐる。頭よりも先に体が動いて、彼は一階の仕事部屋の床下金庫を開けると、緊急用のグロック27を引っぱり出していた。

コンパクトな〝ベビー・グロック〟のグリップが手のひらに吸い付く感覚は自然で、心地よい――まるで古い友人の手を握ったように。弾丸の入ったマガジンを装着すると、一発目の弾丸を薬室に送りんでから、エリオットはふたたび裏口へと向かった。

ゆっくりとドアを開け、外にすべり出して、方角を見定めるために数秒立ちどまった。獲物を求めて耳をすます。

松の樹冠を抜けていく風が、早瀬のような音を立てていた。風はゴミバケツにも吹きつけ、蓋の一つがピュウッとやけに爽快な音を吹き鳴らす。杭に固定されている鳥の巣箱もきしみを上げていた。キャビンの壁に背中を押しつけ、足音を殺しながら、エリオットは壁沿いにじりじりと移動した。角までたどりつくと、頭だけを出して——何も見えない——また戻した。

背後から、靴底が石を踏む音がした。

彼はぱっと身を翻し、銃をかまえて射撃体勢を取る。黒い影が裏口の前のコンクリートのポーチに立ち、ドアノブを回そうとしていた。

「指一本でも動かせば頭をふっとばすぞ」

エリオットは大声で宣言した。

人影が、もう撃たれでもしたかのようにとびあがった。

「おいっエリオット、う、撃つなっ！」舌をもつれさせているのはスティーヴンだった。

「俺だよ！」

「ここで一体何をしてるんだ!?」

エリオットは拳銃を下ろし、壁の影の隠れ場所から出ていく。

スティーヴンが両手を体の横でせわしなく動かした。

「あんたが家に帰ってるかどうか、わからなくて……」

「それで裏口から侵入しようとしてたのか？」

「侵入しようとしてたわけじゃない！」

「じゃあ何をしようとしてたんだ？」

「ドアの鍵を確認しようと――」

「何のために」

「開いてたら、ポップコーンをもらってこうかと思ってさ」

「本気なのか？」エリオットは凍ったように立ち尽くした。暗がりにスティーヴンが頭を振る動作が見える。「お前を撃ってたかもしれないんだぞ！」

「わかってる」スティーヴンの声はすっかり動揺していた。「考えなしだった……ただ、俺は――腹が減ってたんだ」

「たまには買い出しに行けよ。それで解決する問題だ」

「俺は、フリーランスだからな。定期的な収入はないんだ。それだって、ろくにもらえないこともある」

「勘弁してくれ、スティーヴン……」

エリオットはまだ動揺していた。それがあやうく隣人を撃ちそうになったせいなのか、少しの間、まさに直面する危機を信じたせいなのかはわからない。

彼はステップをのぼって、スティーヴンを通りすぎると、ドアを開けた。

「どうせここまで来たんだ、入れよ」

「ありがとう」スティーヴンはまた謝った。「悪いな」

エリオットは首を振る。スティーヴンはおどおどして、怯えているようだった。

「多分、レンジ用のポップコーンの買い置きがそこらにあると思うよ」

結局、それだけを答える。

二人は足取り重くキッチンへ向かった。エリオットは食料を保管している棚を開け、レンジ用のポップコーンを取り出すと、まだこちらを奇妙な表情でうかがっているスティーヴンにそれを手渡した。

「どうかしたか？」

「いや。ただあんたの様子が――その、何と言ったらいいか――」

「疲れてるか？　怒ってるか？　そりゃそう見えるだろ」

「危ない感じがするんだ」スティーヴンは無遠慮に言った。「本当に俺を撃つつもりだったのか？」

大きく見開いたスティーヴンの緑色の目を、エリオットは重々しく見つめた。

「とにかく……こんなことは二度としないでくれ。お互いのためだ」

スティーヴンがうなずいた。

「わかってる」それからポップコーンの箱を掲げる。「一緒に食うか？　もらってかなくても、ここで作っていけるぜ」

この犯罪マニアは、頭を吹っ飛ばされそうになったことで興奮しているのだ。エリオットは頭を振った。

「悪いが、疲れる一日だったからな。また今度」

スティーヴンはまたうなずいた。

「仕事には受かったのか?」エリオットがたずねる。

「何の仕事だ?」スティーヴンの表情が変わった。「ああ、あの大学のやつか。駄目だった」

「残念だな」

「まあ俺は大学生向きのタイプじゃないからな」

スティーヴンはそう肩をすくめた。

エリオットは正面玄関までスティーヴンを送っていくと、後ろ姿が闇と風の中へ消えていくのを確認してから、鍵をかけた。

一連の騒ぎは、あまりにも臭う。スティーヴンがジャンクフードをかすめとりに来たとしても、懐中電灯もなしで自分のキャビンからここまで登ってきたというのがおかしい。ドアをノックもせず、いきなりキャビンの裏に来て嗅ぎ回っていたことにも説明がつかない。

疑わずにはいられなかった。木曜日だ——スティーヴンは、エリオットが父親とのいつものディナーに出かけていると思い、その隙を狙って侵入経路を探していたのではないだろうか。

だが、何故だ。そこまで金に困っているのだろうか？　だとしても、どうして今回はそう言ってこないのだ？　これまでスティーヴンは、エリオットに遠慮なく食事をたかってきた。

彼は玄関ポーチの電気を消し、リビングのライトも消すと、グロックを床下の金庫に戻しに行った。金庫のダイヤルを回している時に携帯電話がどこかでさえずり出し、その小さな音はキャビンの静寂に大きく響き渡った。

エリオットはあちこちのぞいて回り、結局キッチンで携帯を発見した。もしかして――と願う――父からの電話だろうか。

だが携帯電話を取り上げた彼は、署名なしのテキストメッセージが届いているのを見た。奇妙だった。近ごろはエリオットの携帯電話番号を知る人数も限られているし、メールを送ってくるような相手はさらに少ない。

メッセージを表示した。

――〝狩り《ゲーム》は楽しいか、エリオット？　俺は楽しんでるよ〟

15

「ランスだ」

簡潔そのもの。それがタッカーだ。昼だろうが夜だろうが、彼はいつも同じような調子で電話に出た。常に事件にそなえ、そのことに平然と揺るぎもせず。

「俺だ」

「ほう、そっちから電話をいただけるような栄誉に授かったとはうれしいね」

「お前から通してもらいたい話があるんだ」

「ま、俺の素敵な低音を聞くためだけにお前が電話してくるわけないとは思ったがな」

そうだろうか。その点、エリオットはタッカーほど自信がなかったが、それは言わずにおいた。

できるだけ短くまとめ、ＦＢＩが手を引いた後からこれまでの、エリオットが手に入れた情報をタッカーに伝える。タッカーは何回かぶっきらぼうな質問をはさみはしたものの、ほとんどはただ黙って聞いていた。

エリオットの話が終わると、タッカーが言った。

「俺にはよく理解できないんだが」

その声には、エリオットが久々に耳にする棘があった。

「何がだ？」

「内勤への異動に耐えられず、ＦＢＩを辞めたのはお前じゃなかったか？　現場に出られないのならＦＢＩにいても仕方がない——違ったか？　そういう話だっただろう」

これは、危険な話題だった。

エリオットは短く吐き出す。

「それが？」

「それなのに、ここのところのお前は、まるで一人きりの殺人捜査班のように動き回ってる」

「好きで巻きこまれてるわけじゃない」

「へえ？　まったくお前は、見事なくらいあきらめが悪いよな」

「一人の学生が死んで、もう一人はまだ行方がわからない。あきらめが悪いとかそれだけの問題だと思うのか？」

「お前は一般市民だろうが、エリオット。その道を自分で選んだんだろう」

エリオットはその挑発を無視した。「俺に来たメールは、二人の事件に関係があると示す証拠になると思う」

それに、自分の父親がテリー・ベイカーの死に関わっている――あるいは影響している――と思うより、その方が安心できる説でもある。

タッカーがあまりに長いこと黙っているので、エリオットは電話が切れたのではないかと疑ったほどだった。

だがやがて、彼の言葉が聞こえた。

「俺が思うに、それは誰かがお前に嫌がらせをしてるんだ」

「そう来たか」

「その誰かが、殺人犯や誘拐犯だとは限らん。お前にはクソ真面目すぎるところがあるからな、わかってると思うが。ちょっとつついてみようと思う奴が出てきても不思議じゃない」

「いいか、ランス。俺が少しでもテリー・ベイカーの事件に噛んでたことは、ほんの何人かしか知らないんだ」

「それでその何人かが、それぞれ何人にしゃべったと思う？　お前にわかりゃしないだろ。わかるわけがない」

「聞けよ、こいつを送ってきた相手は間違いなく、俺が事情を聞いた中にいる。俺に挑戦してるんだ。だが、そんなことより重要なのは、このメッセージから、ゴーディ・ライルが芸術の理想郷を求めて失踪したわけじゃないってわかる点だ。テリー・ベイカーだって、自分で鉄床を拾って湖に入って、銃で自分を吹っとばしたわけじゃない」

エリオットが言い終わらないうちに、タッカーがきしるようにうなった。

「俺の考えを聞きたいか？　言ってやるよ」そこにはエリオットを驚かせるほどの怒りがこめられていた。「俺が思うに、お前はストーカーを釣り上げちまったんだ。そうであってほしくはないがね。象牙の塔の同僚の、タチの悪いいたずらだといいが、そうはいかんようだ。お前は誰か、できれば関わり合いにならない方がいい相手に目をつけられたんだ。とにかく忠告しといてやる。もう、事件から手を引け。明日タコマの警察に電話して、お前の情報は伝えておく。それでいいだろ、もう終わりにしろ」

信じがたく、エリオットは笑いをこぼした。

「手を引いても、もう遅いよ。わかってるだろ？」

「俺にはわからん。お前にも」

「〝狩り《ゲーム》は楽しいか、エリオット？〟――奴は俺に挑戦してる」

「だから何だ？　無視しろ。受けて立つことはない。そうすりゃ始まる前にゲームはおしまいだ。いちいち反応すんな」

「それはできない」タッカーがそんなことを示唆するのが、エリオットには信じられなかった。「これは手がかりだ。ここまでで一番の、でかい手がかりなんだぞ――」

「明日になったら、発信元のメールサービスに連絡を取って、お前のお相手のＩＰをつきとめる。その馬鹿野郎をとっつかまえてやるよ」

もはや二人は互いの話に耳を貸さず、相手の言葉にかぶせて言い合いながら、一瞬ごとに苛立ちと怒りをつのらせていた。

「そんなのはどうでもいい、これはゴーディを見つける最後のチャンスかもしれないんだ――」

「もしお前の言う通りだとしても二つの事件に関連性があるという証拠には――」

「彼はまだ生きてるかもしれないんだ。テリー・ベイカーは湖に沈む前の三週間、どこかで――」

「確実で、具体的な証拠とはとても――」

「テリーは一体どこから銃を手に入れたんだ?」

「たとえ殺人だとしても地元警察の仕事であってＦＢＩはもう――」

「彼が一体、どこから鉄床を拾ってきたって言うんだ!　俺たちで――」

「俺たち?　くそったれ、お断りだ」

そしていきなり、その瞬間、どちらもそれ以上何も言えなくなっていた。

怒鳴り合う声より、その沈黙は大きく響く。

「……もう、よせ」

タッカーがやっと、そう言った。

その声は、怒りを抑えこもうとするせいでつぶれて聞こえた。

「手を引いて、放っておくんだ。今のうちに。でないと――」

エリオットはその言葉の先を待ったが、タッカーは言い終えようとはしなかった。

結局、エリオットが口を開く。

「わかった。手間をかけたな」

会話の後、酒のグラスを取りに戻り、エリオットはタッカーが言い終わらなかった言葉についてじっと考えこんでいた。

お互い、いまだに怒りがわだかまっているし、緊張関係であるが、それでもタッカーはあんなに簡単に癇癪をおこすような男ではない。エリオットといると「短所が最大限発揮される」という彼の言葉は、案外、冗談ではないのかもしれなかった。

――手を引いて、放っておくんだ。今のうちに。でないと……。

どうでもいいことだ。タッカーが言った言葉も。そして、言わなかった言葉も――。


「金曜日万歳！」

職場に向かう途中にコーヒーを買いに立ち寄ったスターバックスで、アン・ゴールドが横を通りすぎながら囁いた。

エリオットは陰気にうなずいた。赤いハイヒールブーツで泥の水たまりをはね散らかしながら、コーヒーをこぼさないように必死でジープ・チェロキーに向かう彼女を見送る。

ひどい天気だった。彼の気分にぴったりだ。

「ミルズ」

カウンターの向こうの女の子が名前を呼び、彼は自分のカフェモカを受け取ると、車に向かった。

一晩の休息にもかかわらず、気持ちは沈んだままだった。父親の顔を思い浮かべるたびに罪悪感がこみあげる。何故あんなことを言ってしまったのだろう。何故、あんなふうに追及したのだろう？

昔の自分の人生の中でも、こればかりは嫌な部分だった。法執行機関は人の心をすりへらす。人間に対して、うがった見方をするようになる。愛する人々に対してさえも——何があろうと信頼しなければならない、そんな人々にさえも。

タッカーが彼をクソ真面目と揶揄《やゆ》したのも、当然かもしれない。何故、このまま放っておくことができないのか。何故ザーラ・ライルに言われるまま、甥の行方不明の調査に手を染めたのか——当のゴーディは気まぐれで姿を消した可能性の方が高いと言うのに。何故、テリー・ベイカーが銃で自殺したという悲惨な事実をそのまま受け入れられないのか。

そして何故、彼だけが、事態の背後でうごめく見えない糸を見ようとするのだろう。彼以外の誰にも見えない糸を。誰も、見ようとすら思っていない糸を。

無論、タッカーの目にもうつらない糸だ。

そして、エリオットがオフィスから電話をかけたタコマ警察にも、その糸は見えないようだった。

捜査課の相手は礼儀正しく、彼の情報をきちんと受け取ったが、捜査状況をエリオットに教えてはくれなかった。それはそうだろう。もはやＦＢＩではない以上、エリオットは自説を振りかざした小うるさいおせっかいな男にすぎない。タコマ警察はこの後、ＦＢＩ支局担当のモンゴメリーに電話をかけ、ＦＢＩはこの事件にもう何の関心もないのだと裏付けられるだろう。きっと大学学長にも電話をして、このデリケートな事件の扱いに関して、大学側は警察に何の不満も持っていないと知るだろう。

このままでは、エリオットが手に入れるものは、地元の変人としての評判だけだ。自業自得ではあるが。次はどうする？　新聞から地元の殺人事件の記事を切り抜いてスクラップし、推理を書きつらねた手紙を新聞社に送り付けようか。

ＦＢＩに内勤への異動を言われた時、了承しておけばよかったのかもしれない。

本当に、彼はここまで教職に飽き飽きしていたのだろうか？

そこでとまって、エリオットは自分の疑問をじっくり考え直した。

――いや。そんなことはない。

教えるのは好きだ。ただ先週は、足元を見失ってしまっただけだ。昔の、猜疑に満ちた神経質な精神状態に引き込まれ、そして——認めたくはないが——狩りのスリルにも吸い寄せられた。

もうそんなことはここで終わりにするべきだった。

いいも悪いも、ＦＢＩとしての人生は終わったのだ。タッカーは正しい。いい加減、エリオット自身も認めるべきだった——彼がしていることはただ家族や友人を傷つけ、自分自身を追い込んでいるだけだと。

そう決めてしまうとすっかり気が軽くなって、エリオットはその午前中を、校舎と自分のオフィスとの間を雨を切ってばしゃばしゃと往復しながら費やした。授業では、修正主義西部劇や、南北戦争中の女性スパイの存在について語った。レポートにもざっと目を通し、テストの採点を行う。

アシスタントのカイルが姿を見せず、ちらっと心配がかすめた。この一、二週間、カイル本来の陽気さや高いテンションはなりをひそめていたし、何も言わずに授業をすっぽかすのは彼らしくもない。だが多分、ただの欠勤だろう。彼の不在を埋めるべく、エリオットは考える余裕もなく働き続けた。

予想通り、学長のシャーロッテから電話がかかってきた。一時半ごろ、エリオットがそのまま働くか、ランチに行くか迷っている時のことだった。

「エリオット、こんにちは。警察の方から丁寧な電話のお知らせがあってね。私が不思議なのは、どしてあなたがまだ……」

彼女はまるで、エリオットがやらかしていることをうまく言葉にできないかのように、声を途切らせた。

いくつかの反論が頭に浮かんだが、エリオットはそれらをすべて捨てた。

「申し訳ない、シャーロッテ」結局のところ、それしか返事はない。「あなたに迷惑をかけるつもりはなかったのだが。テリーの死に関して、ひとつふたつ、はっきりさせたい疑問点があったもので」

「でもローレンス刑事は、あなたが、テリーの死とゴーディ・ライルの失踪に関連性があると言っていたと。まさかまだそんなふうに考えているわけではないわよね？」

しまった。

彼は答えようと口を開けたが、それを制するように、彼の携帯がうなった。眉をひそめてディスプレイを見つめる。またもや署名なしのメール。

アイコンに視線を据えたまま、彼は半ば上《なか》の空で、ゆっくりと言った。

「はい？　ええと――いや、ちょっとわからない。後でかけ直してもいいですか、シャーロッテ？」

「エリオット、とにかくはっきり言わせてもらうと、大学側が関知する範囲では、この問題は解決済みなのよ。私たちはこの悲劇を乗り越えて先に進まなければならないわ。生徒のためにも。皆のためにも」

エリオットはメールのアイコンを押した。文章がチカッと表れる。

――〝お前の番だぞ〟

番号違いでも何でもなかったのだ。

「わかっています、シャーロッテ。タコマ警察に電話したのは間違いでした」

「ええ、そうね」シャーロッテの声は不安そうで、苛々と尖っていた。「あなたが何でそんなことしたのか私には理解できないわ。大学に連続殺人犯《シリアルキラー》がいるなんて本気で考えてるわけじゃないわよね？」

シリアルキラー。

彼が考えないようにしていた言葉だ。ましてや、口に出して言うことも。

「すみません。大事な電話を待っているので、もういいですか？」

「本気？」

今やシャーロッテは、洗練された口調こそ崩していなかったが、心底苛立っていた。何の不思議もない。大学の学長に向かって、もっと大事な電話を待っているから切ってくれと言い放ったのだ。当面、大学の職も安泰ではなさそうだ。

「この電話は……申し訳ない。本当に取らないとならない電話なので」

彼は受話器をガチャッと電話に戻すと、携帯電話のディスプレイをじっと見つめた。

偶然でもなければ、間違いメールでもない。ゴーディ・ライルとテリー・ベイカーの事件はつながっている。

そして、その犯人がこのメールの向こう側に座っていることに、エリオットは自分の人生を賭けてもかまわなかった。

エリオットはメールを打ち返した。

――〝お互い知り合いかな？〟

数秒かかったが、答えが戻ってきた。

――〝どうかな〟

――〝何が望みだ〟

エリオットは返事を打つ。

また短い待ち時間を置いて、向こうから、

――〝ゲームが好きなんだろ？　俺もだよ〟

「ああ勿論そうだろうよ、楽しそうだな？」

エリオットは呟き、返事のメールを打ち返した。

――〝結構。ゲーム開始といこうか〟

16

「いや、嘘だろ」

とタッカーが決めつけた。

「お前がそんなことをする筈がない。お前は少なくとも、馬鹿じゃないし、サイコを挑発するのは馬鹿のすることだ」

「ああそうさ」

エリオットは苛々と返した。苛つきの主な原因は、タッカーが正しいとわかっているせいである。

「一瞬、正義の味方気分になったのは本当だ、認めるよ、それでいいか？　もういいだろ。とにかく、メールを無視したところであいつはやめない。実際、男か女かは知らんが、反応が得られないせいで奴の行動がエスカレートしていく可能性だってあるんだ」

タッカーは車を運転しながら携帯電話で話しているらしい。電話の向こうで無機質な雑音がきしむのが聞こえる。だがその雑音もタッカーの怒りをかき消すことはなく、彼の怒りは強く、くっきりとエリオットに向かってくる。

「どうエスカレートするってんだ。お前の説によりゃこいつはもう二人も殺してるんだぞ。メールの件は俺が片付けると言っといただろ。プロバイダに連絡を取ったし、いいか、二、三日のうちにこのサイコ野郎の正体をつきとめてやる」

「そんなことしてくれとたのんだ覚えはないね。こっちで対処できる。お前がどう思おうと、俺だってそんなに無力じゃない」

「ああ、どうしたしまして！」タッカーが怒鳴り返した。「耳かっぽじって聞け、俺はお前が無力だなんて考えちゃいない。俺が言いたいのは、連邦政府の職員として、俺の方がお前よりずっと早く情報を取れるってことだ」

たしかにそれはそうだ。だがそれでも、膝が吹きとばされたからと言って、エリオットがもう自分の面倒すら見られない男になったとタッカーに思われているのがひどく癪に障った。

「とにかく、やったことはもう仕方がない——」

言いかけたエリオットは、レインコートに身を包んだ二人の男がオフィスの入り口に立って、電話の会話に耳をすましているのに気付いた。

警官だ。私服の刑事たち。

「ああまったくだよ、くそったれ」タッカーが言い返した。「自殺願望があるんだろ？」

エリオットは電話を切り、ダイヤルトーンという形ではあったが、最終的な会話の主導権を勝ち取ったことに一瞬の満足感を感じつつ、それを流した。

「何か御用かな？」

「ミルズ教授ですか」二人組の刑事の片方は、中年の男だった。金髪、がっしりとした体つき、血色のいい顔。ファストフードの食べ過ぎと、エクササイズの不足が見てとれる。「私はタコマ警察の殺人課のアンダーソン、こっちはパインです。いくつかお伺いしたいことがあるんですが」

「入って」

学生相手のように、ドアを閉めるように、とは言う必要もなかった。

彼らはエリオットのデスクの前の椅子に座る。アンダーソン刑事が微笑した。礼儀正しく、あたりさわりのない笑みだった。パートナーのパイン――若く、背が低く、肌は黒く、あらゆる意味でアンダーソンとは正反対の――は、非難するような目でエリオットのオフィス中を見回していた。エリオットはさして気にしなかった。かつての職務上、警官とは山ほどつきあってきた。社会の安全を保つためには、様々なタイプの警官がいた方がいい。

「あんたは、南北戦争の衣裳を着て遊んでるあの手の連中のお仲間なのかな？」

パインがエリオットの机から大砲のペーパーウェイトを取り上げながら、そうたずねた。壁に掛かっている南北戦争の地図へ揶揄するような視線を投げる。

違う、とパインに答えようかどうか、エリオットは考えた。真実、違う——彼は南北戦争コスプレをする連中ではなく、オモチャの兵隊で遊ぶ連中のお仲間だ。

アンダーソンが、部下に警告のまなざしを向けて切り出した。

「今朝、刑事課に電話をしましたね」

「ああ、したよ」エリオットは前に乗り出して、ペンを取った。「あまり有力な説でないのはわかっているが、最近のＰＳＵの学生の死と、もう一人の学生の失踪には関連性があると思う」

「あなたが言うのはトーマス・ベイカー弁護士の息子、テレンス・ベイカーの自殺のことですね」

「ああ」

「そして別の学生とは、フランシス・ゴードン・ライルのことですね」

「正解だ」

「わかりました。この件におけるあなたの関与はどのようなものですか？」

「ベイカー家からテリーの失踪について調べてくれとたのまれて、関わることになった」

パインが、机にドンと音を立ててペーパーウェイトを置いた。

「元ＦＢＩだったって？」エリオットがうなずくと、さらに問いただす。「何でやめた？」

何が起こったのかについて、エリオットは肝心の部分だけかいつまんで説明した。

パインの態度からは、もしエリオットが自分の半分でもマトモな警官だったならそんなことは起こらなかった、と思っている様子がはっきりとにじみ出していた。

とは言え、アンダーソンの方は、心ならずも共感を覚えたようだった。「裁判所での銃撃戦と、その後公園に犯人を追いこんだという記事は読みましたよ。あなたが、あのろくでなしを仕留めた。大したもんだ」

「たしかに、あいつを仕留めたけどね。残念ながら、あっちの方がちょっと早かった」

言いながら、エリオットはそぼ降る雨の中に引き戻されていた。氷のように冷たい煉瓦に横たわり、三十三フィートの支柱の上で無音の咆哮を上げる銅のドラゴンと、そこに示された天気予報を、ぼんやりと見上げて——。

予報：嵐
その記憶を、エリオットは振り払った。

「それで、お二人は何故わざわざここまで？」嫌な考えが浮かんだ。「ゴーディが——見つかったとか？」

「いや。見つかると思うのか？」パインが聞き返した。

アンダーソンがまた、相棒へかなりうんざりした視線を向けた。「いいえ、見つかってません。ミルズ教授、我々がここに来たのは、あなたの言うことが正しい可能性が出てきたためです」

「正しいとは、どの部分が？」

「あの二人の学生たちが誘拐されたのかもしれない、という部分です」

今や彼らはエリオットをじっと見つめ、彼の反応をつぶさに見きわめようとしていた。ご苦労なことだ。エリオットは、この二人と同じく、感情を出さない訓練を受けている。時には自分からも隠しおおせるほどにまで。

彼はゆっくりとたずねた。

「また誰かが誘拐されたのか？」

「名なしのメール友達はそこまで教えちゃくれないのか？」パインが聞き返した。

メールの存在を知っている。エリオットは言葉の内容を噛みしめた。刑事課が、彼の伝えた情報をしっかり把握しているというのはいい知らせだ。メールを送ってきた名の知れぬ誰かの存在──それがいわゆる〝犯人《ホシ》〟かどうかはともかく──まで含めて。

悪い点は、今年随一の殺人マニアの有力容疑者として、どうやらエリオットの名前がランクインしているらしいことだった。

彼は、二人の、疑惑に満ちた固い表情を見つめた。もし自分が彼らの立場だったら、当然エリオットを疑ってかかった筈だ。不当な疑いではあったが、引退した元警官はそのへんの連中と同様に、ネジが外れた候補として見なされる。

「被害者は？」エリオットは抑えてたずねた。「奴は誰をさらった？」

嫌な予感がつのり、我知らず、息をつめて答えを待つ。

「あなたの授業アシスタントです。カイル・カンザという名の若者だ」

もしかしたら表情を隠すのは、もう昔ほどうまくはないのかもしれない。アンダーソンが、エリオットの顔を見てつけ足してくれた。

「そう心配しなくても大丈夫ですよ。未遂に終わりました。彼は傷を負っていますが、元気です。聖アンナ病院にいますよ」


いくつものピアスと凝った髪形が消えた今、病院のベッドに横たわったカイルはひどく若く、そして脆く見えた。

右腕はギプスに固定されている。目の周囲が黒くあざになり、顔の左側はまるで誰かにおろし金でおろされたかのように見えたが、それでも彼は弱々しい笑みをエリオットに向けた。

「今日は行けなくてすみませんでした、教授。テストはどうなりました？」

「問題なく終わったよ。大丈夫か？」

カイルは真剣な顔で一度うなずき、それから何度もうなずき続けた。見るからに、色々な薬の作用で朦朧《もうろう》としている。エリオットは少しだけ胸をなでおろした。

すでに刑事のアンダーソンとパインから、カイルの容態についての報告は聞いている――カイルが本当に運がよかったことも。だがそれでも、エリオットは自分の目でじかに彼の無事を確かめずにはいられなかった。

エリオットが余計なことに首を突っ込まなければ、カイルがこんな目に遭うことはなかったかもしれない。たまたま襲われたのが彼のアシスタントだった、とは考えづらい。

「いつ退院できるって？」

「午後には出してもらえるみたいです」

エリオットはベッドの横の固いプラスチックの椅子に座ると、カイルの手を軽くきゅっと握った。「何があったのか、話せるか？」

カイルは、まばたきしながら天井を見上げた。

「ええと……」

彼は首を傾けて、パネルライトを別の角度から見つめ、目をすがめた。

「授業の前に、ランニングに出てたんじゃないのか？」

とエリオットはうながす。

カイルが、エリオットの存在を思い出した様子で、うなずいた。

「ええ、毎朝五時半に、何周か走ってるんです。そのすぐ後……ランニングが終わって、寮に向かって歩いてたら、あいつがいきなり出てきて、俺をつかもうとした。俺はてっきり……」

「てっきり？」

「……てっきり、刺されると思った。でも俺のパーカーにナイフが引っかかって、奴はナイフを落っことしたんです。見下ろしたら、落ちてたのは、注射器でした」彼はエリオットに、困惑気味の視線を向けた。「それから、殴られた」

カイルは指でそっと頬骨にふれた。

「目の下が見事に痣になってるよ。それから、君はどうしたんだ？　思い出せるかい？」

カイルの表情が明るくなった。

「はい。俺は子供の頃、マーシャルアーツを習ってて、その記憶がよみがえってきたんです。キエエエェッ！」とりとめなく、無事な左腕を振り回す。「かなりいけるキックを何発か入れてやりましたよ」

「それで相手は退散した？」

「んー……？」

エリオットの問いを、カイルは朦朧と考え込んだ。

「……いいえ。ほんと言うと、あのままじゃボコボコにされるところだったけど……ああ、ジョギング中の女の子たちがこっちにやってきて、多分、それであいつがビビったんじゃないかな。とにかく、気がついた時には俺は地面にひっくり返ってて、女の子が俺に自分のスウェットをかけようとしていて、別の子が電話で救急車を呼んでた」

「襲ってきた相手を覚えてるか？」

この点も、アンダーソンとパインから話は——とにかく彼らがエリオットに話せる分だけは——聞き出していたが、エリオットはカイルから直に確かめたかった。

「男。デカい。テレビで見るみたいな黒いスキーマスクをかぶってた」

「手はどんなだった？　相手は手袋を？」

「多分——ああ、うん、そう」

手袋なら、注射器を簡単に取り落としたのもわかる。もっとも、犯人は注射器を拾って持ち去ったらしい。警察によれば現場に注射器は残されていなかった。

「彼は何か言ったか？　君に向かって？」

「いいえ。ひとっことも。ホント、あっというまの出来事で」

そうだ。常に、そういうものなのだ。

「俺より背は高かったかな？」

カイルはいい方の目でエリオットを測りながら、あまり気を入れずに考え込んでいた。

「……そうかも」

「俺よりがっしりしてた？」

「うん」彼は真面目な顔でつけ足した。「そのジャケット、いいですね。俺ツイードが好きなんです。茶色は先生によく似合ってます」

「ありがとう。彼の身のこなしはどうだった？」

カイルの意識はさっきよりはっきりしたようだった。「まるで、すっかり慣れてる感じだった」

確かに、もう充分慣れている筈だ。

「動きは若かったかい？　学生の一人のようには見えなかったか？　もしかしたら、知ってる相手じゃなかったか？」

カイルは唇を噛んだ。

「そうかも……」

たよりない声だった。

「何か、彼のことでおかしいなと印象に残ったことはないか？」

「俺を引っつかまえようとしてましたけど？」

エリオットは思わず笑った。冗談を言う余裕があるのは、悪くないきざしだった。

「それは抜きにして、だ。彼は――そうだな、例えば何かの香りがしたとか？　煙草とか、何か。アフターシェーブローション？」

カイルははっとした顔をエリオットに向けた。

「あいつは漂白剤みたいな匂いがした」

「どんな？」

「キツい、強いやつ」

「漂白剤――」エリオットは考えをめぐらせた。「カイル、ちょっと聞いてもいいかな」

重そうにカイルの目蓋が上がる。

「先週あたりから、君はいつもと違って様子がおかしかった。君のその個人的な事情が、今回の事件に関係しているってことはないか？」

カイルが、顔をしかめた。

「いえ」疲れたように微笑した。「あれは……ボーイフレンドのゴタゴタで」

「ボーイフレンド？」

こうなるとテリーとカイルに、ゲイという共通点が出てくる。しかし――カイルは、エリオットとの関わりから狙われた、そうではないのだろうか？

そうでなければ、あまりにもできすぎた偶然の一致だ。それともそんな偶然があると？

エリオットはさりげなく聞き出そうとしたが、何も糸口を思いつかなかった。仕方なく正面からたずねる。

「君のボーイフレンドの名前は？」

「ええと」カイルのやつれた頬にうっすらと赤みがさした。「教授の知らない人ですよ。法学生なんです。ジムって言います……ジム・フェダー」

17

オフィスのドアフレームをガンガンと叩く音が、エリオットの邪魔をした。

彼は電話の向こうのタッカーへ、ジム・フェダーについての新たな情報を報告している最中だった。眉をひそめ、顔を上げる。

ドア口に仁王立ちになったメンテナンススタッフのレイが、同じように眉をしかめて彼をにらみつけていた。

「あんたまたゴミを廊下に出してねえぞ」

すまない、エリオットは口を動かしてそう伝えた。

レイの眉間《みけん》のしわがさらに不機嫌に寄った。

「ジム・フェダーの身辺はきれいなもんだ」タッカーの声が遠くから言った。「いわゆる平均君って奴だな。平均そのもの。手配されたこともなければ、令状も、逮捕記録もなし。これ以上きれいになりたきゃそれこそ漂白剤でも飲むしかないね。このガキに何かケチをつけるとすれば、一人の相手に腰が定まらないらしいってことぐらいか」

会話をかき消しそうなノイズからすると、タッカーはまた運転中らしい。エリオットは、彼が一体どんな事件を追っているのだろうと思わずにはいられなかった。

「ちょっと待っててくれるか？」

エリオットは机の下にのばした手で紙用のゴミ箱を探った。立ち上がると、ゆっくりと机を回り込み、紙くずかごをレイに手渡す。レイは憎々しい表情を変えることなくそれをひっつかんだ。

これが初めてのことでもないが、エリオットは一体レイにどんな過去があるのだろうといぶかった。少なくとも礼儀作法の学校に行っていないのは確実だが。

レイは、空にした紙くずかごを持って再び姿を見せると、じろじろと見ているエリオットにつき返した。

誰の基準で言っても、レイはハンサムとは言いがたい男だ。体は大きくかさばっていて、薄い色の目は小さく、生気のない、不思議なほど記憶に残らない顔立ちをしていた。エリオットなどほぼ毎日この男を見かけているにも関わらず、いざレイの顔を細かく思い出そうとすると難しい。

タッカーの声が彼の注意を引き戻す。

「なあ、ちゃんと話がしたい。今どこにいる？」

「大学のオフィスに」

「夕飯を一緒にどうだ？」

誘いに、エリオットの鼓動がはねた。

行きたいか？　イエス。

行くべきか？　疑わしい。

腕時計を見た。四時ちょうど。今するべきなのは、父親に電話して謝罪し、うまくいけばインド料理のテイクアウトを手に休戦のおうかがいを立てにいくことだが――

「聞いてるのか？」

「ああ。いいよ」とエリオットは答えた。

「時と場所は？」

「俺は、大学の裏の湖まで、車で寄ってみる予定なんだ。現場を見ておきたくてな」

「エリオット――いい加減にしろって」

「いや、お前の言わんとするところはわかる。それももっともだと思うよ。だがもう一人分、訓練された目が現場を見たところで損はしないだろ？」

「何で行きたがる」

タッカーの怒りは、一秒ごとにうず高くなっていくようだ。

「見ておきたいからだよ。行ってもかまわないか？　タコマ警察からの許可はもらってある」

「ああ、お前ならそうだろう。連中に同情するよ」

同情心があるならそれを周囲にも発揮してくれ、とエリオットがタッカーに説くと、苛つくことに、返ってきたタッカーの声は笑っていた。

「わかった、わかったよ。五時にブラックブルのパブで会おう。それまで逮捕されないようにいい子にしてろよ」

「警察には俺を逮捕する気はないよ、ランス」

「今はまだ、な」

「五時に会おう」

「セクシーな服で来いよ」

「着てくか、馬鹿」

「何にも着ないのか？　楽しみだな」

意に反して、電話を切りながらエリオットは笑い出していた。

だが、タッカーと会うことで自分がどれほど昂揚しているかに気付き、表情を引き締めた。これはデートではないのだ。そう自分に言い聞かせる。彼は単に、ＦＢＩがこの事件の再捜査を行うべきだとタッカーを説得しに行くだけだ。

かつて、彼らは二人でよく笑った。そのことも、お互いがひねくれたユーモアセンスを共有していたことも、エリオットはほとんど忘れ去っていた。

それにしても、何故タッカーとの関係を復活させるのがまずいのか、その理由を思い出せなくなりつつある。気持ちでは相変わらず、そんなのは最悪の考えだとわかっている。その一方で、何が悪い？　と囁く声もする。やっと物事を割り切れるようになったからというより、きっと単に、肉体的な欲求不満が溜まっているせいに違いない。

エリオットは、まだタッカーを許してはいなかった。一番必要としていた時、その瞬間に彼へ背を向けて去った男を、あの時そばにいてくれなかった男を、許してはいなかった。だがその痛みはもはや遠く、昔の話のように感じられた。まるで他人の傷のように。

それに、タッカーに会いたかった。この十七ヵ月ずっと、彼に会いたくてたまらなかった。二人をつないでいたものはセックスだけだ——そして仕事への忠誠心だけだと、エリオットはずっと自分に言い聞かせてきた。それでも、あの一発の弾丸に、職だけでなく、人生のもっと大事な部分をもぎとられたという喪失感は消えなかった。

同じジョークに笑える、というだけでは充分ではない。それはわかっている。彼とタッカーは、あまりにもお互いを知らない。お互いをもっと知った方がいいかどうかの最初の判断すらつかないぐらい、相手について何も知らないのだ。

エリオットはレインコートとブリーフケースを取り上げながら、多くを——いや、何ひとつ——期待しないようにと自分をいましめた。それでも彼の心は、まるでいきなり夏休みがやってきたかのように軽くはずんでいる。

まあここ最近、ろくな楽しみもない。だからだろう。

五分後、ハンビーホールのドアがエリオットの後ろでガチャッと閉まり、固くロックされた。

金曜の午後とあって、キャンパスはすでに静かで、人の姿はほとんどない。数時間前には警官と記者、不安な保護者たちであふれ返っていた同じ場所だとは思えない。エリオットは中庭の人混みの中に、スティーヴンの姿までちらりと見かけた気がしていた。あの犯罪ドキュメンタリー作家は、スクープを探しに来たのだろうか？

カイルの誘拐未遂の話は一気に広まり、今や誰もが消えたゴーディ・ライルの行方について声高に噂していた。一部では、テリー・ベイカーの自殺（と見られる死）について疑いの声さえ上がっている。

真相はまだわからないにしても、ザーラ・ライルの主張はこれで裏付けられたかに見えた。今朝、そしてこの午後にも一度、エリオットはザーラに連絡を取ろうとしたのだが、彼女は電話をかけ直してもこない。

ザーラは何故、昨日の学生展覧会に来なかったのだろう？

もうあきらめてしまったのだろうか？

そもそも、まだ希望があると？　これらの誘拐が規則的なタイムテーブルで行われているとしたら？　テリーが死んだと思われる週に、ゴーディは姿を消している。それを当てはめるならば、カイルが誘拐されかかったという事実は、ゴーディの命運が尽きたことを示唆しているのだろうか。

身代金目的の誘拐を別にすれば、成人男性が監禁される場合、ほとんどの場合の目的はレイプ、拷問、そして殺人である。いかに若くともそれ以外のケースはまれだ。女性の場合は、性的なペットや飼いならし目的として生きのびる率が少しだけ上がる。

傾いてゆく午後の陽光が、煉瓦の建物のガラス窓をぎらぎらと照らしていた。

エリオットは学生展覧会からこっち、色々な物事にまぎれてすっかり忘れ去っていたことを思い出した。進路を変えると、彼は陶芸学舎の方へと向かった。

自分のアクセスカードで入棟許可を得て、誰もいない陶芸学舎の廊下を歩いていく。ほとんどの教室が閉ざされていたが、やがて開いているドアに行きついた。部屋をのぞくと、幅高の窓と、長い作業台とステンレスの流し台があった。壁に小さな棚が並べられ、向かいの壁の前には低い作業台とろくろがずらりと列をなしている。部屋にいるのは花柄のスモックを着た眼鏡の中年女性が一人きりで、ラジオにあわせてハミングしながら、キャスター付きメタルシェルフに大きなプラスチックのバケツを片づけているところだった。

エリオットがドアフレームをノックすると、彼女は驚いた様子でぱっと見た。

「あら、こんにちは」エリオットに挨拶する。「建物に残ってるのは私だけかと」

「ざっとあたりを見て回らせてもらってるんだ」

「そうなの？　何か私でお手伝いできることが？」

「鉄床《アンヴィル》を見せてもらえないかと思ってね」

「ええと……アンヴィル？」

「陶芸をする時に鉄床《アンヴィル》を使うと聞いたんだが？」

「そうねえ……」彼女は当惑した様子だったが、その表情がぱっと変わった。微笑を浮かべる。「あなた、ミルズ教授よね？　若い方のミルズ教授」

「そうだよ」

「アンドレア・コリンズよ」彼女は汚れた両手を上げてみせた。左手には結婚指輪が光っている。「握手するわけにはいかないけど、ついにお会いできて光栄よ。何と言ってもねえ、まだ新米教師だった時、私、あなたのお父さんにそれはそれはときめいてたものよ」

　エリオットは思わず苦笑いを浮かべた。

「よく言われる」

「でしょうね」彼女はなつかしむような吐息をこぼした。「もう何万年も昔のことのような気がするわ。とにかく、鉄床――アンヴィルね」

　ミセス・コリンズは青いぼろ切れをつかむと、汚れた布で手を拭った。

「多分想像してるものとは違ってると思うけど。叩き出し技法の時に使うのよ。この、平べらや曲がったへらで――」彼女は幅狭の長テーブルの中央に置かれた曲がった棒をさした。

「器の内側や外側を叩くのだけれど、その時に、逆の側から〝アンヴィル〟を当てて支えるの。アンヴィルにはこんなふうに膨らんだ形の物や、粘土を使う」十二、三センチほどの大きさの、河原の石のようになめらかな石をエリオットへ手渡した。「そこらにたくさん転がってるわ。こっちのは素焼きの粘土で、あっちの丸いのは木製」

「いわゆる鍛冶作業に使うような重い鉄床《アンヴィル》は、ここでは使わない？」

「まさか」

エリオットは手で石の重さを量りながら、考え込んだ。コーリアンとの会話には、お互いに誤解があったらしい。それか、コーリアンの側がエリオットの無知を笑っていたか。ありそうな話だ。

彼はその〝アンヴィル〟をミセス・コリンズに返した。

「助かったよ」

「いつでもまた来てね」彼女は親しみのこもった誘いを投げた。「今度はじっくり案内してあげるから。お父さんによろしく言っといてね！」

エリオットはまだ考え込みながら、入り口がしっかり施錠されたことを確認して、陶芸学舎を後にした。鋪装された道をしばらくたどり、それから樹木苑を抜けてチャペルの駐車場へと向かう。

コーリアンとの会話を、隅々まで正確に思い出せないのが残念だった。コーリアンは陶芸に使う〝アンヴィル〟とは違う、と言っていたのだし、エリオットはもっと明確に質問するべきだったのだろう。どちらにせよ、もうどうでもいいことではある。どう見てもテリー・ベイカーを沈める重りに使われた鉄床は、陶芸学舎から持ち出された物ではない。

予想の範囲内ではあった。少なくとも大よそは。被害者たちをつなぐ明白な共通点は大学だが、だからといって、容疑者が、大学の職員や生徒だけに限定されたと考えるのは戦略的だ。大学内の地理に精通している者に違いないが、昔の職員や生徒の父母、役員、さらには生徒の友人たちと、容疑者の範囲は広い。現実的に考えると、時間とやる気さえあれば、大学内の人の流れやセキュリティの甘い箇所は誰にでも把握できた。

車につくと、エリオットはブリーフケースとレインコートを後部座席に放りこんだ。大学の裏の湖まで、車でおよそ十分程度。かつてのエリオットの足であれば歩いた方がもっと早くつけるかもしれない。普通なら、誰でも大学から湖までは簡単に歩いていける。

車を停めて表に出ると、エリオットは水辺までぶらぶらとおりていった。犯罪現場を示すテープが黄色いプラスチックのポールに巻き付けられてる。テープの端が剥がれてかすかな風にはためき、地面に落ちた先端は瀕死の魚のようにひくひくとのたうちながら、泥に跡を刻んでいた。

波立った水はくすんだ銀の色をしている。エリオットの接近に気付いた数羽のカモが飛び立った。残ったカモたちはガアガアと鳴き交わしながら餌をもらおうと水際へ押し寄せてくる。

エリオットは慎重に足を運んだ。最近の雨で足元の土はやわらかく、すべりやすくなっている。湖のふちで足をとめた。

水の中、岸からわずかに入ったところで、湖は急激に深さを増している。これではテリー・ベイカーは、岸からたった数歩で、顎まで水に浸かっていたに違いない。

その様子を思い描いてみた。テリー・ベイカーがどこに立っていたかを想像し、同じように、湖の中を進む感覚を感じ取ろうとした。

両手は鉄床《アンヴィル》でふさがっていただろう。その状態ではテリーが脅迫者へとびかかるのは不可能だった。大体、どこへ逃げる？　エリオットはがらんとした周囲の湿地を見回し、遠くぼやけた大学の建物を見やった。鋪装された道路は木立の彼方に隠れてしまっている。

そう、逃げる手だてはない。これだけの距離があっては、助けを求める声が大学や道向こうの発電所まで届くのも無理だ。大体にして、その道までが遠すぎる。

それでも用心のために、犯行は夜に行われただろう。それもおそらくは深夜。

いとも簡単だっただろう。岸から、水の中に立ちすくんだ相手に狙いをつけて弾丸を撃ち込むだけ。

簡単ではあるが——何と馬鹿なやり方か。

蜂のうなりが、ほとんど刺すばかりに耳元をかすめた。頭をはっとそらしたエリオットが耳に手を当てると、その指が濡れた。

呆然と、彼は指先についた鮮血を見つめる。

「一体……？」

何かがうなりを上げて空を裂き、エリオットをかすめると、すぐ右側の濁った水面にとびこんでいった。バン、と大きな音が響く。水しぶきが空中に舞い上がった。

カモたちが羽ばたき始め、パニックに陥ってクワックワッと鳴きわめく。周囲の空気が鳥の翼にかき乱された。静かだった秋の午後を、さらに新たなパン！　という音が引き裂く。

空中から一羽のカモが彼の足元に落ち、泥の斜面で弱々しくもがいた。

背後からグシャッとおかしな音が響いたかと思うと、車の窓ガラスが粉々に砕ける。

誰かに射撃されていた。

18

数瞬の、致命的なタイムラグの後——明らかに、一般人としての暮らしが長すぎた——エリオットはやっと状況を認識し、水草の茂みの後ろにとびこんだ。茂みというにも小さすぎるものだったが。反射的にホルスターに手をのばしてから、そもそも銃など身に付けていないことを思い出す。

車のグローブボックスになら、拳銃が入れてあるのだが。今朝、拳銃を車に持ち込む程度には用心深くなっていたが、学内で武器を身につけることなど考えもしなかった。現実に、この白昼の下で、誰かから銃撃戦を仕掛けられるなど、その時は冗談にしか思えなかったのだ。

うなりとともに茂みの一部がはじけとび、別の弾丸が草のとがった先端を吹きとばすと、彼の左小指のすぐそばで泥水をはね上げた。エリオットは拳を握り、反射的な恐怖に押されて湖の中へ下がる。水に半分つかり、半分出た状態で、ぬるぬるした泥の斜面にぴたりと体を伏せた。切るような水の冷たさすら、ほとんど意識に入らなかった。むしろその冷たさのおかげで、膝が岩に押しつけられる痛みが麻痺する。

一体、どこから撃っている？

エリオットはわずかに首をもたげたが、再び茂みがうなりに揺れるや、聞き間違えようのないパンッという音が水面にはじけ、頭を低く戻した。湖を取り巻く水草の後ろに身を低くして隠れているしかないが、その茂みもたよりない。釘付けにされたも同然だった。

湖の岸、泥の斜面をのぼれば車まで数メートル。たとえこの膝が全力疾走に耐えられたところで、岸に上がったその瞬間、スナイパーに狙いをつけられるかもしれない。どこにいるのかわからないのだ。

それを言うなら、今エリオットが身をひそめているこの瞬間にも、スナイパーは充分な狙いをつけられる位置にいるかもしれない。これだけ近くに銃弾が撃ち込まれてくるところを見ると、彼——彼女——はどうやら、エリオットの隠れ場所を正確に把握している。

エリオットは携帯電話を探ろうとしたが、助手席のシートに置きっ放しにしてきたのを思い出した。

跳弾が水面ではねる湿った音を耳にして、エリオットは毒づいた。奴はライフルを使っている。おそらくは二十二口径。百五十メートル以下の距離をもっとも得意とする武器だが、四百メートル離れたところからでも対象の手足を撃ち抜ける。殺すことだって可能だ——もしスナイパーの運がよければ。あるいは、エリオットの運が悪ければ。

人生で、これほど己の無力さを痛感したことはなかった。あの公園で、脚に銃弾をくらって倒れ、テロリストが自動小銃を手に一歩ずつ歩み寄ってきたあの時でさえ、これほど無力ではなかった。

何か策をひねり出さなければ。相手に運が向けば、次の瞬間にもエリオットの命運は尽きる。後は即死か、ゆっくり死ぬかの違いだけだ。

彼は背後の湖をすばやく一瞥《いちべつ》した。最終手段としてではあるが、泳げるだろうか？　湖を泳いで渡るのは無理としても、左側に浮いている葦の群生まではたどりつけるかもしれない。とにかく、どうにかして優位な位置に移らないと。エリオットが丸腰だとスナイパーが悟ったが最後、単に湿地を横切って、近くから狙い撃てばいいだけだ。

そんな嫌な想像が浮かんだ時、ふと、勢いよく迫ってくるエンジン音に気付いた。エリオットは咄嗟に身を返し、凍るような水の中に身を沈めると、数メートル先で密生している葦の茂みめがけて泳ぎ出す。飛来する弾丸が周囲に点々としぶきを上げた。これで、車からは相手の注意をそらしていられる——誰の車だか知らないが——。

そしてその瞬間、直感的に、エリオットはやって来たのが誰だか悟った。

タッカー。

そんな筈はない。ありえない。パブで落ち合おうと決めた筈だ。

エリオットは危険を冒してちらっとのぞき見た。心臓がはね上がる。見覚えのある、青いニッサンエクステラだ。

もしかしたら、タッカーは大事な犯罪現場をエリオットに踏み荒らされたくなくて来たのかもしれない。あるいは、個人的に案内してやろうと思い立ったのかもしれない。理由はどうあれ、タッカーは燦然《さんぜん》と、そして颯爽《さっそう》と、エリオットを救いに乗りこんできた——当人はその自覚すらなく。

エリオットはばしゃんと水に身を沈めた。波音と、カサカサと揺れる水草の向こうから、ニッサンエクステラのエンジンのうなりと、ギアチェンジの音、そしてタイヤが泥と石を噛む音が聞こえてくる。

かきわけた水草の間から、タッカーの車が半回転のスピンターンを決めるのを見た。揺れながら止まった車からタッカーが転がり出すや、車のボンネットを盾にして撃ち返す。

基本装備のグロック22が吐き出す、なつかしく、力強い銃声が午後の澄んだ空気を引き裂いた。

まさにヒーローの登場シーン――。

反撃の銃声はなかった。スナイパーは弾丸の再装填をしている最中か、それとも尻尾を巻いて逃げ出したか。

続けざまの三発、タッカーのグロックの最後の咆哮が陽光と風の中に散り、銃声は遠い大学の建物にまで反射した。どこか遠く、勢いよく走り去るエンジン音が響き、頭上を飛びすぎるカラスたちが怠惰に、そして嘲るようにカアカアと鳴いた。

ふいに、エリオットは冷たい水に体力がすべて吸い取られていくのを感じた。歯の根が合わず、全身が震え、体中が凍りつく一方で、深く残忍な膝の痛みが骨まで焼いていた。弾丸がかすめた耳もじんじんと痛み出す。

それでも、よくこの程度ですんだものだ。

小石を踏み散らかしながら、足音が泥の上を近づいてくる。タッカーが、岸辺の斜面をずるずるすべり落ちるように走ってきた。

「エリオット！」

「ここだ」

エリオットは半ば泳ぐように、半ば泥底にふれる足でよろめくように、岸に向かって波をかきわけた。立ち上がろうとしたが、膝ががくりと負け、倒れ込みそうになった彼を水に飛びこんだタッカーがあやうく抱きとめ、引き起こした。

「負傷したのか？　大丈夫か？」

エリオットは言葉を押し出した。

「ご機嫌だよ……」

「だろうな」

タッカーが引きつった笑いをこぼした。

エリオットの腰に右腕を回し、彼は崩れそうな体を支えてくれる。

「首から血が出てるぞ」

「耳、だ」

どちらにせよ、もう少しで頭を吹きとばされるところだったことに違いはない。

「エリオット……」

タッカーの声が揺らいだ。右腕もエリオットの体に回すと、彼はエリオットを引き寄せる。

もやがかかった思考の中を無数の疑問が飛び交っていた。だがそのどれひとつとして、今こうして自分が生きている――しかもほぼ五体満足でタッカーの腕の中にいる――という強烈な喜びの前に、まるで形を成さない。

ほとんど獰猛な力で、タッカーがエリオットをきつく抱きしめた。エリオットは逆らうことなく身を預ける。タッカーの体を抱き返しながら、彼はタッカーの襟元からのぞく湿った首すじに顔をうずめた。タッカーは何かを口の中で呟いていたが、何を言っているのかエリオットにはまったく聞き取れない――ただ、息とともに吸い込んだ匂いと、それが呼びさます記憶に心を奪われていた。香りの中にすべてがよみがえる。レザーの匂い、消えかけのアフターシェーブ、硝煙の香り。

タッカーの引き締まった腕がエリオットを抱きしめ、その強さでほとんど息ができなかった。タッカーの心臓の激しい鼓動が、自分の胸を打つのを感じる。あるいはそれはエリオット自身の鼓動だったのか。ふたつの鼓動はどちらも激しく、はじけそうだった。

数秒がそうして経過し、やっとエリオットは、タッカーの口からこぼれている低い呟きがまともな言葉を為しておらず、ただ純粋にあふれ出す憤怒の音だと気付いた。

エリオットは笑い出した。

タッカーがうなった。

「一体何がおかしい！」ある種、痛々しいほどの憤激をこめて、彼は問いつめる。「何かお

もしろいか?」

エリオットは首を振り、顔を上げた。タッカーの青い瞳には荒々しい感情が燃え盛っている。エリオットは目をそらすこともできない。

二人の唇が重なった。これ以上自然なことなどないように。

タッカーの唇の感触は、エリオットの記憶にあるまま、匂いも味わいも何も変わっていない。これほどごつい男のくせに、タッカーの唇はやわらかく、甘かった。

キスはおだやかに始まったが、数度の呼吸を分かち合ううちに、唇はより強く、情熱的に、キスは切羽つまったものに変わっていく。

「エリオット——」

タッカーはまるで抗うように呻いたが、二人の唇はさらに強くぶつかりあい、噛みつくように荒々しいキスが始まる。この瞬間、エリオットがタッカーを振りほどくには頭突きでもするしかないほどに。

タッカーの唇に顎の下の敏感な肌をたどられると、エリオットの肌にさざ波が走った。きつく吸われた瞬間、すでにオーバーヒートしている神経を、焼けつくような痺れが抜ける。

突如として、その瞬間、エリオットは一度も感じたことのないほどの強さでタッカーに焦がれた。何一つこんなふうに焦がれたことはないほど、彼に焦がれた。タッカーのやわらかな髪の間に指をすべらせると、キスを求めて顔を上げさせようとする。タッカーの感触に飢えている――まるでどれだけ味わっても永遠に満たされないほどに。

タッカーのなめらかな唇がエリオットの首すじに熱く吸い付き、きつく吸い上げ、肌に印を刻む。タッカーの両手がエリオットの背中をまさぐって、濡れた服を引きはがそうとしていた。

エリオットはタッカーが着ているレザージャケットの前をぐいと開くと、互いの腰を合わせて、強くグラインドした。頭のすみの冷静な部分では、こんなのはとても正気の沙汰ではないとわかっている。膝の苦痛は耐えがたく、今にも崩れてしまいそうだ。だがそれよりも、ジーンズごしに押し当てられた互いの欲望の方が、はるかに大事で切迫した問題のように感じられた。

本能的欲求、まさにそれだ。

この瞬間、タッカーが必要だった。お互いをお互いで満たしたかった。

死と直面したこと、それを危ういところで生き延びたことも、この衝動の根っこにあるのだろうか。何であれ今、ここに、まさに求めた場所にタッカーがいる。その事実は揺るがない。

そして、エリオットの腰を押し返してくる固くはりつめた感触からすると、この深い飢えに呑み込まれているのはエリオット一人ではなかった。

彼は呻《うめ》いた。タッカーも呼応するように呻いた。

「くそっ、エリオット……」

タッカーの大きな手がすべりおり、その手はエリオットの尻をつかむとソフトデニムごしにこねあげ、浮かされたような二人の腰の動きをさらに強めた。エリオットを抱き寄せながら、それでも彼は主導権を奪おうとせず、エリオットの荒々しい動きに己をゆだねている。

突然、世界が大きくうねり、上下がひっくり返った。

いや、どうやらひっくり返ったのはエリオットの方だ。我に返った時には、泥の中に座りこんだエリオットをタッカーが両腕で抱えこんでいた。

エリオットの頰にあたたかな息をかけながら、タッカーは言い聞かせるように、

「大丈夫だ――大丈夫か？　深く呼吸をしろ」

「一体……何だ、何が……？」

朦朧として、頭の中がまとまらない。彼を包むタッカーの腕がありがたい。

「落ちつけ。まずはゆっくりとだ」

「今のは……大したキスだな……地面が動いたかと――」

「膝がもたなかったようだな」

「ネ、ネジが、ゆるんだかな……」

エリオットはカチカチと鳴る歯の間から言葉を出した。本気で、映画のヒロインばりに芝居がかった失神シーンを演じたいぐらいだ。この激痛が続けば吐いてしまいそうだった。そ

れこそタッカーが紳士的に貸してくれている広くてたよりになる肩の上に、ぶちまけてしまうかもしれない。

タッカーが言葉をかけた。

「とにかくここを離れよう。どこか温かいところに」

エリオットはうなずく。「お前……何で、わかった？」

「俺が何で何がわかった？」

「俺が、銃で……？」

「まずパニックで飛んでいくカモの群れが見えた。だがお前の姿は見えなかった。その時、発砲のフラッシュが木の間に見えた気がしてな」タッカーの精悍な体を身震いが抜けていった。「あの瞬間俺は、もしかしたらお前が、と……」

「俺も思った」

タッカーの手を借りて立ち上がらなければならなかった。泥から上がる時も、すべりやすい草地を足を引きずりながら歩く時も。一瞬ごとに悪化していく激痛が、すべての欲求や興奮、残った体力までも吸い取っていく。今となっては、あの強烈な欲望も単なるショック反応のひとつだったと思いたい。

彼の足はまるで機能せず、膝はと言えば、関節にナイフを叩き込んでねじこまれたかのようだった。再建した膝関節に、回復を台無しにするような絶望的な損傷が生じたのではないかと思うと、恐ろしくてたまらない。また、一からあの日々をくぐり抜けることなど、とてもできない。あの無力感、人にたよらなければ何もできない日々。エリオットの心は恐怖にわしづかみにされていた。

夢の中で、「そんなに騒ぐことか」と彼に向けて言い放ったタッカーが頭に浮かび、エリオットは喉からこぼれそうになる苦痛の声を呑み込んだ。

「俺からは奴の顔は見えなかった。お前は？」

問われて、エリオットはただ首を振った。

「何とか車だけはちらっと見たがな。黒か、もしかしたらネイビー。バン、それかSUVだろうが、どうも木が邪魔でな」

「どうして……湖にお前が？」エリオットは切れ切れにたずねた。「ブラックブルで会う約束だと思ってたが……」

「どうしてかは、俺にもわからん。ただ、お前と一緒に現場を見ようかと——そうするべきじゃないかと、思ったんだ」

エリオットは頭を上げ、信じられないまなざしでタッカーを見つめた。

「文句があるか？」

エリオットは首を振る。

二人はタッカーの車までたどりついた。タッカーの手を借りて車の中へ乗りこむや、エリオットはシートに崩れ、太腿を両手できつく握り、呻きをこらえて顎をくいしばった。

ぼんやりとした意識のはじで、タッカーが通報して応援を要請しているのが聞こえて、口をはさんだ。

「警察に、ほかの行方不明者を当たるように言ってくれ——大学に関係する失踪者だけじゃない。男娼、移民……確認してみるよう、たのんでくれ」

それを聞いてタッカーは鋭い視線をエリオットに投げた。それからまた電話に向かってしゃべり始めたが、エリオットはその声を意識の外に押し出す。自分の体の損傷状態を確かめながら、自分で感じているほどにはひどい状態ではないと言い聞かせた。膝は大して、いやほとんど出血もしていない。耳は出血量は多いが、その傷だって小さなかすり傷だ。

話を終えたタッカーが、電話を切ってエリオットに向き直った。

「あいつらが来るまで待つ気はない。どうすればいい？　救急外来に行くか？　それともお前の主治医のところに向かうか？」

今のエリオットの望みはとにかく、膝の痛みを止めることだけ——そして強く上等な酒を一杯、ベッドで一寝入り。誰かと一緒でもいいが、一人でもいい。添う体があればありがたいものの、どうせこの痛みが鎮まるまで何かできるわけもない。

タッカーの心配は、深く染みた。さっきエリオットを抱いた両腕の強さのように、彼の心を揺らした。強く。

エリオットはシートに頭を戻して、もたれかかった。目をきつく、とじる。

「大学内のクリニック」呟いた。「そこなら、何とかしてくれる」

「お前の車は後で取りに戻らないとならないが、いいな」

彼はうなずいた。何とか言葉を押し出す。

「携帯電話は……持っていかないと。あとバックアップ用の銃が、グローブボックスの中に」

タッカーが舌打ちした。

「待ってろ」

彼が車から降りていくと、エリオットは急いで目を拭った。たかがかすり傷で涙が出るなど、タッカーに知られたくはない。

タッカーはほんの数秒で戻った。

「残りの荷物は、また今度だ」

結構。どうでもよかった。今はたとえタッカーが車を湖に沈めたところでかまいやしない。とにかくただ、どこか痛みを止めてくれるところへ行ければいい。

タッカーはエンジンをかけ、ヒーターをオンにした。まるで北極圏から吹きつけるような強風が吹き出す。

「やばい、ちょっと待て」

エリオットの体はガチガチと震えていたが、寒さで震えているわけではなかった。こごえているのも確かだったが。タコマが温暖な町だなんて、実は嘘だろう？

彼は途切れ途切れに言葉を押し出した。

「平気だ。とにかく……たのむ、出してくれ」

懇願したくはなかったが、自分自身の耳にすら、痛々しい声だった。

「わかった。お前——」

タッカーのその声には、これまでエリオットが聞いたこともない響きがあった。瞼をこじあけてタッカーを見やる。タッカーは、顎にぐっと力をこめては、幾度も歯を食いしばっていた。

まるでタッカーは、エリオットと同じほどの苦痛を受けているように見えた。どうしていいかわからず途方に暮れているように見えた。きっとこの男にとって、人生初めての感覚に違いない。

むき出しの動揺を目のあたりにすると、エリオットの気持ちが少し持ち直した。手をのばしてタッカーの太腿をつかむ。

「おい。俺は、大丈夫だよ」

タッカーが驚きの表情を向けた。

エリオットは笑みのつもりで、どうにか頬の筋肉をぴくつかせる。

ばす。


「クリニックまでつれてってくれ。一服盛られれば、もうちょっと愛想よくできるから」

タッカーは、息と笑いの中間のような音を立てた。それからうなずき、彼はギアに手をのばす。

エリオットはまた両目をとじた。

「俺は……岸辺に立って、こんなところで誰かを撃つなんて何て馬鹿げた計画だろうと考えてたんだ。それが、次の瞬間、気付いた時には、俺が撃たれる側になってたってわけさ」車がごつごつした地面に跳ね、彼は息を呑み込んだ。「……あいつは俺をずっと見てた。後をつけてきたんだ」

タッカーの返事は、ずっと遠くから響いてくるように聞こえた。

「ああ、俺もそう思うよ、教授。第一ラウンドはあっちの勝ちだな」

19

雲間を抜けて陽光がふりそそぐ。深い海のうねりと、白くはじける波頭。打ち寄せる波の音。

カモメの叫びまで聞こえてきそうだ。塩辛いしぶきが目にしみて……。

まばたきして、エリオットは壁にかかった海の写真をぼうっと眺めた。疲労と薬で朦朧《もうろう》としながら、まどろみからおだやかに浮上し、ゆるやかに覚醒していく。

目覚めて……ぬくもりと安らぎに包まれて。あたたかく心地よいベッド――それも自分のものではないベッドの中だ。

耳に海の波音が聞こえてくるのは、まだ薬の作用が残っているからだろう。このシアトルの部屋の近くに水辺などなかった筈だ。心安らぐうねりの音の正体は、実のところ、道路から聞こえてくる車の音である。

彼はかすかに微笑した。

向かいの壁の、その写真には見覚えがあった。波が崩れ落ちる瞬間をとらえた、印象的なブルーグレイのカーボンプリント。フランツ・シェンスキーが撮った〝北海の波《ヴェレ・アウフ・デア・ノルトゼー》〟だ。その横の写真は、銀色の水面をすべるヨット。シェンスキーは名高いドイツの写真家だった。アメリカで著名だとは言えないが、タッカーは海外赴任の時に出かけたオークションで作品を一枚手に入れ、それからシェンスキーの作品に対して大きな情熱を傾けてきた。彼の本まで、どこかにしまってある筈だ。〝古き良きヘルゴランド《ダス・アルテ・ヘルゴランド》〟。エリオットの知る限り、タッカーは一語たりともドイツ語を読めないくせに。

仰向けに寝返りを打ち、瞼を持ち上げて、彼は意識を集中させようとした。まだ痺れたような鈍さが残っている。普段はできるだけ薬を避けているのだが、今回は非常事態だ。今日の午後、死にかかったばかりなのだ。まだ今日が金曜だとしてだが。

何だか、ひどく昔のことのように思えてならない。

エリオットは溜息をつくと、全身の痛みやこわばりを手早く確認した。膝の感覚が鈍く、異様なほどぎこちない。

ベッドカバーを持ち上げた。服を脱いだ記憶はないがパンツ一枚だった。

膝は、白いテープでがっちりと固定されていた。

記憶にあるのは——タッカーの手を借りて、大学のクリニックへと足をひきずりながら入っていったあたりのことだ。膝の傷を洗って消毒し、包帯を巻かれた。注射も打たれた。ステロイドか、鎮痛剤か。記憶は曖昧だ。警察の聴取を受けたことは覚えている。

そう、それが最後のまともな記憶だった。生徒だと言ってもおかしくないほど若い見た目の制服警官に礼を言い、タッカーのSUVまでよろめき戻った。タッカーが、彼に覆いかぶさるようにしてシートベルトを締めてくれたところまではぼんやり記憶にあるが、そこから先は空白だった。

だが、何故、今シアトルにいるのかがわからない。

しかもタッカーの部屋に。

彼はナイトスタンドに置かれた時計に目をやった。七時十分。ブラインドの向こうにある闇から判断するに、夜の七時だろうから、まだ金曜日に違いない。目尻を手のひらで擦った。ふたたび目を開けた時には、タッカーが寝室の扉口に立っており、ジーンズとネイビーのTシャツ姿が何とも見慣れなかった。Tシャツの胸を〝昼間はFBIの格好でお送りしております〟とふざけた言葉が横切っている。

「やあ」と、エリオットは頭を上げた。

タッカーの体から、ほとんど見のがしてしまうほどかすかに、力が抜けた。

「やあ。気分はどうだ？」

「いい、と思う」

エリオットは、今にも痛みが容赦なくぶり返すのではないかと構えながら、身を起こした。膝は遠い痛みにどんよりとうずいているが、これなら我慢できる。我慢できるどころか、予想よりはるかにマシで、こみあげてくる安堵の大きさは、自分で情けなくなるほどだった。

「そう言えばさっきのことだが、お前にまだ礼を言ってなかったよな」

エリオットの命を救った、そんな〝さっきのこと〟だ。

タッカーは短くうなずいた。

「今後、お前は銃を携行するんだ」そう告げてくる。「この事件が片づくまで」

「かもな」大学内で銃を身に付けるのは気が進まないが、タッカーに理があるのはわかる。

「かもな、じゃない。奴はお前を見張ってた。お前の後を追っていたんだ。こんなことになるから首を突っ込むなと言ったんだ。こうなった以上、もう手を引け」

「だから俺が言ったじゃないか、ってか。まったくうれしいね」

「何て言われたい？　実際、俺はお前に言ったぞ。お前ってやつは——いったん何かに噛みついたが最後、まるで闘犬みたいに頑固だ」

このままでは口論になる。エリオットの口元はこわばったが、言い返してやりたくてたまらない言葉をギリギリ喉元でこらえた。タッカーと争いたくはない。少なくとも、今は。エリオットを湖から引っぱり上げた瞬間のタッカーの表情が、心に灼きついているうちは。

ベッドカバーをばさっとめくると、彼は革パッドのヘッドボードをつかんで体を支えながら、そろそろと両足で立ってみた。膝はたよりなくがくがくと震えたものの、クリニックの医者は、膝関節に深刻な損傷はないと保証してくれた。何日かは松葉杖か歩行補助の杖を使うようにと忠告されたが、タッカーの目の前で杖をついてよろよろ歩くつもりなどない。それが下らない男のプライドだと言うなら——いいだろう、今こそプライドの見せどころだ。

「どこに行くつもりだ？」タッカーが問いつめた。「膝に負担をかけるなと言われたろ」

「便所」

きまりが悪いことに、タッカーは歩み寄るとエリオットの腰に腕を回してサポートしてくれた。

「悪いな」

そう呟いた、エリオットの口調は感謝とはほど遠かった。腰に回ったタッカーの腕のぬくもりや、ずっしりとした力強さ、固い胸筋、エリオットの体に押しつけられた脇腹の筋肉——いちいちそんなものを意識しなければ、もっと楽でいられるのだが。体に回されたタッカーのこの腕を、どれだけ自分が求めているか、その気持ちを無視できたなら。

バスルームのそばで、タッカーが口を開いた。

「FBIの方でフェダーの過去を洗っている。タコマ警察も自分たちのルートでフェダーをチェック中だ」ドアのところで彼はためらう。「手を貸そうか?」

いつものタッカーであれば、ここで下品なジョークをとばしてきただろう。そしていつもであれば、エリオットも下らない応酬で受けて立つ。だがそんな〝いつもの状態〟で彼らが最後に会ってから、もう随分と長い時間がたってしまっていた。

「一人で大丈夫だよ」

タッカーと同じく、お互いに似合わない礼儀正しさで、エリオットはそう返した。

タッカーはうなずき、一瞬だけエリオットの背に手を残していたが、後ろに下がった。エリオットはほっと息をついて、バスルームのドアをしめる。

まだ、あの狂おしい一瞬が消えない——タッカーが彼を湖から引き上げた後、あの瞬間、あの場で、互いの服を引き剥がして行為になだれこむ寸前までいった二人の情熱も。

ベイカー家を二人で訪問した日、帰りのチャペルの駐車場でタッカーに押し倒されかかったエリオットは、タッカーの頭がイカれたのではないかと思ったものだ。だがどうやら、愚かさは感染するらしい。

用を足し終えると、洗面台で手を洗い、冷たい水を顔に浴びせて、エリオットは鏡に映った自分をしみじみ見た。ひげも剃っていないし、目も少しうつろに見える。首を傾けて、弾丸がかすめた耳を検分したが、縫うほどの傷ですらなかった。

本当に幸運だった。

だが、次もこううまく切り抜けられるとは限らない。タッカーに言われても仕方がない。

エリオットがバスルームから出てくると、タッカーはベッドをざっと整えて、ヘッドボードの前に枕を積み直しているところだった。

「俺なら気にするな」エリオットは声をかける。「もう起きる」

タッカーはエリオットを出迎えに来ると、またもや支えの手を貸してくれた。

「お前は膝を休ませとくべきだろ」

「だから、そうするつもりだ。俺の服は？」

「洗濯機だ。スウェットを貸してやるよ」

タッカーが洋服ダンスからグレーの清潔なスウェットを引っ張り出している間、エリオットはベッドの足側に腰を下ろした。「大体何で、俺がお前の部屋にいるんだ？」

タッカーがエリオットにスウェットを手渡した。彼は少しきまりが悪そうだった。

「そりゃお前が、自力で家に戻れる状態じゃなかったからだ。それと……」

「それと？」

エリオットはスウェットをかぶる。

やわらかな布地を通して、タッカーの声はくぐもって聞こえた。

「たとえ犯人がお前を探そうと思っても、この場所までは知らないだろう。そういうところの方が安心して一息付けると思ってな」

エリオットは鼻先でそれを笑ったが、あのスナイパーが彼を狩り出しにくるかもしれないと思うと、背すじに冷たい戦慄が走った。

どうにかスウェットパンツを履くと、タッカーの肩を借りて片足を引きずりながらリビングに移動し、エリオットはゆったりしたＩＫＥＡのソファに体を沈めた。

「お前のところに隠れてるわけにはいかないよ」タッカーが見せた意外な保護欲に、ほだされているのか苛ついているのか、自分でもわからなかった。「お前の部屋を俺の隠れ家《セーフハウス》に使うわけにもいかない」

タッカーがぶつぶつと呟いた。

「別に、一生ここで暮らさないかって言ってるわけじゃないんだ」

その返事は、理屈以上にエリオットの気持ちを逆なでした。

「そんなことはわかってるよ」それから話題を変えるべく質問する。「あのメールの方はどうなった？　プロバイダの特定はできたか？」

「ああ、その話もしようと思ってたんだ」

エリオットは傷ついた側の脚を両手で持ち上げると、ソファの座面にのせた。後ろにもたれかかって、ほうっと安堵の息をつく。

「つまりどうなった？」

「つまり、お前のお友達は公共施設に置いてあるパソコンからメールを送ってきた様子でな」

「アカウントは必要だろ？」

「いや。ログインの必要のない、無料のネットサービスを使っている」

「くそっ」エリオットは考え込んだ。「だが、誰がパソコンを使ったか特定する方法はあるんじゃないか。どこのパソコンだ？」

「キングマンライブラリー」

「大学の図書館か。何か割り出せたか？」

「期待するようなことは何もなかった。あそこで学生展覧会が開かれてるだろ、おかげで昨夜《ゆうべ》の図書館は人でごった返してた。大学と何の関係もない連中が好きなだけうろうろできる日だったってわけだ。容疑者を絞りこもうとしている最中だが、あまりにも対象の数が多すぎる」

　反論のしようもなかった。

「今日のメールはどうだった？」

「そっちに関してはまだ報告が上がってきてないが、誰であろうが公共のパソコンさえ見つければすむ話だ。あちこちにあるしな」

　こちらも正論だ。エリオットはそれでも少しの間、考えをめぐらせ続けた。

　やがてタッカーがたずねる。

「夕飯は何がいい？」

　エリオットははっと我に返った。

「何でもいい」

「ピザは？」

　つられるように、唇に笑みが浮かぶ。「いいね」

「アンチョビにパイナップルたっぷり？」

「笑える」

　タッカーはちらっと笑うと、宅配ピザに電話をしに立っていった。注文を終えてリビングに戻ってくる。

「少し考えていたんだが――」エリオットが切り出した。

「そりゃ座って聞いた方がよさそうだな」タッカーは革張りの大きなアームチェアに体を沈めると、腕組みし、この上ない難問に立ち向かうような表情でエリオットに視線を据えた。「よし、教授。聞かせてくれ」

「始めのうち、俺は、テリー・ベイカーを殺した手口があまりに複雑すぎると思って、そこに何かの意味があるんじゃないかと考えていた。捜査の目をそらすための目くらましじゃないかとかな。奴は、利口に立ち回ろうとしすぎてる。例を上げるなら、テリーの腰に鉄床なんかをくくりつけたこともそうだ。学校のすぐ後ろの湖に彼を放りこんだり」

「意味はあるだろう。自殺に見せようとしたんだ」

「確かにそうも思えるが、それにしてもやり方が下手だ。奴がテリーの額の中心を撃ったことを考えてみろ。今時、自殺で額の真ん中を撃った奴を見た覚えがあるか？　大体はこめかみを撃つもんだろ」エリオットは指で拳銃の形を作ると、偽の拳銃を右のこめかみに当ててみせた。「あるいは、銃口をくわえるか」それもやってみせる。

「悪いが遠慮してくれるか？　こっちが落ちつかん」とタッカーが言った。

エリオットは口の中から指を抜く。

「つまりな、額を撃つのはやりにくいってことだよ」

「ああ。同意する。だが俺は喉を撃った自殺者なら複数見たことがあるぞ。百パーセント言い切れるもんじゃないってことだ。それで、この話のポイントは何だ？　テリー・ベイカーが自殺したんじゃないって点については、お互い同意済みだろ」

「俺が言いたいのは、つまりテリー・ベイカー殺しは綿密に考え抜かれたものではない、ということだ。あれは急ごしらえの犯行だった。そして俺の考えによれば、この犯人はそういうのはあまり得意じゃない」

「ほう、今度はプロファイラーになったのか？」

エリオットは肩をすくめた。「話しながらまとめてるんだ、いいだろ？　つきあえよ。思うに、テリー・ベイカーは奴の最初の犯行じゃない。だが、あんな偽装を試みたのはあれが初めてだったんだ——拉致や殺人ではなく、自殺に見せかけようとしたのはな」

「それでか、タコマ近辺で類似の失踪事件がないかどうか地元警察にチェックさせろと、お前が言ったのは」

「俺が？」

「覚えてないな？」

タッカーが笑いをこぼした。

エリオットは首を振る。

「ぼんやりとしか。それで、アンダーソンかパインから報告は？」

「まだ来てない」

「俺の考えが正しければ、この犯人はテリーの失踪事件が注目され始めたことに焦って、急いで、彼のカタを付けようとしたんだ。ＦＢＩが捜査に乗り出しただろ。俺も首をつっこんだ。奴は慌てふためき、何であれ、普段の計画を途中で投げ出したんだ」

「その普段の計画ってのはどんなのだと思う？」

「見当もつかないね。それがわかれば相手がどんな奴なのかも、正体もわかるだろうさ」

タッカーは親指のはじで無意識のうちに下唇をこすっていた。やがて、口を開く。

「お前の理論でいくなら、犯人は慌てて、ベイカーの自殺を偽装しようとしたってことだな。なら何故、奴はゴーディ・ライルを誘拐した？　おとなしくしてりゃよかったじゃないか」

「ゴーディはもうすでに誘拐されてたんだ。ゴーディの失踪は先週の月曜だよ。だろ？」

「わかった。そこは譲る。だが何故奴は今朝、お前のアシスタントを襲った？」

エリオットは落ちつきなく身を動かし、たじろいだ。

「あれは……個人的なものだったんだと思う。俺が狙いのな。あいつは今、俺たちをこのイカれたゲームの遊び相手だと見なしている。もうひとつ重要な点は、奴がカイルを襲ったのは、俺がメールで奴を〝挑発〟──お前がそう言ったんだぞ──する前だったってことだ。つまりは、この犯人は、俺がその前に事情を聞いて回った相手の中にいる。誰か、俺が事件の話をした相手だ」

「ジム・フェダーとか」

「かもな」

エリオットは、どうにかして、クッションにうまくもたれかかれないかともぞもぞ動く。

「さっきまで思ってたほどには、確信が持てないけどな。自分の元ボーイフレンドを引っさらおうとするのは愚かな行為だよ。それに、カイルも彼なら気がついただろう、たとえスキーマスクをかぶっていても」

「あたりは暗かったのに？」

「暗くても、お前だったら俺は気が付くよ」

タッカーが、さっと視線を上げてエリオットの目を見つめた。

ぼそっと答える。

「ああ、俺もお前なら気が付く」

エリオットは、ひとつ咳払いをした。

「とにかく……フェダーかもしれない。彼は俺に対して――というか、その、つまり彼なら俺の気を引こうとするかもしれないし、俺との間に何か特別なつながりがあると信じるかもしれない。疑わしい相手ならほかにも山ほどいる。もし俺の考え通り、奴が以前から拉致を続けてきたことが裏付けられれば、そこからまた容疑者候補を絞り込むことができるだろう」

タッカーは、賛成とも反対ともつかない様子でうなずいた。

「そう言えば、親父に電話しないと」エリオットはいきなり話を変える。「ニュースで銃撃のことを聞きつけてるかも」

タッカーがエリオットの携帯電話を取って来ると、エリオットは父親に電話を入れた。

「お前は一体全体どこにいるんだ⁉」

てっきりローランドがいつもの気楽な調子で電話に応じると思っていたので、エリオットは父親の険しい第一声に驚いた。

「ごめん、父さん——俺は大丈夫だよ。鎮痛剤のせいで、夜まで起きられなくて」

「何があったんだ？　シャーロッテからお前が狙撃されたと聞かされたぞ。警察連中に電話したが、どの馬鹿も要領を得ん！」

エリオットは、どれほど危機的な状況だったのかという点はぼかして、父に成行きを説明し始めた。ローランドの質問に答えている間にドアベルが鳴り、応答に立ったタッカーがすぐにピザの箱を持って戻ってくる。トマトとニンニク、パルメザンチーズの香りが部屋中に拡がって、それを嗅ぎつけたエリオットの胃が物欲しそうにねじれた。

思えば、朝から何も食べてない。もう何億年も昔のことのようだ。

「日曜のテリーの葬式には行くのか？」とローランドがたずねる。

「行くのは無神経かもしれないと思ってね」

「行くべきだと、俺は思う」

先日の口論の気まずい記憶が残るエリオットとしては、父に反論したくはなかった。

「わかった、そうするよ。父さんが、俺の弔問でベイカー夫妻が気を悪くしないと思うなら」

さらに数分、会話を続けたが、二人の間にはどこかに緊張がわだかまったままだった。あの日の苦い言い争いについてきちんと話し合うべきだとエリオットにはわかっていたが、どう話題を持ち出すべきかわからなかったし、今は適した時でも場所でもない。

最終的にローランドへ別れを告げ、電話を切ると、彼は片足を引きずってキッチンへ向かった。ピザの箱がテーブルの上に開けられている。タッカーは皿を取り出しているところだった。ビアマグが二つおだやかな泡をたてている。ピザとビールの匂いが混ざり合って、エリオットの口腔に唾液が溜まった。

「今、そっちに持って行くところだったんだが」

「ここでいい」

エリオットは手近な椅子にドサッと座ると、手をのばして、箱からピザを一切れ、チーズの糸を引きながらつかみ出した。

ピザにかぶりついた彼を見つめて、タッカーが眉を上げた。「すげえ」

「何が?」

エリオットは口一杯のピザごしにたずねる。

「指まで食い切られそうだと思ってな。お前よりニシキヘビの方がまだテーブルマナーがなってるぞ」

エリオットは呑み込んで、笑った。「すまん。朝飯も昼飯も抜きでな」

「何を食って生きてるんだ？　霞《かすみ》か？」

「ほしけりゃ、なくなる前に黙って食え」

「俺が食いたいものがわかるのか？」

タッカーが無邪気そうにたずね返した。それからエリオットの向かいの椅子を引いて座り、自分の皿を引き寄せる。

エリオットは思わせぶりなタッカーの問いに答えなかった。三口でピザを一切れ片づけ、次のピザへ手をのばす。

そうやって、二人はキッチンテーブルに座り、中央に置かれたエクストララージサイズのピザをむさぼり食った。タッカーは二杯目のビールを飲んだが、エリオットは鎮痛剤との相性を考えてコーラだけですませる。この夜──タッカーとの、思いもかけずに平和な夜を、彼はまだ終わりにしたくはなかった。今夜ばかりは、お互い、どちらも身構えることなく、心からくつろいでいる。

明日も同じようだとは限らない。だからエリオットは、キッチンの時計がカチカチと時を刻み続ける間、そこに座ったまま、くたくたに疲れ切っているくせにご機嫌で、甘ったるい炭酸を飲みながら、とりとめのない会話を続けようとしていた。

「もしかしたら、今日の銃撃は誘拐事件とは無関係という可能性もある」タッカーが示唆する。「えらい偶然なのは承知で聞くが、最近お前、誰かと揉めてないか？」

「お前のほかにか？　いいや」

「誰かを落第させたり、人の車のドアをへこませたり？」

エリオットはぶっきらぼうに、「ガイドラインは知ってるよ、ランス。いいや。俺は人気講師ランキングの上位にはくいこめないかもしれないが、誰かに命を狙われるほど嫌われちゃいないいね」

言いながら脳裏をよぎったのは、レスリー・ミラチェックにレポートを書き直させたことや、ゴミ箱を廊下に出し忘れるエリオットに対しての、レイの攻撃的な態度だった。ジム・フェダーからの誘いも何回か断っているし、学長のシャーロッテからの調査をやめろという命令を無視して彼女を怒らせたし、存在するだけでアンドリュー・コーリアンを苛立たせてもいる。どれ一つ取っても、正気の人間が殺人に至るようなことだとは思えない。

とは言え、歪んだ心がどんなきっかけで動き出すのかは、誰にもわからない。

「何だ？」タッカーは彼の表情をじろっと見た。「何か思い出したのか」

「揉めているってわけじゃないが、オフィスに回ってくるメンテナンスの男がちょっと、変な感じがしてな」

「名前は」

「レイ……何とか、だ。わかるだろ。メンテナンスとか、事務のスタッフとかは、こっちにとっちゃ透明人間みたいなもんでな」

「だな。わかった。メンテナンス職員なら、大学構内のほとんどの場所に立ち入れるよな？」

「だと思うね。だが大学に雇われる人間は皆、犯罪歴をチェックされてるぞ」

「捕まったことがないだけで、犯罪者でないとは限らんさ」

エリオットは頭を振って、最後のピザに手をのばした。

「一体お前がその量をどこに詰め込んでるのかわからんよ」タッカーが彼をじっと見る。

「まったく、馬みたいに食うのに」

「全部俺のペニスに詰め込まれてるんだよ」

ビールを吸い込んでしまったタッカーは数秒、窒息しないように必死でもがいていた。

電話が鳴ったのは十一時半のことで、二人は思わず顔を見合わせた。

応答しに立ち上がったタッカーの表情は重い。

エリオットは、言葉数の少ない一方通行の通話に耳を傾けながら、眉を寄せた。見ていると、タッカーの顔が段々と固くなっていく。

やがてタッカーは電話を切り、彼の方へ向き直った。

「今のはアンダーソン刑事からだ。喜べ、彼らはお前の話を真面目に受け取って、この五時間ばかり行方不明者リストの照合をしてたんだとさ」

「それで?」

「どうやらお前は正しかった」

「何人だ……?」

エリオットの声は、自分の声のようには聞こえなかった。

「二〇〇五年から、お前の被害者像に大まかに該当する若い男が、九人以上、タコマ及び周囲のピアース郡で行方不明になっている」

エリオットは長く、震える息を吐き出した。「間違っていた方がよかったよ」

「そうだな、俺もお前が間違ってくれてた方がよかった。だが、お前は正しかった。タコマ警察も同意した。お前がここまで追っかけてきたのは、連続殺人犯《シリアルキラー》だったんだ」

20

バスルームで、タッカーが歯を磨いていた。

エリオットはトランクス姿でベッドのはじに腰かけ、無駄のないきびきびとした音に耳を傾けている。タッカーは一種、古風な男でもあった。彼は電動歯ブラシなど使わない。勿論、電動カミソリも使わない。

何故自分がこんなところに座って、しかもタッカーの歯ブラシやひげ剃りについて考えこんでいるのかは、謎というほかなかった。

二人はいささか気まずいながらも、ひとつのベッドを分け合って眠ることにしたのだった。タッカーのカウチは二人のどちらも快適に寝られるほど長くはないし、エリオットは自力で家に帰れる状態でもなく、大体、車も修理工場に運ばれて行ったままだ。

そして、嘘偽りない本心を言うならば、エリオットは家に帰りたくもなかった。

では何がしたいのだろう。そこが自分でわからない。自分のこともわからないのに――タッカーの気持ちなど、余計わかる筈もなかった。

バスルームのドアが開く。

中の電気が消える寸前、タッカーの姿が、まるで額縁のようにドアフレームに縁取られて見えた――精悍な肩、筋肉質の腕、白い肌に淡い色むらのある胸板。締まった腰には、淡い青のパジャマが低くひっかかっている。

普段のタッカーはパジャマを着ていなかった筈だ。少なくともエリオットの記憶にある限り。

だが実のところ、彼らが共にすごした夜は、歯ブラシだのパジャマだのが入ってくる余地すらない夜だった。二人ともくたくたに疲れ果てていてもなお、とめられない欲望につき動かされた夜。食事をかきこんでからベッドになだれこみ、眠りに引き込まれるまでセックスにふけった夜。多すぎる酒に酔いながら。

まあ、振り返ってみればそんな夜だけだったわけではない。一度だけ、週末の三連休を利用して——エリオットが撃たれる少し前のことだ——二人はタッカーのヨットで海に出たことがあった。泳いだり、セーリングしたりと、普段以外のお楽しみにもたっぷり時間を費やした。

やはりそこでも歯ブラシのことなど気にする余裕もなかったが、とにかくあの時、彼らはお互いと一緒に時間をすごしたいと思って、二人で出かけたのだ。少なくとも、エリオットから見ると、あれはそういうことだった。

あの日のことなど、ほとんど忘れていた。

いや、忘れていたのではない。ただ、思い出さないようにしていた。

「深刻な顔をしてるぞ」とタッカーに評される。

「何かできることがないかと思ってな」

「ベッドで、二人で?」タッカーが赤毛まじりの眉を持ち上げてみせた。

これこそ彼の知っているタッカーらしい。エリオットは淡い笑みを返した。

「なあ」タッカーはエリオットの横、ベッドサイドに腰を下ろした。「今夜はもう、俺たちにどうにかできることはない。今はこれ以上何もできないって、わかってるだろ」

エリオットは憂鬱に首を振った。

「ああ、ただ犯人が野放しだと思うとな……今この瞬間もあいつはどこかで誰かを狙ってるかもしれない」

「奴にとっても今日は忙しい日だったんだ。しかも失敗した。今夜犯行を企てられるとは思えないね。お前なんか、もうくたくたに見えるのに」

「それはどうも」

「いや……そういう意味で言ったんじゃない。お前とどう話せばいいのか、俺にはもうわからないんだ、エリオット。お前は凄く——神経質になった」

そのタッカーの言葉はひどく真摯だった。思わずエリオットが、一歩引いた視点から自分たちの会話を思い返してみたほどだ。

「……かもな」

最終的に、そう認めざるを得ない。

「単に、もう前と同じように立ち回れないからって、別にお前が——」言いかけたタッカーは、エリオットの表情を見て言葉を切った。「そうだな。俺にだけは言われたくないだろう、よくわかってる。だが……ただ、お前は、あまりにも変わったよ」

エリオットはすぐには答えず、無言のままその言葉を受けとめていた。タッカーの声には、心底からエリオットを気づかい、彼を思う響きがあった。

エリオットは、ぶっきらぼうに返す。

「お前にそう言われるとはな。お前はあの時、いつまでめそめそしてるんだ、って、俺にそう言ったんだぞ」

タッカーの顔が赤らんだ。

「俺は、そんなふうに……言った覚えは――」と唾を呑みこむ。

「いや、お前は言った」

タッカーが視線をそらした。顎の、小さな筋肉がぴくりと動く。

「……ああ、たしかに言った」

エリオットはどう反応すればいいのかわからなかった。おかしな話だが、ここに来て、彼は次第にタッカーに同情を覚えつつあった。それ以上は踏み込まず、安全な話題に戻る。

「とにかく、奴はいわゆる典型的なシリアルキラーじゃない。これまで五年、誰のレーダーにも引っかかることなく動き回ってきたんだ。慎重だし、自分をよくコントロールしている。腐った果実は拾わない」

「果実？」

「つまりな、鼻が効くってことだ。五年で九人の犠牲者だぞ、それなのにここまで一度も尻尾を出してないんだ」

「九人の失踪人全員が、奴の犠牲者だと判断するには早すぎる」

「まあな。そのわかりにくさも、重要な点なんだ。つまり、奴は世間の注目を浴びようとして犯行を行ってるわけじゃない。マスコミでもてはやされたり、社会を恐怖に陥れたりするのが目的じゃないんだ。むしろ人目を引かないよう、細心の注意を払ってやってきた。だが、それが今になって初めて、警察権力に挑んできた」

「お前に対しては、もっと個人的な恨みかもしれんぞ。お前だからこそ挑戦してきたのかもしれない。お前を、警察や権力の象徴としてではなく、個人としてターゲットにしているかも」

「俺も、それは考えた」

「だとしてもやはり、犯人は個人的にお前を知っている相手ということになるだろうな」

タッカーは膝に肘をついて前かがみになり、髪に指をくぐらせた。長い指の間から銅色の髪の房がぴんとはねる。「言わせてもらうがな。近ごろの夢見は充分悪いんだ。何も寝物語にシリアルキラーの話をしなくても」

エリオットは返事をしかかったが、不意に出た大きなあくびにさえぎられた。「お前の言う通りかもな」

「俺の言う通りに決まってるだろ」

エリオットはうなった。タッカーは気安い仕草で彼の脇腹を肘でつついて、ベッドから立ち上がる。鍵の確認と消灯のために廊下へ出て行った。

エリオットはテーブルのランプを消し、シーツの中に体をのばして、ひんやりとした枕のふくらみに頭をのせた。

目をとじると、世界が何もかも、体の下から溶け出していくようだった。

少したってから、タッカーが戻ってきたのをぼんやりと感じ取った。残りのライトを消し、彼がベッドの中にもぐりこんでくる。エリオットはうとうとしていたのだが、タッカーの大柄で精悍な体が隣に横たわった瞬間、いきなり目が冴えた。

何秒か、二人はそうして何も言わず、ただ暗闇に横たわっていた。

タッカーの体が発散する熱を、その力を、エリオットはひしひしと感じ取る。歯磨き粉とタッカーの素肌の匂いが混ざりあった奇妙にエロティックな匂い。タッカーが軽く息を吸って吐くたびに、ゆるやかに浮いては沈む胸の動き。そばに置かれたタッカーの腕はあまりに近く、エリオットの肌がちりちりした。

今、こんなところに二人で並んで寝ている、それが現実とは思えなかった。あの一年半前の銃撃事件などなかったのだと、その後のこともすべて夢だと、そう思いこむことすらできそうだ。

闇の向こうからタッカーの声が漂ってきた。

「わかってる。俺は本当に——もっとしっかりお前を受けとめるべきだった。できた筈だ。それはわかっている。ただあの時……俺の心構えができるまで、お前は待っていてくれなかった」

「ああ、そりゃ俺が悪かったよ」とエリオットは応じた。

沈黙。

「……お前は、覚えてないのか？」タッカーが呟いた。「忘れてるのか？　俺の顔など見たくないと、そう、お前の方から言ったんだ。あれはこたえた。キツすぎた」

エリオットは頭の中で回想をめぐらせた。いいだろう。確かに、どこかの時点で彼はそんなことを口走った。

苦く吐き出す。

「俺はショック状態だったんだ」

「ああ、わかってる。今はな。だがあの時、お前はショック状態には見えなかった。氷のように冷静で、冷たかった。岩みたいに頑固で。もう、殻に閉じこもってた。話し合おうともしてくれなかった」

「俺が悪いって言いたいのか？」

エリオットは言いかけ、驚いて、言葉を呑んだ——タッカーの手がシーツごしに彼の手を探り当て、指を絡めて握っていた。

タッカーが囁いた。

「すまなかった」

エリオットは口を開いた。それから閉じる。何を予期していたにしても、これは……そんなことを言われるなんて、まったく考えたこともなかった。

タッカーが手を離した。彼が姿勢を変えてこちらへ向き直る間、ベッドのスプリングがきしみ、マットレスが揺れた。闇の中に二つの目の輝きが浮き上がる。

「もう一年以上前から、ずっとお前にあやまりたかった。すまなかった、エリオット。本当にすまない。お前がどんな状態だろうと、俺はあんなことを言うべきじゃなかった。俺は……最低だった。わかっている。俺は、怒ってたんだよ」

ふたたび、エリオットは口を開いたが、タッカーがさえぎった。

「理屈じゃない。お前にわかってくれとも言わない。だが、俺は——あの時、あんなことが現実だと、信じたくなかった。お前が努力して、少ししゃんとすれば、何もかも元通りになれると思いこみたかった。……また、元の俺たちに戻れると」

——めそめそするな、しゃんとしろ、エリオット。

エリオットは顔をそむけ、ブラインドのすきまからさしこんでくる淡い月光の縞模様をじっと見つめた。タッカーと同じように、あの時の彼もそう思いこみたかった。戻れると。だが、そんな夢は早い段階で粉々にされたのだ。膝の傷という、物理的な証拠をまざまざとつきつけられて。

タッカーが、エリオットの返事を待っている気配がした。やがて、エリオットは口を開いた。

「俺が現場の仕事に戻れる可能性は、かけらもなかったよ」

「わかってる。あの時も、頭ではわかっていた。それでも、怖かったんだ。お前がFBIを辞めたら、もう会えなくなるんじゃないかと——仕事がなくなれば、もうお前は、俺には用がない。一緒にいる理由なんかもうなくなる。お前の態度は、そういうことだと思った」

エリオットは頭をめぐらせ、闇に沈むタッカーの表情を読もうとした。この十七ヵ月、あの時のことに様々な理由を思い浮かべては悩んできたのだが、いざタッカーに告げられた理由は、エリオットの心を一度もよぎったことのないものだった。

実際、タッカーが彼に背を向けたのは、足が不具になった男の相手をするのが御免だったからだと——そう固く信じ込んできたので、エリオットはタッカーに言われた言葉の意味が、今すぐには呑み込めないほどだった。

「お前……俺にとってあれがどんな状況だったのか、お前はわかってたのか？　俺は、もう少しで片足をなくすところだった。もう二度と歩けなくなるかもしれない、そんな時だったんだ」

「……ああ」

「たしかに、俺は神経質だったかもしれない。お前に冷たかったかもしれない。お前を突き放したかもしれない。でも――俺には、お前が必要だったんだ。もし俺たちが……駄目でも、せめて友人として――」

恐ろしいことに、こみあげてきた感情に喉がつまって、エリオットは言葉を途切らせた。あとわずか、ほんのわずかで、タッカーの前で気持ちが崩れてしまう。

「わかってる」タッカーが囁いた。「全部、ずっと自分に言ってきたことだ。たとえお前でも、俺ほど俺を責められないだろうよ」

エリオットは目の奥が熱くなってきて、慌てて目元を拭った。

「へえ、そうか？　ためしてみるか？」

「しかもあの時、お前は内勤の可能性について検討するのすら拒んだ」

「内勤！」エリオットはヘッドボードの、やわらかな革を拳で打った。「お前がもし同じ立場だったら、内勤の仕事で満足か？」

「いや。無理だろうな」

「なら――」

「少なくとも、お前はＦＢＩに残っていられた」押し殺したような声だった。「俺たちはまだ――まだ、何かでつながっていられた筈だ。何か、共通のものがあれば……」

「仕事しかないつながりなら、最初からつながりなんかないも同然だろ」

その返事は、ほとんど反射的なものだった。本当にエリオットの頭の中をめぐっていたのは、タッカーにとって二人の関係はセックス以上のものだったのだと——そしてそのことにエリオットが一度も気付かなかったという、そのことだった。今になってタッカーに告げられた言葉を、素直に受けとめるのがひどく難しい。

二人の関係が始まった瞬間から、エリオットはこの関係はシリアスなものではない、ただの遊びだと自分に言い聞かせてきた。もしかしたら、あまりにもうまく信じすぎたのだろうか。

タッカーが身を寄せ、その息がエリオットの頬にくぐもった。「俺たちの間をつないでいたのは、仕事だけじゃなかった筈だ。俺はそう信じてる」

エリオットは怒りをこめて、ただ首を振った。

「きっと、もう少し時間があれば……お前にもそれがわかると——あの時、多分、俺はそんなふうに思ってた」

何でそんなふうに思ったのだ？

タッカーは気付いていなかったとでもいうのだろうか。エリオットがどれほど彼を好きだったか。タッカーが彼に背を向けた時、それがどれほど痛んだか。

「その割にお前は、随分変わった形で表現してくれたよな。『めそめそするな、内勤の仕事があるだけありがたいと思え』ってセリフは、『まだ俺たちには先がある』というふうには聞こえなかったね」

「あの時は、心のどこかに、もっと怒らせればお前の目が覚めるんじゃないかと——覚めればいいと、そんな気持ちがあった。お前を追い込めば、もしかしたらと——もう今となっちゃ俺にもわからん。だがお前はもう、俺に償うチャンスをくれなかった。お前は俺を追い出して、二度と会おうとしなかったし、電話にも出なかった。メールにも手紙にも返事はなかった」

「色々と忙しかったんでな。ほら、歩き方を一から覚え直したりとか」

「誰も、俺をお前のそばに近づかせてもくれなかった。ぶち壊しにしちまったのは、よくかってたよ。何とか、お前にあやまろうとはしたんだ」

「手遅れだったよ」

タッカーは沈黙した。

気にくわないことに、エリオットの目に涙がにじみ出し、鼻の奥がつんとして、肺が震えた。ここにたどりつくまでの何カ月も、一度も泣きはしなかったと言うのに——今や、気持ちがあふれてきてとめようがない。

全身が疲れ果てて痛むと言うのに、タッカーが何を言うのかと、耳はぴんと緊張している。その言葉で二人の関係に最後の終止符が打たれるのではないかと。そんな自分に何より腹が立つ。

「……今でも、手遅れか？」

長い時間の後、ぴんと張りつめた静寂の中、タッカーがたずねた。

言葉もなくずっと考えこんでいた挙句、結局、口に出したのはそれだけ。何ともタッカーらしい。その言葉だけで、エリオットに丸ごと投げ返してきた。

エリオットの唇がかすかに開いた。

そうだ、もう手遅れだ。

十七ヵ月分、手遅れだ。そう言ってやりたかった——彼のプライドが、その言葉を叩きつけろとせっついている。

だが、それを言ってしまえば、二人はここで終わりになる。

ここなのだ。ここが分岐点だった。そんなものは何マイルも前に通りすぎてきたと思っていた。いいも悪いも、決断はもう下されて、手遅れだと。だがまるで、ぐるっと円を描いて戻ってきたかのように、またもや目の前にそれがあった。ターニング・ポイント——彼が望めば、これは二度目のチャンスへ続く扉。

何か、言わなければならなかった。

エリオットの口からどうにかこぼれたのは、震える溜息だけだった。しかし驚いたことに、そして安堵したことに、それだけでタッカーは腕をのばし、エリオットを胸にぐいと抱き寄せた。

「今答えなくてもいい。今決めなくてもいいんだ。お互い……どうなるか、成り行きを見ればいい」エリオットの耳元で囁くタッカーの声は、低くしゃがれていた。「俺たちはうまくいってた。特別だった。お前にもわかってる筈だ。俺も、お前も、わかってた筈だ。あの時、もう少し時間があれば――」

もしかしたら。もしかしたら、タッカーの言う通りなのかもしれない。どれほど彼の言葉を信じたいか、エリオットは自分で驚くほどだった。

タッカーの手がエリオットにふれてくる。なじみのある、なつかしい愛撫に、エリオットは自ら肌を押しつけた。

そしてタッカーの熱い唇が飢えたように唇を覆うと、エリオットは唇を開いて、彼のキスを受け入れた。

21

たった二度の素早い動きで、二人はパジャマのズボンと下着を蹴り捨て、お互いの腕の中へと転がり戻った。タッカーの巧みな手が肌をたどっていくにつれ、エリオットの全身の神経が震えをおび、まるで嵐に揺られた木々のように荒々しくざわめく。あたたかな手は、ゆったりとすべり下りていく——丁度いい力、角度、リズムで。

タッカーの親指が、エリオットのペニスの先端ににじんだ雫を拭い取ると、濡れた指をすべらせる。ぬるぬるとした快感と、そのぬめりだけでは覆いきれない荒さが混じると、信じられない刺激が生じ、タッカーの手で強く、早くしごき上げられてエリオットの鼓動が一気にはね上がった。

こうしてふたたび、お互いにすべてを脱ぎ捨て、相手の体に手を這わせている、それが純粋な驚きだった。無防備な体を相手の手にゆだね、信頼をゆだねる行為が、この上なく特別に感じられる。しかもタッカーの右手がエリオットをゆっくりとしごきながら、左手の強く固い指を使って敏感な袋を包み込んでくる。その手が快感を生み出して——。

エリオットは呻いた。

「ここか?」

早い息の下から、タッカーがうながす。

「あっ、そうだ——ああっ……」

エリオット自身の息も荒かった。

残った問題はただひとつ、あまりにも久々の行為だということだった。久々すぎる。いささかきまりが悪いことに、エリオットの体はまるで思春期の少年のようにまっすぐな反応を

見せ始める。

少しずつ段階を踏んで、とかそんな考えがたちまち粉々になってしまう。せめて自分だけでなくタッカーの反応も気にしてやりたいのに、エリオットの体は火がついたかのようにどうしようもなく急速に昂ぶっていく。

もう少しゆっくり——と口を開けて言いかけたものの、口からこぼれたのはどうにもならない喘ぎと、もっと、もっと、と求める呻きだった。

タッカーの舌がエリオットの口を深く探りぬき、エリオットは荒々しく舌を絡めた。タッカーとの関係は、特別だ。ずっとそうだった。そして二人の間でのセックスは——セックスだけではないが——いつも最高だった。言葉を費やすこともなく、本能のように、直感のように、相手が求めるものを体で感じ取り、互いに分かち合う。

今夜は、お互いにではなく、タッカーがエリオットに与えているだけかもしれない。エリオットが何より必要としているものを。

限界が近い。

とめようとしてもとめられない——そんなつもりもない——熱い情欲が背骨のつけねではじけ、背骨の芯をとろかしながら、血管と神経を満たしてのぼりつめる。

最後の一擦り、最後の突き上げ。愉悦はまるで、夏の雷雲のように大きくうねった——そして突然の雨のような、熱い解放がはじけとぶ。

「……何か、違う感じだな……」

しばらくして、エリオットはそう呟き、湿ったシーツとタッカーの脚から、自分の足をほどいた。

「ああ、お前——やっぱり、まだ、だな?」

タッカーが喉の奥で笑った。のんびりと、愉快そうな響きを喉の奥で低く転がす。もっと体が安まる体勢に落ちつくと、彼はまたエリオットを引き寄せた。

エリオットのこめかみをつたう汗を、タッカーの舌がざらりと舐める。

「俺はいいんだ。また次に、な……」


エリオットが次に目を覚ました時も、まだ暗くはあったが、夜のふちは明るみ出していた。

横で身じろいでいるタッカーの存在を感じる。エリオットが微笑してタッカーに頬を寄せると、タッカーは唇を開く。キスはまどろみの味がして、温かく、なつかしかった。タッカーがもごもごと何やら朝の挨拶めいたものを呻き、お互いうとうとしながら笑って、相手の笑いを舌で、唇で、味わった。

エリオットの脇腹をタッカーの固い屹立《きつりつ》がつついてくる。以前もそうやって目覚めたものだ——欲情し、臨戦態勢で。エリオットにも異存はない。そもそも彼自身、ほぼ同じ状態で目覚めているのだ。長く、きつく、互いを抱きしめ合う間、エリオットのそれも存在をはっきり主張していた。

昨夜《ゆうべ》の行為は甘くて、シンプルだった。シンプルな欲望の解放と愛情の表現。だが、今朝の二人は、どちらもそれ以上のものを求めている。

「俺かお前か、どっちが上か、コインで決めるか?」

言いながら頭を上げたタッカーの目は、明るい光をたたえていた。

「そりゃ楽しそうだね」

タッカーは笑わなかった。意外にも、エリオットに答えた声はひどく真剣だった。

「お前の望む通りにしてやりたいんだ。今回は」

今回? ほんの二、三時間か前に、エリオットはすっかり望みをかなえてもらったように思ったが。

「へえ……?」

エリオットはタッカーに囁いた。

「じゃあ俺は——そうだな、俺はお前がほしいよ。俺の中に」

「くそっ——」

タッカーが喉の奥でうなる。

「俺もお前の中に入りたいよ。ほとんど毎週、夢を見た。お前の中で動く時の感覚――きつく、俺を離そうとしないお前の体と――あの、まるで、自分の中に俺がいるのが信じられないみたいに、お前が立てる声――」

低く淫靡な声に、エリオットも思わず呻きをこぼしていた。屹立が固く張りつめる。

「ああ、その声だ」タッカーの熱い息がエリオットの耳にくぐもる。「こんなふうに。そうやってお前が無防備に体を開いて、脚を広げて。俺を深く、もっとくわえようと――」

薄闇が心地いい。エリオットが足でブランケットを蹴りはがすのもたやすいし、タッカーに体をゆだねて、奥を慣らしてもらうのもたやすい。

かつての日々では、前戯など性急にすませるだけのものだったが、今日はまるでおごそかで濃密な、ひとつの儀式のようですらあった。潤滑剤《ルーベ》やコンドームを用いた儀式。

「かなり……久しぶりなんだ」

エリオットはそう打ち明けながら、身を抜ける快楽に震えた。タッカーの指が秘められた場所をさすり上げ、エリオットの体が屈服していく。

「俺もだよ」

「ああ、そこ、もう一度――」

「ここか？」

囁かれる。

エリオットの息は切れ切れに上がり、言葉は失われた。ただ腰を押し返し、もっと深くを求める。

タッカーも久々だ、という言葉をもらって少し安堵できたし、なだめるような丁寧な指の動きに体も緊張も溶けていくようだ。これまで、行為のこの段階を急いていたのが惜しく感じられるほどだった。まるでこの瞬間こそ、目的の場所のように感じられる。

エリオットのために、エリオットを感じさせようと、タッカーはたっぷりと時間と手を費やしている。

彼の強靭な指が筋肉の輪を押し分け、エリオットの内側を深く探り抜くたびに、まるで電気が走ったかのようにエリオットの体は震える。彼は身をよじり、切れ切れの息をこぼした。

「膝に一番楽なのは、どんな体勢だ？」

そう問われるまで、エリオットはすっかり膝のことを忘れていた。あらためて考えようとしても、まるで難解な形而上学的《けいじじょうがくてき》な問題に向き合わされているかのようで、頭が回らない。

「ん……多分、横向きなら……？」

お互いに体勢を変えようとして、一瞬、軽いレスリングのような状態になってしまい、いきり立った互いのペニスがはずんだ。

「これなら大丈夫か？」

エリオットはうなずき返す。エリオットの脚にタッカーの脚が重なり、タッカーの息はエリオットの首すじに熱くくぐもって、熱い腕はほとんど強引な力でエリオットの腰を抱いていた。繊細な指先がまたエリオットの後ろにふれ、尻のすぼみをゆるやかにさすり始める。

エリオットの息が喉で鳴った。

「大丈夫か？」

「ああ、もっと——」

「好きなだけ」タッカーが彼の肩にキスを落とした。「お前が受けとめられるだけ、全部」

一本の指が、やがて二本になる。

そして、その指が抜かれると、タッカーのペニスがあてがわれた。それはゆっくりと押し入りながら、エリオットの体を甘い快感で貫いていく。

きつい。かなり。タッカーは一気に挿入するまいとこらえているようだ。それはありがたかったが、エリオットの体は痛みにこわばり、抗い——。

——やめるべきだろうか？　とめるべきだろうか？　ここで……。

だが、抵抗していた体は、ついに屈服する。

「ああ、あっ、タッカー、もっと——」

この体の裏切りが、エリオットをいつも驚かせる。誰かを自分の中に受け入れる——それは肉体的なことだけではない。肉体的に受け入れるだけなら、もっとずっと簡単だ。

できることなら仰向けの体勢で、明かりもつけて、タッカーの顔をはっきりと見ていたかった。痛みの中にいるかのような、だが愉悦にあふれた呻きをこぼす、その瞬間のタッカーの顔を。タッカーの怒張がエリオットの体を貫いていく、その瞬間を見たい。だが今の横抱きの体勢の方が膝には楽だった。

そして、ほとんどその瞬間、二人の体は動き出す。

始めのうちはお互いにリズムがバラバラだったが、やがて互いに調和して動き始める。突き上げられ、それに応えて腰を押し返し、また引かれて……

今や二人の体は荒々しく、淫らに動き出し、最後の自制も崩れる。タッカーが猛々しく、深く突き上げ、エリオットは応えて激しく挑んだ。ベッドの荒いきしみの中、言葉を成さない声と呻きが満ち、二人は互いに相手を求め、そして挑発する。

タッカーの手のひらがエリオットの脇腹をたどり、その手が彼のペニスを探り当てた。巧みに擦り上げる。エリオットは呻きながら、夢中で腰をゆすった。

「タッカー……っ」

タッカーの言葉は、突き上げる動きに合わせて、一瞬ごとに途切れた。

「くそっ、お前を、どれだけ、待ってたか――」

鮮やかな熱が体の奥に渦を巻いて、どうしようもなくなるほどに満ちていく。そして……崩れた。

衝撃的な絶頂に全身を揺さぶられたエリオットの体は、爪先までぴんと張りつめ、世界が大波に呑み込まれる。

愉悦の中で精液をほとばしらせながら、意識のすみで、タッカーの指が腰にぐっとくいこむのを感じる。タッカーの動きは我を失い、切れ切れで獰猛に、切ない呻きをこぼしながらエリオットの絶頂を追って――。

そのまま寝すごし、二人が次に目を覚ましたのは、九時を回った頃だった。そのまま三回目に挑んでみたものの、結局は笑いながらチャレンジ失敗を認めざるを得なかった。

「俺のことを年寄りとか言うけどな――」

タッカーはやっとシーツに転がって寝そべりながら、口をとがらせた。手をのばし、彼はエリオットの股間をまさぐろうとする。

「お前だって俺と同じぐらい年寄りだろうが」

年だけでなく、もう傷だらけでもある。だが今朝のエリオットは、驚くほど自分を若く感じ、何の不安もない気分だった。膝は相変わらずこわばっていたが、一晩休息したおかげで、あの激痛も耐えられる程度の痛みにおさまっていた。ここまで必死で積み重ねたリハビリの努力を無に帰してしまったのでないかという恐怖や、膝の人工関節を傷めたのではないかという心配も、ほぼ消えている。

何より彼には、ほかにも色々と考えなければならないことがあった。

「よせよ」タッカーの図々しい手を振り払った。「何してんだよ」

「年代測定だ。どのくらい元気かお前の棒を測ってやる」

「俺の棒に汚い手でさわるんじゃない」

「まさか本気で言ってないだろう、エリオット」

タッカーがあんまり哀れっぽく訴えたので、エリオットはまた笑い出した。この八時間で、最近の半年分を合わせた以上に笑っている気がする。

「馬鹿か」

彼は頭をめぐらせて、タッカーの表情を眺めた。タッカーは斜めに彼を見つめ返している。

「お前さあ……昨夜《ゆうべ》のが本音なら、何だって俺に対してあんなに態度が悪かったんだ？」

「俺の態度が何だって？」

エリオットは肩をすくめた。「たしかに、お互い様か。だが先週の週末ずっと、電話をかけ直してこなかったのは何でだ？」

「あれはな……」

タッカーは顔をしかめ、その反応にエリオットは驚いた。

「何かあったのか」

「俺は……セーリングに出てたんだ。グース島まで」

エリオットはぽかんと口を開ける。

「お前が——？」

タッカーはうなずいた。ひどくきまりが悪そうだった。

「何故だ？」

何故——何故、エリオットの住む島までセーリングを？　何故、エリオットの家まで来なかった？　どちらの問いを先に聞きたいのか、エリオットは自分でもわからなかった。

タッカーは渋々と、「金曜の夜のことがあっただろ、もしかしたらお前の殻にヒビが入ってるんじゃないかと思ったんだよ」

「殻にヒビ？」

「大学で、自分が危険にさらされているかもしれないと感じた時、お前、俺に電話をかけてきただろ。あれには何か意味があるんじゃないかと思った。だからお前の顔を見て、話がしたかった。……だが、結局、怖じ気づいてな」

「怖じ気づいた？　お前が？」

タッカーはうなずいた。彼は天井を見上げて、眉をしかめた。

「馬鹿な考えだと、そう判断した。強気に出れば、こじらせるだけかもしれないと。結局その夜は船で寝て、朝飯を食って、次の朝に帰った」

「信じられない。週末、お前、あの島にいたのか……」

タッカーは肩をすくめた。

あの土曜日、エリオットがタッカーのことをしきりに思い浮かべていたその日、タッカーが同じ島のほんの何マイルだけ離れたところにいたとは。奇妙な驚きだった。

「家まで来ればよかったのに」

「そうだったのか？」

エリオットはうなずくと、身を傾けてタッカーの唇を奪った。タッカーが喉の奥で屈服の呻きを立てる。

こういうところも、前とは変化していた。以前の二人は、前戯にも、そして行為が終わった後にもあまり時間を費やさなかった。だが、ゆったりと時間をかけていたわるように相手を知っていく、この瞬間を、エリオットは心から楽しんでいた。

お互いに身をゆだね合いながら、首すじや耳にキスをくり返し、無精ひげがのぞく顎に唇を這わせる。

タッカーの中にこんな優しさがあるなど、エリオットは思ったこともなかった。だがその優しさは今、彼のものだった。求めさえすれば——いや、求め方すらまだ知らないエリオットに、タッカーが与えてくれた優しさだった。

最終的には、二人は絡まったシーツとブランケットを置き去りに、シャワーと、朝食に取りかからねばならなかった。タッカーがブルーベリーのパンケーキを作り、二人でそれを食べながらコーヒーを飲み、ページでばらしたシアトルタイムズを回し読みした。ページを交換する時にふと目が合うたび、二人のどちらかが照れた、ひねくれた笑みを浮かべるのだった。

新聞には大学の裏での銃撃事件の記事も載っていた。エリオットへの銃撃と、テリー・ベイカーの殺人とはまだ結びつけられていない。紙面上にはテリーの死についての記事もあったが、自殺扱いのままだった。

それを読んで、エリオットは携帯電話のチェックをしていないのを思い出した。

確認すると、ザーラ・ライルから着信があって、仕事の会議でやむなく出かけていたが、帰ってきたので状況がどうなっているか報告をしろ、とメッセージを残していた。彼女に事件の話をするのは気が重い。

エリオットがキッチンに戻ると、タッカーも電話をかけていた。固い視線を向けられて、一人で電話をしたいのだろうと悟ったエリオットは、コーヒーマグを取り上げて別の部屋へ移った。

三十分ほどたって、タッカーの方から彼のところへやってきた。エリオットは問いかけるように眉を上げてみせる。タッカーはソファのエリオットの隣に腰を下ろした。

彼は、見るからに何か言いづらいことがあるという雰囲気で、エリオットは聞きたくないことを聞かされるかもしれないと覚悟を固めた。

「電話の相手は、モンゴメリーだ」タッカーは大きく息を吸い込んだ。「俺は、今回の事件捜査の主導権をFBIが取るべきだと考えている」

「主導権は持っていただろう」エリオットが口をはさんだ。「忘れたか？　だがお前は時間の無駄だと考えて手放した」

「わかってる。本気で、よくわかってるよ。モンゴメリーにも言われたさ。お前よりはもうちょい遠回しにだがな、言わせてもらえば」

エリオットは唇を曲げたが、何も言わずに流した。

「俺は、二つの事件に関連性があると考えていなかった。認めるよ。しかも相手がシリアルキラーだとは、まったく思いもよらないことだったさ」タッカーは顔をしかめた。「お前が絡んできたおかげで腹を立ててたってのも、否定できない。お互い様だが、俺も人にどうこう言われるのは嫌いでな。それで判断が偏った点はあるかもな」

このまま二人で古い話題を引きずり出してきて、午前中を無駄な口論に費やすこともできた。

だが何の意味がある？　もう、充分すぎるほどお互いを傷つけてきた。もし彼らに未来があるとするならば、もうすべて水に流すべき頃合いだ。

エリオットは言いかけていた反論を呑み込み、かわりにたずねた。

「それで、ＦＢＩが捜査を引き継ぐのか？」

「まだ言い切るには早いがな。だがうちの方が地元警察より捜査能力は高い。特に鑑識と事件の分析にかけちゃ上だ」

タッカーが地元警察から捜査の主導権を取ろうとしているのは明らかで、エリオットにも気持ちはよくわかった。エリオットだったとしても、同じことを望んだだろう。

また捜査能力を別としても、被害者や被害者の家族が著名人だったり政治的に強いコネを持つ人物である場合も――ベイカー家のように――ＦＢＩはしばしば捜査の実権を握りたがるものだ。その犯罪が、厳密にはＦＢＩの管轄外である時でさえ。

苦もなくエリオットの思考の流れを読んで、タッカーが言った。

「後は、タコマ警察の出方次第だ。それに、まあ、ベイカー家とな」それから、つけ加えた。「どちらに転んでも、お前はもう事件の部外者になる」

その言葉は、すでに昨日の襲撃の前にエリオットが自ら出した結論と同じものだった。だが、あらためて言われるとエリオットの心を自分でも説明できない苛立ちが刺す。それを何とか呑み込み、彼はおだやかに答えた。

「言うのは簡単だが、俺はそう簡単じゃないぞ」

22

テリー・ベイカーの葬式は、身内を中心にしたささやかなものだった。

もっとも、ジム・フェダーが教会の中に入れないほど身内中心ではなかったようだ。フェダーはエリオットの列の、すぐ隣に腰を下ろし、エリオットにくたびれた微笑を向けた。

エリオットは挨拶がわりにうなずいた。

ジム・フェダーの若く整った顔だちに、黒いスーツがよく似合っていた。気取られないように彼の様子を観察しつつ、エリオットは、フェダーの悲しみが見せかけのものではないと判断する。

勿論、実はフェダーがすっかりイカれた殺人鬼で、自分の中にある殺人衝動を抑え切れなかったことを悔やんで悲しんでいるという可能性もなくはないが、エリオットにはそうは思えなかった。まずひとつには、彼らが〝組み立てた〟シリアルキラーの姿によれば、この犯人は少なくとも五年前から犯行を行っている。統計でいくとシリアルキラーの犯行時の年齢は二十五歳から四十五歳までが多く、ジム・フェダーは範囲から外れる。

統計に例外がないとは言わないが。かつてのシリアルキラー、レイ・コープランドとフェイ・コープランドは犯行時七十代だったし、ロバート・デイル・セージーは九歳だった。

式が終わると、ローランドはベイカー夫妻へ言葉をかけに向かい、エリオットはフェダーを追って教会の外へ出た。フェダーは、煙草に火をつけると辛そうに煙を吐き出し、白いバラが咲く茂みの向こうを眺めやった。

「こんなのフェアじゃないよ」呟く。「とにかく、フェアじゃない」

「フェアな人生なんかどこにもないさ」

エリオットの膝は金曜に比べれば驚くほど回復していたが、まだぎこちなく、うずく痛みが、この手の感傷的な言葉に対してエリオットに辛辣な返事を吐かせた。

フェダーは悲しみをたたえた目でエリオットを見つめた。

「テリーは、もっと愛されるべきだったんだ」

そうじゃない人間がいるとでも？

自己陶酔に陥ったローランドが演説しているかのように聞こえるのが恐ろしいところだが、この世界にもっと愛があれば、ほとんどの問題はそれだけでたちまち片づいてしまうのではないだろうか。

だが、エリオットは礼儀正しくうなずいただけだった。テリーをもっと愛することができなかったフェダーが、そのことで罪悪感を抱えているのはわかる。

「犯人、つかまると思いますか？」

「そう思うよ」エリオットは答えた。「警察は容疑者を絞り込んでいる筈だ」

「俺も事情聴取されました」

「君が？」

「カイルが襲われた後に」それからぼそっとつけ足した。「でも知ってますよね？　あなたが警察に俺の名前を言ったんでしょ」

「君の名前はもう上がってた。俺は隠す必要があるとは思わなかっただけだよ」

エリオットはあくまで声の調子を変えなかった。

フェダーが目をそらした。

「じゃあ、特に俺だから、ってわけじゃないんですね」

「隠しておきたいことでもあったのかい」

「誰にでも、隠しておきたいことのひとつやふたつはありますよ」

確かに真理だ。そしてそれが、常に捜査を複雑なものにする。

「警察に何か言われた？」

「いいえ。何も言われませんよ。カイルが襲われたことにも、テリーの死にも、俺は何の関係もないし——」

「おっ、ここにいたのか」

話が進みそうになった瞬間、ローランドがこちらへやってくると、エリオットに家に寄っていかないかと誘った。

「父さんは今からベイカー家に行くんじゃないのか？」

ローランドは首を振った。「来いよ。夕飯を作ってやるから」

父から和平のオリーブの枝がさしのべられているのに、エリオットが断るわけがなかった。ジム・フェダーにさよならを言うと、フェダーは不服そうにうなずいて、一人で煙草の灰をバラの上に振り落としていた。


「ポテトと豆のエンチラーダはどうだ？」

エリオットは口を開けた。言いかけたことの代わりに、結局「あっさりしすぎじゃないかな」とだけ言った。

ローランドは鼻を鳴らし、引き出しを開けるとポテトピーラーを求めてかき回した。「男の子ってやつはこれだから」

「執筆の調子はどう？」

エリオットは、ローランドの強靭な横顔を見つめた。彼がタッカーとまた会い始めたと告げたら、父はどう反応するのだろうと思う。特にタッカーが政治的に、ミルズ家——エリオットは除く——よりはるかに右寄りだときては。

「大まかな第一稿は上がったよ」ローランドの笑みはひっそりとした思い出し笑いで、今一つ信用ならない顔だった。「我が本ながら、色々といい話が盛り込めた。ひとつやふたつ、何人かを慌てさせるぐらいのドッキリもあるしな」

それ以上はつっこんで聞かない方が身のためだろうと判断し、エリオットはうなずいた。

何分か、二人のどちらも口をきかなかった。ローランドはキッチンを動き回りながら野菜を仕込み、湯を沸かし、オーブンをあたためる。エリオットはその様子を眺めながら、午後の風が裏庭のウィンドチャイムを奏でる音に耳を傾けた。

こんなふうにこの家でくつろいでいると、たくさんの心地よい、美しい思い出がよみがえってくるようだ。

父親の視線を感じて見上げると、エリオットをじっと観察していたらしいその目は温かく、寛容で、不意を突かれたエリオットは反射的に口を開いていた。

「父さん？」

ローランドは小さな笑みを返した。

「何だ、エリオット？」

「父さんに、あやまりたい。ちゃんと説明したいんだ。この間の夜のことについて、なんだけど」

「ああ」

ローランドの反応からは何も読みとれなかったが、どうやら怒りの段階はすでに通りすぎている様子だった。

エリオットは深い息を吸い込んだ。

こんなふうに、自分が若い――いや、幼いような気持ちになったのは、随分と久しぶりのことだ。これほど自分の間違いをはっきり自覚したのも。居心地は悪い。

「父さんとポーリン・ベイカーとの関係について、どうしてあれほど気になるか――気になったのか、俺にもわからないんだ。俺が首を突っ込んでいい話じゃない。それはよくわかってる」

ローランドは、考え深げな視線をにエリオットに向けたままだった。「お前は警察権力の中で、長く働きすぎたんだ。人の心を磨り減らされてしまったんだ。お前は常に、人間には最悪の顔があると疑うようになった」

「またその話か、父さん」

「真面目に言ってるんだ。お前にＦＢＩだの何だのに入ってほしくなかった理由のひとつが、そいつだよ。人の心が殺されるんだ」

また同じ話が始まるのは御免だった。父には、エリオットがFBIを辞めただけで充分ではないのだろうか?

「父さん……」

ローランドは肩をすくめた。「わかってる、わかってるさ。俺のせいでお前がこの事件に引っぱりこまれたこともわかってる。いったん何かに食いつくとお前がどれほど頑固か、重々知ってたんだから、俺が責められるのは自分だけさ」

「そんなことはないって」

「いや。テリーに何か起こったのか探り出そうと一度決めたが最後、お前はすべての手がかりと可能性をとことんまでつきつめた。だろう? その気性は悪いもんじゃない――警察官としても、学者としても長所だ。だがお前に、容疑者を見るような目つきで見られるのは、俺としてもありがたいことじゃない」

「二度としないよ」エリオットは言い切った。「でも一秒も、本気で父さんを疑ったことはない」

「疑ったろう」ローランドはあっさり言った。「ああ、殺人の容疑者としてはないだろうがな。お前は、俺が親友を、そして妻を――お前の母を――裏切っていたのではないかと疑った」

エリオットは父と目を合わせることができない。その耳に、ローランドの溜息が届いた。

「エリオット。本音を言うとな、俺は確かにポーリンのことが好きだ。お前の母さんが死んだ後、次第に彼女を思う気持ちが育まれていった。だから、もし彼女が独り身で、俺の古い友と結婚していなければ、違った風になっていたかもしれん。だが彼女はトムと結婚しているし、それが現実だ。これでお前の知りたいことの答えになるか?」

「充分だよ」

エリオットは眉をよせた。

「実は、今になってわかってきたことなんだけど、どうやら俺たちが追ってる犯人はシリアルキラーらしくてね」

「シリアルキラーだと?」

エリオットはうなずいた。

「何故それが報道されてない?」

「確定情報ではないからだよ。はっきりとした確証が得られれば、すぐに公式発表があるさ。今は、行動パターンに基づく推測だけで、まだそれを支える科学的な根拠がないんだ」

「だが市民には知る権利がある。自衛のために知っておく必要がある」

「俺もそう思うよ。この件に噛んでる奴はみんなそう思ってる。でも現状では、これまでの被害者のほとんどが、リスクの高い生活をしていたようなんだ。普段から理由もなくふらっと消えたり、それを誰も気にしないようなタイプが多くて、犠牲者かどうか結論を出すのが難しい。今、捜査員たちが全員の生活パターンを細かく割り出している。結論として、これが連続殺人だという判断が下されれば、今度は捜査の主導権がＦＢＩに移ることになるだろう」

「お前はそれで何ともないのか？」

「別に」エリオットは驚いて父親を見つめた。「何でそんなことを？」

「気になると、顔に書いてあるぞ」

「勘違いだよ。この事件の捜査にはＦＢＩが最適だと、俺も思ってる」

ローランドはどっちつかずにうなずいた。「金曜の夜な。お前、どこから電話してきた？」

「ええと……タッカーの家だよ」

「タッカー？」

「タッカー・ランス。ＦＢＩの。俺が、前に――その……」

「タッカーが誰かは覚えてる」

そうだろう。エリオットがタッカーに会いたくなかった一時期、彼の望みを徹底して遂行してくれていたのは、ローランドを筆頭とした周囲の人々だった筈だ。

「じゃあお前、またあいつと付き合い始めたんだな」

「まあ、そうだけど、別に――」

ローランドはその言葉を無造作にさえぎった。

「お前は相変わらずあの野郎に気があるからな。前から見え見えだったぞ。俺が気になってるのは、あいつが仕事をするのをお前が民間人の部外者として見るのは、これが初めてのことだよな？　そうだろ？　しかもこれは、お前が関わってきた事件だ」

「ああ」

「当然、お前が何も感じないわけがない。大丈夫ならそっちの方が驚きだ」

エリオットは父親の言葉をじっくり噛みしめてみた。

不承不承、彼はうなずく。「そうだな、わかるよ。父さんの言う通りかもしれないな。外から見てるだけってのは辛い。前は自分の世界だったところだ」

「お前ならいずれ乗り越えられるさ」

「随分な自信だね？」

「勿論だとも。父親が一番、息子のことをよく知っているんだ」ローランドは手をのばすと、荒っぽい愛情をこめてエリオットの髪をぐしゃぐしゃに乱した。「覚えとけよ」

今夜はいい夜だった。彼の人生が元通りに——少なくとも父に関する部分が——戻ったことに安堵する。

やがて、おやすみの挨拶をして車の方へ歩き出したエリオットは、まだ父に言われたことを考えていた。

テリーの死とゴーディの失踪の捜査が始まる。その捜査にタッカーが関わるとして、エリオットの中にはそれに反発する気持ちがあると。

確かに、彼は傍観者の立場が苦手だ。昔から、助手席よりも、運転席の方が得意だった。

この先、彼とタッカーがある種の恋人関係を続けていくつもりなら、エリオットは、〝無関係な部外者〟という新たな立ち場に慣れなければならない。たやすいことではないだろう。

だがその一方、タッカーに対する気持ちの深さには、エリオットの葛藤を乗り越える以上の価値があるようにも思えた。

実際、どれだけタッカーに会いたくてたまらないか——自分でも驚くほどだ。昨日、ほぼ丸一日タッカーと一緒にすごしたと言うのに。それなのにもう、まるで自分の半身が引き剥がされたようなこの喪失感はどういうことだ。どうしてこれほど貪欲に、感情的になってしまうのだろう。

それとも——誰かと一緒にいたいと思う気持ちは、貪欲さとは違うものだろうか。

その答えを知るほど、エリオットにはさして恋愛の経験がなかった。銃撃の前の彼は、仕事のキャリアを築くことに全力を注いでいた。決然とした野心があったし、ＦＢＩの出世コースまっただ中に乗っていた。ＦＢＩを辞職した後も、自分の人生を取り戻すことに必死だった。ロマンスには無縁と言っていい。

「くそ、それがどうした」

口の中でののしって、彼は携帯電話に手をのばした。

タッカーは、あっというまに電話に出た。一回目のコールで。まるで電話を見つめて、鳴る瞬間を待ちかねていたように。

「よお、お前か」

タッカーからの愛情のこもった歓迎は、エリオットの意表を突いた。また、足元が崩れて呑みこまれるような気がする。

彼は用心深い返事を返した。

「やあ」

「聞くか？　決まったぞ。複数の捜査機関が協力することになった。中心になるのはＦＢＩで、俺が捜査責任者になった。あの野郎をとっつかまえてやる」

「よかったな」エリオットは虚ろに答えた。

「俺は今夜タコマに車で向かって、地元警察のアンダーソン刑事と会う予定だ。彼と共同捜査を行う」

日曜の夜に。迅速な動きだった。いいことだ。

嬉しく思う一方で、今夜タッカーに会えないことにエリオットは落胆していた。会えるかどうか、聞くまでもない。彼自身キャリア初期に、捜査責任者としてではないものの、連続殺人事件を担当したことがある。タッカーとチームは夜通しへとへとになるまで、収集済みの証拠の徹底的な分析と再分析をくり返す筈だ。さらにタッカーの仕事は、捜査班とサポートチームを取りまとめ、全員を捜査に適した形に割り振ることだ。彼とアンダーソン刑事は捜査活動の責任者として、必要な情報が捜査チーム全体に行き渡っているかどうかもしっかり把握していかねばならない。

タッカーにとって、これは大きな昇進でもある——だが裏を返せば、彼らの関係にとってはこの上なく悪いタイミングでもあった。タッカーの予定表には、当分先まで隙間がない。そして、お互いに会う時間が足りなくなるなどという理由で不満を言うのであれば、エリオットはあまりにも情けない男であった。

彼は何とか、はっきりとした口調で言った。

「本当によかったよ」それからもう少し自然につけ加える。「いや、もう心の底からすっかり安心できたね」

タッカーが笑い声を立てた。「口がへらない奴め。でもな、これも、お前がこの事件に関わってくれたおかげじゃないかって気がするよ」

何てことだ。このままではタッカーに、義務を果たした善良な市民として感謝されかねない。

「そうか、あのな、俺はフェリーをつかまえないと。また後で電話するよ」

「今どこにいるんだ？」

「タコマだ。テリー・ベイカーの葬式に行ってきたんでね」

「ああそうか」タッカーの言葉は少し気が散っているように響いた。「どうだった？」

「誰も殺人を自白したりはしなかったよ。そういう意味なら」

一瞬の間があった。

「俺が聞いたのは、そういう意味じゃない」

「知ってる、悪かった、なあ、もう行かないと……」

「待て、エリオット。大丈夫か？」

「何だって？」

エリオットがその言葉を聞き損なったわけではない。タッカーにそんなことをたずねられたというのがにわかには信じがたかっただけだ。真剣な、まっすぐな声で。仕事中の真っ昼間から――まあ正確には、もう夕方ではあるが。

自分の声の反響が耳に届いて、エリオットはあやうく笑い出すところだった。皮肉なことに、この二人の〝おつきあい〟という奴に関しては、タッカーの方がよほどうまくやっているようだ。

「いや」エリオットはそう否定した。「葬式はどうも気が滅入る、それだけだよ」

「本当にそれだけか？　新しいメールとか、何か来たわけじゃないだろうな？」

何だ、そうだったか。冷や汗ものの一瞬、エリオットはよもやタッカーが彼の気持ちを思いやってきたのではないかと凍りついてしまった。

ありがたいことに、タッカーの頭の中は相変わらず犯罪と殺人でいっぱいだ。

「何もないよ。こないだお前が奴を追い払ってくれたおかげかもな」

口から出た言葉は、つもりもないのに皮肉っぽく響いた。

「ほめられたと思っておくよ」返事の調子からすると、当てこすりでないとタッカーには伝わったらしい。「明日こっちから電話できたらする、な？　うまくいけば夕飯を一緒に食えるかもしれん」

それが望み薄であることは、二人ともわかっていた。捜査に取り掛かったばかりのこの時点では、タッカーはしばらくの間、不眠不休で働くことになる筈だ。

「明日はリハビリに行くんだ。そのうち、週の後半にでも」

「そうだな。わかった」

「じゃあまたな」

一瞬のためらいがあってから、タッカーが答えた。

「……またな」

エリオットは、何か後悔するようなことを言う前に電話を切った。口から出た言葉は、すべて、そんな〝何か〟になってしまいそうだった。

23

それからも後ろ向きに考え込み続け、そしてそんな自分にエリオットが段々と苛立ちをつのらせている間にも、車は松林の中の道を登りきる。ヘッドライトが、暗闇に沈むキャビンを照らした。

ポーチのライトがまた消えていた。

玄関の配線がどこかショートしているのかもしれない。中古のキャビンだし。それとも、今朝出かける際にポーチのライトをつけていくのを忘れたか。つけたというはっきりした記憶はなかった。

とは言え、ライトをつけるのは習慣としてすっかり身についている。

大したことではないが、エリオットの神経がざわついた。

ガレージに車を入れ、エンジンを切ると、彼はグローブボックスから拳銃とフラッシュライトをつかみ出した。グロックのスライドを引き、車からすべり出して、ドアは開けたままにしておく。

ガレージは塗りこめたような闇だ。ガラクタを溜めこむほど長く住んでいなくて幸いだった、とエリオットは片づいたガレージのありがたさを噛みしめる。棚とワークベンチに沿って歩き、車の後ろを横切ると、できる限り音をたてずに裏口までたどりついた。

鍵を開けて扉を引き、きりりと冷たい夜気の中に歩み出す。

先の尖った松のシルエットの上では、雲が銀色の光でふちどられ、その向こうに涼やかな月の姿があった。松独特の匂いと、遠い潮の香りが混じりあっている。

キャビンの壁伝いに沿ってじりじりと進むエリオットのジャケットに、荒い丸太の表面が擦れた。銃口は下に向けて銃を構える。サンルームまで来たところで、首をのばして中をちらりとのぞいた。サンルームも暗闇の中だ。どうにか、家具の輪郭だけがうっすら見える。

何も動くものはない。

聞こえるのも、樹冠を揺らす風のうなりばかり。

だがもし誰かがサンルームの中で待ち伏せているとすれば、大きなガラス窓の前を通っていくのは愚かな行為だ。それに、膝は昨日よりもさらに回復しているとは言え、ほふく前進はもはや論外だ。

考えをめぐらせてから、彼はキャビンを逆回りにぐるりと戻り、裏口の横で立ちどまって、一心に耳をそばだたせた。

何も聞こえない。

中をのぞきこんだ。

キッチンにつながっているドアの下側からも、何の光も洩れてきていない。ほんのかすかな光さえも。

エリオットはそのままキャビンの壁沿いに進み続けると、やや手間取りながらも暗い玄関ポーチを横からよじのぼった。身をかがめて、玄関横の窓の下をくぐる。正面のドアをそっと押してみた。カタリとも動かない。

ドアノブをつかんだ。

鍵はかかっている。

過剰反応をしているのだろうか？　本当に身の危険を感じるのであれば、隣に住むスティーヴンのキャビンまで下りていって、郡の保安官事務所に通報するべきだ。

だがエリオットは、自分がこの状況に対処できないと——対処する能力がないと——いう考えを強情に押しこめた。大体、ここに感じる危険は彼の気のせいかもしれない。

もし誰かがこのキャビンの中で彼を待ち受けているとすれば、相手はエリオットがガレージから直にキッチンへ入ってくると踏んでいるに違いない。その次の候補は裏口で、もしエリオットが薪を取りに行ったり裏のゴミ箱に何かを捨てに行った場合は、そこを通ることになる。

彼は、正面のドアにそっと鍵をさしこんだ。

大きく開く。

ドアはキイッと音をたてて開いた。

できる限り最小の標的になるよう、エリオットは端に身をよせ、明るい月光に背後から輪郭を照らされるのを避けた。銀光に濡れたリビングを素早く目で探る――家具、ラグ、そして暖炉。すべてが完全に、いつも通りに見えた。

腰のベルトからフラッシュライトを取ると、リビングの中へ進んだ。

拳銃を握った手をのばし、左手で握ったライトの位置を、高く低くランダムに変える。断続的にライトのテールスイッチを押し、激しい閃光で部屋の奥を照らした。久しぶりの動きはぎこちなく、滑稽な気もしたが、もし誰かが潜んでいるなら、これでエリオットの位置を特定するのが困難になる。待ち伏せをくらっても、少なくとも理論的には、狙いを自分の中心からそらすことができる。

フラッシュライトの光の輪が無人のロッキングチェアをとらえ、振り子の大時計、暖炉の上に架かった牧場の絵、そして廊下へと続く暗い扉口を次々と照らした。

彼はその廊下へ歩みを進めた。家族の写真と、奥の突き当たりにある階段が照らし出される。

今度は向きを変え、キッチンへ向かった。水を飲んだグラスが空のままカウンターに置かれ、エリオットが本土行きのフェリーに乗ろうと出て行った朝のまま、ウィリアム・L・

シェアの『血の戦場』の本がテーブルの上に残されていた。

何も不審な点はない。誰かの侵入を示すものもない。

だがエリオットの不安感、そして何かがおかしいという確信は、どんどん膨れ上がっていく。張りつめた緊張で頭がぞわぞわし、汗で背中と脇の下がぐっしょりと濡れる。

サンルームに踏みこみながら、エリオットは前と同じくフラッシュライトのボタンをランダムに押しては、ライトの位置を変え続けた。

このサンルームも、彼が出て行った時と変化がないように見えた。最初の一瞥《いちべつ》では。

だが次の瞬間、光の輪が、半分満たされたクリスタルのワイングラスを照らし出した。グラスはジオラマテーブルのふちでバランスを保っている。

エリオットの心臓が一瞬とまり、それから凄まじい勢いで打ち始めた。彼は部屋中にライトをめぐらせながら、震える指をグロックの引き金にかけた。

部屋には誰の姿もなかったが、暖炉のマントルピースに栓を開けられたロペス島のメルローのボトルが鎮座している。まばゆい光に照らされて、ボトルは鈍い輝きを帯びた。

ほかに何か、おかしなものはないだろうか？

ない。

それとも見のがしているだけか？　彼は前に進みながら、フラッシュライトでジオラマを照らした。光の輪の中に手塗りの小さな馬のフィギュアと樹木、ミニチュアの地形と道が浮かび上がる。何かがおかしい……。

——ジェブ・スチュアート将軍の騎兵旅団が、丸ごといなくなっていた。

消えていた。

ジオラマを確認し、位置が動いているかどうか確認した。ジオラマは動かされていない。迷ったフラッシュライトの光が、やがて暖炉の炉床の上に、粉砕された残骸となった樹脂と合金の騎兵たちを見つけ出す。スチュアート将軍の羽飾りのついた帽子が、灰に埋もれて宝石のようにチカチカと光った。

その時、裏口のドアがバタンとしまり、衝撃音が暗いキャビン全体に響き渡った。エリオットははっと向き直ったが、不用意な動きのせいで、傷めている膝の筋肉や神経の中心を痛みが走った。

その痛みを無視し、キャビンの裏口へ向かって走り出す。

裏口の扉は、そよぐ風を受けて開いては、スイングして戻っていた。やわらかな風が溜息のように抜けていく。エリオットが家の正面へ続く道に目を走らせる間にもドアは気怠げに風に押されて前後に揺れ、ドアフレームにバタンと大きな音をたててぶつかった。

エリオットは三歩でポーチを歩き抜けた。ポーチからステップまで進み、前に広がる裏庭に銃を向ける。

キャビンの裏の空き地に、動くものは何もなかった。

木々の黒い壁の間にも、動くものはない。

風さえも、今や息をつめて待っているかのようだ。

長い、長い時間が立った後で、エリオットはキャビンの中へ戻り、鍵をしめた。今では、家の中に誰もいないと確信できていたが、それでも焦りと緊張はなかなか引いていかない。壊されたミニチュアの姿を思い浮かべると、激怒と憤慨とで心臓が激しく高鳴る。

家への侵入に対して、あらゆる意味で頭に来ていたし、そして——認めたくはなかったが——恐怖も感じていた。

彼はキャビンのあちこちに、侵入者のさらなる痕跡を探し続けた。

一階は安全だと完璧に確信できてから、エリオットはゆっくりと階段をのぼりはじめた。階段での自分がどうしようもなく不利なのはわかっている。用心深い足取りの一歩ごとに、不安がちくちくと心を刺した。

階段を半ばまでのぼったところで、鼻腔が何かの臭いにひくついた。不安が強い危機感へと変わっていく。

最後の一段を上がって、ベッドルームへ向かう時には、心臓が闘争心とも恐怖ともつかないものに早鐘のような鼓動を打っていた。

左手が、フラッシュライトを高く保ち続ける緊張から震えをおび、光の輪がフロアボードや壁のパネルにちらちらと揺らいだ。ベッドルームの入り口の横の壁に、エリオットはぴたりと体をよせる。

腹が吐き気でよじれそうだった。突入の瞬間はきわめて危険だ——だが、そのためだけではない。彼はこの異様な匂いを知っていた。

ひとたび経験した者なら、決して忘れ得ぬ匂い。

死。

フラッシュライトをベルトに差し込んだ。壁で身を守りながら、拳銃を部屋の中へ突きつけるとさっと中をのぞいた。

何もない。

じりじりと、隠れ場所から出していきながら、月光の差し込む室内に素早く目を走らせ、部屋の四方に銃口を向ける。

そこにいた。

大きな影が、ベッドの上に見える。誰かがヘッドボードにもたれかかっているのか？

エリオットは怒鳴った。

「動くな！　動けば頭をふっとばす！」

人影はぴくりともしなかった。筋肉ひとつ動かさない。息をする気配すらない。

エリオットの耳の中で静寂が鳴った。

あまりにも静かすぎた。命のあるものが、こんなに静かなわけがない。

彼は拳銃を自分の胸元で高く掲げ、顎にぐっと力をこめると、ベッドの上で動かない塊にグロックを向けて射撃体勢を取った。

動きはない。

生きている気配すらない。

すでに階段の途中から、ここで何が待ち受けているのかはわかっていたのだ。やっと真正面から事実を受けとめるべく、エリオットは壁のスイッチへ手をのばした。

豊かな光が部屋中を満たし、清潔なベッドルームを照らし出した。素朴な額に入ったイヴァン・シーシキンの複製画、楽しげな黄色と金のリーフパターンで飾られたジンジャー色のボトルランプ、茶色と白のストライプのカバーがかかった羽根布団、広いダブルベッド。あらゆる細部が驚くほど強烈で鮮やかに浮き上がり、まるでこの部屋も家具たちも、初めて目にするかのように見慣れなく感じる。

だが実際には、この寝室で見慣れないものはただひとつだった。

スティーヴン・ロケがベッドの上に座り、ヘッドボードにぐったりともたれかかっていた。半ば開いた目はどんよりと鈍く、視線は動かない。

その喉元にはコルク抜きが突き立てられていた。

最初に到着したのは保安官たちだった。島の道を上がってくる彼らのSUV車の赤と青のライトが、木々の向こうで異様な輝きを放っていた。

エリオットはキャビンの外で彼らを出迎えた。木々と煙の匂いが漂う夜、警察無線からどこか別の場所での災難の知らせが響く中、頭上に輝く星の下で、彼は保安官の事情聴取を受けた。

この手の憂鬱なシーンには慣れていたので──被害者としては初めてだが──、質問には短く簡潔に答えるよう努めた。

必要以上に簡潔すぎたのかもしれない。

面と向かって言われたわけではないが、どうやらエリオットの受けた印象では、自分のベッドの中で近隣住民の死体を発見したというのに動揺を見せない家主の態度が、保安官たちの疑惑をかきたてているようだった。

「あなたがミスター・ロケにキャビンの鍵を渡してないとすれば、彼は一体どこから鍵を手に入れたんですか？」

エリオットの供述を取っている保安官がその問いをたずねてきたのは二度目だった。

「わからない」

「ミスター・ロケが何の目的でここにいたのかご存知ですか？」

「いや、知らない」

「ミスター・ロケは普段からよく、ベッドルームで、あなたの帰宅を待っていたんですか？」

「いいや」

エリオットは冷たく揺らぎのない視線で保安官を見つめ、最後には保安官が視線を下にそらした。

犯罪現場はＦＢＩのためにそのまま保全しておくようにと、保安官たちにわざわざ忠告したことで、印象はさらに悪化したかもしれない。だがもうその頃になるとエリオットの方も彼らに与える印象などどうでもよくなっていた。

保安官たちのおよそ一時間後、タコマ警察が到着した。白とグレーの警察車両の後部座席からタッカーがのそっと出てくるのを、エリオットはほっとして見つめる。

タッカーは人でごった返した正面の庭を眺め回し、エリオットを目に留めると、まっすぐに彼の方へ歩みよってきた。

土曜日に別れてから、これが初の顔合わせで、エリオットはどういう態度をとったらいいのかわからず、ためらった。何であれ覚悟はできている、と自分に言い聞かせる。たとえタッカーが他の容疑者に接するのと同じように、エリオットを尋問してきたとしても。

「大丈夫か？」

タッカーが問いかけてきた。

エリオットはほんのわずかに力を抜く。

「……ああ」

「本当に大丈夫か？」

「本当だよ」

互いに相手にふれこそしなかったが、それは単に物理的な問題にすぎなかった。周囲の保安官たちが互いに目配せを交わした様子からすると、彼とタッカーの間を行き交った濃密な流れは、誰の目にもあからさまなようだった。

「すぐに戻るから待ってろ」

エリオットはうなずいた。

タッカーが警官たちとともにキャビンの中へ姿を消す。十五分後に戻ってくると、彼は救急のバンによりかかっているエリオットめがけて前庭を横切ってきた。

「手早く説明しろ」と命じる。

エリオットがもう一度、頭から事情を説明していくにつれ、タッカーの表情は暗くなり、一言進むごとにさらに険悪な顔つきになっていった。

「そもそもまず、一体ロケは、お前の家で何をしてたって言うんだ？」

「知らないよ。彼は鍵を持ってなかったし」

「奴にスペアキーを渡したりはしてないのか？」

タッカーの顔をかすめた表情は、嫉妬のようにも見えた。意外だ。さらに意外、と言うより理屈に合わないのは、それを見たエリオットの気持ちが上向いたことだった。被害者としての役回りに気持ちがすり減っていたが、タッカーのプロとしての態度にほころびが生じるのを見て、気が軽くなった。

「いいや。スペアキーを持っているのはうちの親父だけだよ」

「わかった」タッカーの表情が険しくなり、彼が何を言い出す気なのか、エリオットは心を読んだようにはっきりわかった。

「それは断る」

タッカーの眉がきつく寄る。「エリオット。お前の安全確保が最優先だ」

「警察の保護下に入るつもりはない」

「俺が入ると言えばお前は入るんだよ」

「ほほう？　俺の知らないうちに、お前も随分偉くなったもんだな？」

二人は周囲の注目を引きつつあった。タッカーが、明らかに苦労しながら声を抑える。

「聞けよ、俺はお前と喧嘩したくはないんだ」

「それはよかった、俺もお前と喧嘩したくはないね」

「だがお前はこの事件が片づくまで、警察の保護下に入る」

「俺を逮捕しない限り無理だね」

と、エリオットは肩をこわばらる。

タッカーが自制を失ってエリオットの腕をつかんだ。強く。

「ふざけんな、エリオット！　このサイコはお前を二度も狙ったんだぞ。三度目の時も、運がお前の味方だと思うか？」

エリオットはその腕を振り払うと、冷静さからというよりおそらくは疲労から、抑揚のない口調で告げた。

「では、特別捜査官ランス、そっちこそ早めに奴を捕まえる方法を早く考え出すことだな。奴が俺を捕まえるよりも先に」

24

口論はそこで終わりではなかった。当然ながら。

タッカーが、アンダーソンやパインに任せず自分でエリオットを送ることにしたものだから、二人はフェリー乗り場までの道すがら言い争い、フェリーが海を渡る間中も言い争い、タッカーの部屋へ向かう車内でも言い争った。

タッカーが部屋の鍵をしめてウイスキーをグラスに注ぐ頃には、しゃべり疲れた二人の声は枯れ、どちらももう、一言も発そうとはしていなかった。

ラフロイグの最初の一杯は水のように流し込まれ、二杯目はもう少し味わいながら飲み干され、三杯目でやっと、エリオットは少し気持ちが落ちついてきた。

彼は空のグラスをコーヒーテーブルに置きながら、張りつめていた沈黙を破った。

「お前の言うこともよくわかるよ。俺だって危険を甘く見ているわけじゃない——お前はそう考えているかもしれないが。とにかく俺が言いたいのは、どうして俺が今の暮らしを変えたくないか、誰にも制限されたくないか、それも理解してほしいってことだ」

「何故だ?」

タッカーがそう吐き出した。彼は窓の外、通りの向こうのほとんど眠ったビル群をにらみつけていた。

「これは、見栄じゃない。別に、サイコな殺人犯と張り合って、まだ俺が——その、有能だと証明したいとかそういうわけじゃなくて……」

エリオットは言葉を切った。言葉にするのは、彼が思うより遥かに難しかった。元々、本心をさらけ出すのは得意なたちではない。鎮痛剤にどっぷり浸っている時以外は。

タッカーは何も言わずに、エリオットを長いこと見つめていた。どういう意味をはらむのか、エリオットにはわからないまなざしで。

タッカーは怒っている——そこはわかったし理解もできた。だがそれ以上のこととなると？　この凍りつくような沈黙は？

それは何を意味するのだろう。

エリオットは心を引き締めて、さらに踏み込んだことを告げようとする。できることなら聞かせたくはなかったことを、どうにか口に出してタッカーの前にさらそうと。

「俺がここまでたどりつくのには、本当に長い時間がかかったんだ。やっとのことで、今の生活を築いた。お前にはわからないだろうが……俺は、撃たれた後、何度も、あきらめそうになった」

タッカーの眉間の皺がさらに深く刻まれた。彼はグラスをおろすと、エリオットのソファまで来て隣に座る。

「何も証人保護プログラムに入って身を隠せってわけじゃないんだ、エリオット。それに、一時的なものにすぎない」

「だが、いつまでかかるかは誰にもわからない。この手のことが予測ができないのはお前もわかってるだろ」

タッカーはエリオットの反論に対して、本物の微笑を浮かべた。

「自覚してないだろうが、お前があれこれ調べて俺たちの手間をはぶいてくれたおかげで、事件の形はもう浮かび上がってるんだ。すでに俺たちには、犯人が大学の関係者だということともわかっている。卒業生や職員までも含めてな。加えて、犯人が選ぶ被害者のタイプもわかっている。どちらも大きな足がかりだ。もう犯人の近くまで輪を狭められてる筈だ。加えて今夜の犯行で、またさらに輪が小さくなる。今夜のフェリーの乗船記録を当たらせてる。いくら奴でも、島に飛んできたわけがないからな」

エリオットは弱々しく返す。

「それは、よかった。だがわかってるだろ、たとえ容疑者の目星がついたところで、奴が血まみれになってるところを捕まえるまで、どれだけの時間がかかるか」

「何も血まみれの瞬間でなくても構わないさ。うまい場所とタイミングで奴をつついてやれば、後は勝手にパズルを組み立ててくれる筈だ。奴はどんどん破綻を来たしている。お前への極端な接近ぶりもそれを示している。俺が見るに、こいつは妄想型の殺人犯で、自分が使命をまっとうしていると信じこんでいるタイプだ。いざ捕まれば、自分が何をしているのか──そして何故奴を見逃してそのお仕事を続けさせるべきなのか、嬉々として演説してくれるだろうよ」

エリオットはコーヒーテーブルの上の空のグラスを落ちつきなく一方に回すと、それから逆に動かした。たしかに論理的に考えれば、タッカーの言うことは理屈に合う。いつもの犯行パターンを崩した上にエリオットに接触してきたことから見ても、この犯人が暴走を始めているのは明らかだ。

かと言って、奴は捕まりたがっているわけではない。決して捕まらないという確信があっての行動なのだ。

タッカーが口を開いた。

「もう少し耳を貸してくれるなら、お互いに妥協できる案が出せると思うんだが」

「一体何だ？」

「しばらくここにいろよ」

「ここに？」

「何で駄目だ？　森の中の贅沢なキャビンというわけにはいかないが、ここも悪くはないだろ？」

「ここに、お前と一緒に？」

タッカーは苛々と、「いや、俺が出てってホテルに泊まってもいいが――ああ、そうだよ、俺と一緒にだよ！」

エリオットは、何と返事をすればいいのかわからなかった。言葉を失っている彼を見て、タッカーは作戦を変えると、エリオットの太腿を自分の膝でつつき、なだめにかかった。

「なあ、そろそろ少しは認めろよ。昨日、お前だってわかっただろ？　もしもっと一緒にすごしてみたらどんな感じになるか、興味ないのか？」

「もっと一緒にすごすことについては、もう同意済みだと思ったが」

「俺が言ってるのは、一緒に住んでみてってことだ」タッカーが一息に言った。

「一緒に住む？」

それなら答えは簡単だ。一週間以内に殺し合いが始まる。

エリオットはそう口に出そうとしたが、タッカーには冗談を言っている気配はなかった。タッカーはまだ微笑を浮かべていたが、その目は真剣だった。実際その、どこか逃げ腰で、エリオットの拒絶に構える様子に、ふとエリオットはタッカーの生い立ちが気にかかった。エリオットと異なり、タッカーは自分の子供時代や家族について一度も話したことがない。

そのタッカーの表情を見てしまうと、エリオットには拒否の言葉が言えなかった。

本音を言えば、正気を疑うようなアイデアだと思う。だが利点がないわけでもない。彼とタッカーは、もうお互いに惹かれあってることは認めたのだし、もっと会いたいのも本心だ。ある意味、合理的な解決法と言えるかもしれない。

エリオットがすぐには断らないと見て、タッカーは自信を取り戻してきた様子だった。

「ちょっと試してみるだけでもいいだろ。まず一週間、試してみないか。どうせお前は現場の鑑識作業が終わるまで家には入れないだろ。違うか？」

「違わないが……」エリオットは渋々認めた。

タッカーの笑みが大きく広がり、歯がやたらと白くきらめいた。

「俺にイカれてるくせに、エリオット。いい加減に素直になれよ」

エリオットは頭を振った。「お前はどうかしてる」

「いいや。お前の気持ちはお見通しだ」

タッカーは引き締まった腕をエリオットの体に回し、引き寄せた。エリオットはされるがままに身を預けたが、まだタッカーの正気を心配して首を振り続けていた。

タッカーの唇がエリオットの唇にかぶさる。熱く、ほとんど優しいほどの唇にキスをされながら、エリオットはふっとたちのぼるウイスキーの香りを味わった。目をとじて、甘いキスに自分をゆだねる。

困難は山ほどあるが、それでも、今のエリオットにこの瞬間を手放すつもりはなかった。そう——結局のところ、いい面を見るべきなのかもしれない。タッカーが捜査に全力を注いでいる間はまったく会えないだろうと覚悟していたのだが、もしタッカーと暮らせば、嫌でもお互いの顔をもっと見ることができるのだ。

吐息をついたエリオットをタッカーがさらに引き寄せ、エリオットの頭を自分の肩にもたせかけた。二人はほぼ背丈が同じなので、その体勢に落ちつくまでいささか手間取る。

タッカーがそっと囁いた。

「どうして俺にお前の気持ちがわかると思う？」

「妄想たくましい性格だからか？」

タッカーは首を振る。

「いいや。わかるのは、俺も同じ気持ちだからだよ」


翌日の月曜には、大まかな生活パターンが定まった。

エリオットは朝に仕事に出かける。ショルダーホルスターを装着するのは——タコマ警察の助力のおかげで記録的なスピードで銃の携行許可が下りた——ほぼ二年ぶりのことだった。

昔のように武器を装着している以外、いつもの日常と変わるところはまったくない。約束通り、定期的にタッカーへ連絡を入れた。大学の仕事が終わるとマッサージセラピーを受けに行き、車を運転してシアトルへ帰る。

月曜と火曜の夕食はエリオット一人で取ったが、タッカーは毎晩、夜中までには帰ってきてベッドに入った。エリオットは、帰ってくる彼を迎えるのが楽しくなっていた。

本心を言うならば、タッカーの提案したこの〝身辺保護〟は、彼が思っていたよりも遥かにましなものだった。タッカーはエリオットを事件から締め出そうとはせず、相変わらず二人が対等であるかのように議論を交わした。

「例のメンテナンススタッフ、レイ・マンダートについて、身辺調査の結果が上がってきたぞ」

水曜の朝、タッカーは、狭いバスルームで二人が仕事に出かける仕度を整えようと四苦八苦している間にそう告げた。

「レイ・マンダートは元軍人だ。今は母親と一緒に実家に住んでいる」

「そりゃ今すぐ逮捕すべきだな」

エリオットは電気シェーバーのたてる音の向こうからそう答える。

タッカーはニヤッと笑って、鏡ごしにエリオットと目を合わせた。「テリー・ベイカーがさらわれた夜、奴はアリバイがあると主張しているが、穴だらけだ。映画を見ていたと言ってる」

エリオットは喉の奥で不満をこぼした。

「だろ？　前にはタコマの動物保護センターで働いていた。だが、動物の死骸をレイが個人的な目的に流用していることが判明し、センターは彼を解雇した」

「朝飯抜きにしといてよかったよ」

タッカーは片腕をエリオットに回し、ぐいと引き寄せた。

「朝飯抜きだと時間の余裕もできるしな」

「下半身で物を考えるな」とエリオットは応じる。

「乗りたきゃ、いつでもお前のものだぞ」

エリオットはあきれたうなりをこぼしてシェーバーのスイッチを切り、だが結局キスをされるにまかせた上、二人とも大いに遅刻の危機が迫っているにもかかわらず、しばらく楽しんでしまった。

後から、エリオットはタッカーにたずねた。

「レイが動物の死骸で何をしてたのか、肝心のところは？」

「ああ、それか。奴は動物の皮を剥いで売り飛ばしていたんだ。大した小遣い稼ぎだろ？」


二人で暮らし始めてみると、食事や家事の分担は意外にうまくいった。少なくとも、ほとんど同時に家にいない二人の男にしては、最大限にうまくこなせていた。

問題なのは、この暮らしがいつ終わるとも知れない、その不安定さだった。

タッカーと捜査チームは休みなく働き続け、メディアが――シャーロッテ・オッペンハイマー学長がおののいただろうことに――〝ＰＳＵキラー〟と名付けた犯人を追っていた。だが、この殺人者を捕えるためには新たな犯行が必要だと、誰もが分かっていた。その犯行を食い止めようとして働く、その最中にも。

セキュリティレベルは高められ、ＰＳＵのキャンパス内には新たに配置された警官たちの姿があった。そして、レポーターが至るところをうろついていた。てこでも引き下がろうとしない強引な〝ジャーナリスト〟たちのせいで、エリオットは二度もセキュリティスタッフを呼ばなければならなかったほどだ。

　これほどの騒ぎと警戒の中では、新たに生徒への襲撃がないのも当然だろう。そして、エリオットに新たなメールが届かないのも。

「多分、奴は町を出たのかも？」

　その夜、時間を盗んでどうにかタコマで二人きりの短い夕食を取りながら、エリオットはタッカーにそうほのめかしてみた。

「ないな。この犯人は動き回るタイプじゃない。地理的に安定してる」

「頭は不安定だが足元は安定してると」

「そういうことだ」

　タッカーの笑みはどこか上の空だった。実のところ、彼はエリオットのすぐ後にレストランに到着してからこのかた、ずっと心ここにあらずの様子だった。

　エリオットはたずねる。

「何かあったのか」

「――スティーヴン・ロケに関する現場と鑑識の報告が上がってきたんだ」

　エリオットの食欲が瞬時に失せた。彼はグラスに手をのばす。「それが……？」

「ワイングラスの付着ＤＮＡは空振りに終わった。犯人は一口も飲んでいない。ただ演出のためにボトルを開け、ワインを注いだだけのようだ」

「成程？」

ＤＮＡが採取できなかったのはいいニュースとは言えないが、その程度ではタッカーの表情の陰鬱さに説明がつかない。

「エリオット、お前、ロケとはどのくらい親しかった？」

また来た。この目つきだ。

「仲は割とよかったよ」エリオットはそう認めた。「ただの隣人という以上には。友人だったが、かと言ってそこまで親しいってわけじゃなかった」

「彼は、お前についての本を書いてた」

エリオットはワインをあやうく喉につまらせかかった。慌ててグラスを下ろし、口元を拭う。

「一体何の話だ？　彼はチャールズ・マットソン誘拐事件についての本を書いてた筈だ」

「マットソン事件についてのファイルなら見た。メモはたくさん取ってあったが、原稿は一枚もなかった。そのほかに、お前についてのファイルがあった」

「何が入ってた？」

「大量のメモだ。それを見る限り、ロケはお前とのほとんどすべての会話を書き取っていたらしい。ほかには、お前が知らないうちに撮られたと思われる写真に、おそらくはお前の家族アルバムからくすねたスナップが何枚か。それにお前の処方箋や、辞職願の手紙に対するモンゴメリーの返事のコピー……ほとんどが大したものじゃないが、どれ一つとしてあいつが持っていていいものじゃない」

「俺は……」

エリオットの声が途切れた。

タッカーは彼にちらりと視線を投げてから、またテーブルに置かれたクリスタルのランタンを見つめた。

「彼がエージェントに向けて書いた手紙も残っていて、お前についてのノンフィクションの企画を売り込んでいた。それと、パイオニア・スクエアで起こった例の銃撃事件の、小説化についての企画も」一呼吸置いて、タッカーはぼそっとつけ足した。「残念だ」

エリオットは反射的にうなずいた。

心が鈍い。友の裏切り以上に衝撃的だったのは、彼がスティーヴンの裏切りにもこそ泥にも気付かずにいたという、そのことだった。キャビンの外をうろついていたスティーヴンをとらえたあの夜まで、何か不審な点があるなどと思いもしなかったのだ。

「どうやって彼は家の中に?」タッカーの視線と目が合い、エリオットは吐き捨てるように、「どうにかして侵入した筈だ。あいつに合鍵を渡したことなんかない」

「半地下の窓の鍵に細工をして、一見締まっていてもきちんとロックされないようにしていたらしい」

エリオットは反射的にグラスを手探りし、残っていたウイスキーをすべてあおった。

タッカーが静かに問う。

「残りをここで聞きたいか？」

「ここまで来て？　続けろよ」

「現場の証拠を見る限り、日曜、お前がテリー・ベイカーの葬式に行っている間に、犯人が家に侵入した――おそらく奴も、お前が葬式に出るとわかっていたんだろう。侵入するために地下室部分の窓を割って入った。ロケが細工していたのとは別の窓だ」

「奴が演出を整えている間に、スティーヴンがやって来たんだ」エリオットはゆっくりと言葉を継いだ。「だから、奴はコルク抜きを凶器に使った。丁度それを使ってワインを開けていたところだったからだ」

「ああ、そのように見える。ロケはあの午後、やはりお前が出かけていると思って家に忍び込み、犯人と鉢合わせした。鑑識結果の分析から我々が見立てたところによると、ロケは地階に逃げ戻ろうとしたが捕まって、窓から出る前に殺された。彼の死体は二階へ運び上げられ、ベッドの上に配置された」

「それをやるには、犯人はかなりの腕力だな」

「ああ」

「男だ」

「その点は、元からさして疑問はないがな。シリアルキラーのほとんどが男だ」

白人男性、二十五歳から四十五歳、一般的には孤独な人物。もっとも、常にステレオタイプが当てはまるわけではない。秩序型の殺人者の中には、時として魅力的で社交性のある人物もおり、彼らは何の変哲もない平和な家庭を築くこともできる。こうした例外の場合、犯行は何の前触れもなく引き起こされ、突如として被害者の頭に凶器がふり下ろされるのだ。

「お前が湖で見た黒かネイビーのＳＵＶ、またはバンを持っている誰か」

「ありうるな。レイ・マンダートは外れる。奴の車は白いピックアップだ」

「日曜のフェリーの乗船記録はどうなった？」

「まだ免許証番号と車の登録を照らし合わせている最中だ」

それに大学の駐車場使用許可記録も照合することになっているが、干し草の山から一本の針を探し出すような作業になるだろう。車の色で、黒は五本の指に入る人気色だ。

エリオットは口を開いた。

「もし友人の車を一時的に借りていたとすれば、車からは大学とのつながりが割り出せない恐れがある」

「だな」

「つながりがあったとして、見逃すほど希薄なものかもしれない」

「かもな」

「大学とは元々、何の関係もない人間なのかもしれない」

そこでタッカーが身を乗り出した。

「今回のことでお前が——」タッカーは言葉を探してから、やがて語を継いだ。「動揺しているのはわかる。だが確実に言えるのは、俺たちの捜査方針は間違ってないってことだ。犯人を着々と追い詰めてる、腹の底で感じるんだ」

「それ、腹が減ってるからだろ」エリオットは言いながら、タッカーの皿へちらっと視線を投げた。「ろくに食ってないじゃないか」

とは言えそれはお互い様だった。そして二人とも、もう食欲は完全に失せてしまったようだった。

「もう出ないか」タッカーがうながした。「家に帰ろう」

エリオットはウェイトレスに向け、会計の合図にうなずいた。「ああ、家と言えばその話なんだが、な。やっぱり、お前のところにいつまでも泊めてもらうわけにはいかない。遅かれ早かれ、どうせ自分の家に戻らないとならないわけだし——」

タッカーは返事をしなかった。

「元々、一週間試そうって話だったろ」とエリオットはタッカーに思い出させる。

「ああ、確かにそういう話だったな」

タッカーの表情から、エリオットは自分がまちがったことを言ったのだとわかる。だが、いつかは持ち出さなければならない話題だったのだ。違うだろうか？

「お前のところにいられて助かったよ。本当、いい考えだった。それに……悪く、なかったよ。何と言うか、色々とややこしい状況ではあったけどな」

ひとつ言葉を重ねるごとに、タッカーの表情はどんどん遠く、彼から閉ざされていくようだった。エリオットは言葉をもつれさせた。

「でも――結局、いつかは、帰らないと」

「ああ」

タッカーが返事を吐き捨てる。

伝票を手にしたウェイトレスがやってきて、エリオットは言葉を返すチャンスを失った。

だが、どんな返事ができた？　タッカーがどんな言葉を聞きたいかどうかもわからないというのに。

25

「でもだって、本当に遅れたわけじゃないじゃないですかあ」

レスリー・ミラチェックが情熱的に訴えたのは金曜の朝のことで、彼女は再度、エリオットの手にプラスチックのバインダーを押しつけようとした。

「だってつまり、私、昨夜《ゆうべ》これを渡そうとしたのに、誰ももう建物にいなくて、ドアもロックされてて。それなのに間に合ってないって言われても。だって、もう先生が帰ったなんて、私、知らなかったんですよ」

「私がオフィスで執務をしている時間は、月曜と水曜と金曜は九時から十一時までと、火曜と木曜の二時から四時までだ。それに、昨日に関しては、五時までここにいたんだよ」

そして、保護者の許可なくタイムスケジュールを逸脱した咎《とが》により、タッカーからお目玉を食ったのだった。

そのことで、彼らは初めて本気の口論になった。今朝、出がけにキスを交わした際にも、まだお互いにぎこちなさが残っていた。

心の底では、エリオットはタッカーが文句を言うのも当然だとわかっている。エリオットが何も言わずに何時間も予定を変更していては、きっちりとしたタイムテーブルを定めた意味がない。タッカーがエリオットの気持ちを尊重しつつ彼を守ろうとして手を尽くしているのに、そのタッカーに対して怒りをぶつけるのは筋違いというものだった。

このがんじがらめの状況の責めを負うべきはただ一人、犯人だけなのだ。

そしてその犯人も、下手をすればもうアメリカを横断してしまった頃かもしれない。

レスリーの目が、例のきらきらと潤んだ、不吉な光をたたえつつあった。

「でも、こんなのフェアじゃないです」

「レスリー――」

「ほかの人のレポートだって、先生はまだ読み始めてませんよね？」

「それは関係ない」

「ありますよ。先生、私がレポートを書いたのは知ってたでしょう？　最初の下書きを見ましたよね？　なのに私がペナルティだなんて――フェアじゃないですよ」

フェア。

そもそもにおいて、物事がすべてフェアでなければならないなんて考えは一体どこから来ているのだ？　人生の中でフェアなものなんてどこにあるだろう。民間人の上に爆弾が落ちるのは？　生まれつき貧富の差があるのは？　美しいものが時に残酷なのは？

そしてエリオットが、テロリストが無辜《むこ》の市民を殺すのを食いとめようとして足を撃ち抜かれたのは――どこがフェアなのだ？

彼は口を開いて、人生における残酷な真実のいくつかをレスリーに知らしめようとしたが、その時、彼女の言葉の中身に気付いて、はっとした。レスリーの手からバインダーを取って、涙ながらの訴えをさえぎる。

「君がレポートを提出しようとしたのは何時だった？」

「五時十五分です」視線を受けて、彼女は噛みつくように言った。「わかりましたよ。多分六時に近かったと思うけど、原則同じでしょ」

何の原則だ？　遅刻のか？　エリオットには理解しようという気も起こらなかった。

「わかった、レスリー。今回だけは規則を曲げてレポートを受け取るが、それも君の下書きを読んだことがあるし、君がうっかり締め切り時間を忘れてしまったという言葉を——大した言い訳にはならないが——信じるからだ」

「ありがとうございます、ミルズ教授！」彼女は子供のような仕種で喜んで手を叩いた。「もう二度としませんから！」

彼はうなずきながら、電話へ手をのばした。

「出ていく時にドアをしめておいてくれ、たのむよ」

レスリーは爪先ではねるように出ていくと、ドアをしめた。

エリオットは電話の向こう側で鳴る音を数えていた。

一度、二度、三度——。

「ランスだ」

「俺だよ」

「どうした？」

決して刺々しくはない。ただ無愛想なだけだ。一昨日の水曜日の夜からこっち、タッカーはずっとそんな風だった。

　その上、昨夜の喧嘩もある。まあ昨夜についてはタッカーも自分が正しいと百も承知の筈だし、エリオットにだって謝るつもりはあったのだ。だがタッカーは、まるでエリオットが意図的に携帯の電源を落としていたかのように（誤解だ）言い出したのだ。それもエリオットがタッカーのあからさまな過保護に嫌気がさしているから（事実だ）、と。

「そっちで、テリーとゴーディが消えた夜の、大学の建物へのカードのアクセス記録をチェックしたか？」

　短い沈黙があってから、「お前が言うのは大学全体のことか？」

「いや。俺が言いたいのは中心に近い棟、例えばハンビーホールあたりで目を引く出入りがなかったかということだ」

「何故校舎の出入りをチェックする？」タッカーがやっと肝心のことを聞いてきた。「ベイカーは屋外でさらわれた筈だろ」

「先々週の金曜日、俺が電話した時のことを覚えてるか？　駐車場に向かう途中、誰かに後をつけられている感じがして、お前に電話をかけた」

「ああ」タッカーの声がかすかにやわらいだ。

「あれは、俺の被害妄想ってわけじゃなかったんだと思う。オフィスを出る時、建物の中にほかにも誰かいるんじゃないかと強く感じたんだ。今から思えば、あの時やっぱり誰かがあの建物にいたんだよ。そいつが俺の後をつけ、俺がテリーの取った道をたどっているのを見て、何をしようとしているのか悟ったんだろう。当然、俺の目的が、奴にはすぐにわかった筈だからな」

「続けろ」

「絶対とは言いきれん。だがあの夜、誰のカードが建物にアクセスしてるか、記録を確認した方がいいだろう。テリーとゴーディが消えた夜のも、それぞれ」

電話ごしに、タッカーの頭の歯車がうなりを上げて回っているのがこっちにまで聞こえてくるようだった。

「賛成だ」タッカーが告げる。「当たってみる価値はある」

彼は今にもそのまま電話を切りそうだった。

この脆く危うい恋人関係の中で、相手への謝罪を口にしたのはタッカー一人だけだ——不意にその事実に思い至って、エリオットは胸を突かれたような気がした。それはタッカーだけが間違っているから、ではない。タッカーの方が自分の気持ちをさらけ出すのがうまく——そして、それだけの勇気があるからだ。

確かに始めのうちこそ、タッカーの謝罪は必要だったかもしれない。だが、もし彼らがこの先に進むのであれば、彼らは——いやエリオットは——もうそんな過去は手放さなければならなかった。

　エリオットは慌てて呼んだ。

「タッカー？」

「何だ？」

「あのな、俺は……その、昨日は、俺がしっかり時間を気にしておくべきだったし、遅れてるのに気付いた時にもすぐに連絡を入れるべきだったと、そう思う。それを、言いたくてな」

　沈黙。それから、

「ああ、そうだな」

「だから――その、悪かった」

　沈黙。そして、

「了解した」

　失敗したらしい。顔を合わせて言える時まで、待つべきだったのかもしれない。タッカーの表情が見えないせいで、ひどく難しかった。

　だがそれを言うなら、タッカーの表情そのものも水曜以来、医者が書きなぐったカルテよりも読み取りづらいことこの上ないのだが。

　病状：末期。――カルテならそう書くところだ。

　水曜。そう水曜日の、レストランの夕食から物事がおかしくなったのだが、エリオットにはいまだに何がどう悪かったのか、はっきりと理解できていなかった。始めのうち、彼はスティーヴンが自分の新作のためにエリオットの人生を切り売りしようとしていたという事実にあまりにも動揺していて、ほかのことは目に入らなかった。

だがそんなエリオットですら、水曜以来、タッカーと彼の間がぎこちなくなっていることぐらいはさすがに気付く。

昨夜の二人はセックスすらしなかった。監視人とセックスすらできないのなら、おとなしく監視下に置かれているメリットがどこにある？

彼はその不埒な考えを払いのけた。どうせ、今言ってもタッカーは笑うまい。

「それでだな、心を入れ替えたから、今回は事前報告を入れておく。今夜はアンドリュー・コーリアンの展覧会に出かける予定だ」

「どこで？」

「タコマ美術館」

「何時に」

「八時。大学の仕事が終わり次第、まずは親父のところへ寄る。その時と、美術館についた時にお前に電話するよ――あと、美術館から帰る時にも」

「わかった。助かる」

「それか、もしお前が時間を取れるようなら、どこかで待ち合わせてディナーとか」

今回の沈黙には、むしろためらいのような気配があった。「いや……そううまくはいかなさそうだ。悪いな」

「そう、だよな」

さよならを言って電話を切る時間だ、エリオット。

だが彼は電話を続けた――こんな風に終わらせたくはなかった。二人の間の状況をさらに悪化させたくはない。たとえわずかな時間でも。そのわずかな数時間の間にはどんなことでも起こり得るのだと、エリオットほど身にしみている者はいない。

「なあ――」

タッカーは慎重に答えた。「ああ？」

「俺に怒ってるのか？」

その問いはあまりに子供っぽく響いて、エリオットは自分でたじろいだ。

幸いにも、タッカーは気にした様子はなかった。

「いや、怒ってはいない。ただ、落胆はしているが」

やっと足がかりをつかめたようだ。少しほっとする。エリオットは、細心の注意を払って言葉を選びながら続けた。

「俺は別に、何も……そのな、俺たちが一緒にうまくやっていけるかどうか、それは、俺も知りたい。ただ俺は、自分たちの意志で、どうするか決めたいんだよ。どこかのサイコが俺を狙ってるんじゃないかとお前が不安になったからとか、そういうことで決められたくない」

「一緒に暮らそうとお前に言っただろ。それが、俺の答えだ。最初から理由なんか何もいらなかった。理由をつけたのはお前のためだ」

またこれだ。テーブルに切り札を叩きつけて、それだけをまっすぐにつきつける。

何故タッカーは、いつでも直接とびこんでくるのだ？　まず準備体操とか、何かあるだろう。

「そうだな……何と言うか、俺が言いたかったのは——要するに、俺はお前ほどいきなりは動けないってことなんだ。肉体的にもそうだが、気持ちの面でもそうだ。お前をがっかりさせたのは、悪かったよ」

沈黙。

エリオットはつけ加えた。「今持ち出すような話題じゃなかったな」

「いや、少なくとも、話ができてよかった」実際、そのタッカーの声にはほとんどなごやかと言っていいほどの響きがあった。水曜の夜以来、最大級のなごやかさだ。「俺は、お前が気持ちを変えたもんだと思ってたよ」

「そうじゃない。俺は慎重なんだよ」

「存じ上げているとも」

「もしお前が夜のうちに帰ってくれれば、この話の続きが家でもできるぞ」

いつものタッカーらしい、人を食った態度が戻ってきた。「いいねえ。明日は土曜だからな。音楽をガンガンかけてテレビゲームをしながら冷たいコーラを飲んで、一緒に夜更かしするか。一晩中、恋についてガールズトークで語り明かそうじゃないか」

エリオットは笑い出した。タッカーがエリオットを受け入れ、妥協してくれたことにほっとしていた。「お前は本当にどうかしてるよ」

「そうさ、でもお前はそれが好きだろ。お前には必要なんだ」

受話器を置いた時もまだ、エリオットの顔には笑みがあった。

タコマ美術館での作品展覧会は、決して小さなイベントとは言えない。

金曜の夜、八時を回ったばかりの時間に父親とともに美術館に到着したエリオットは、至るところに知った顔を見ても驚きはしなかった。

駐車場は車で満杯で――怪しい黒いSUVやネイビーのバンが何台も混ざっている――、蛇行した幅広の遊歩道を華麗な装いのカップルたちがゆったりと歩きながら、銀とガラスで構成された美術館の背の高い建物へ向かっていく。

エントランスドアをくぐったエリオットと父親をのっけから出迎えたのは、巨大な心臓の心拍音だった。

「始まる前からうんざりしてきたよ」

エリオットはそう論評する。

ローランドはキッと彼をにらむと、あたりを巡回しているケーターの手からすらりとしたワイングラスをかすめ取った。

「とりかえっ子《チェンジリング》め。とにかく一杯飲んで、くつろげ」

エリオットはグラスを受け取りはしたが、町中のシャンパンを飲み干したところで、ここでくつろぐのは無理だとしか思えなかった。天井にぶつかって揺れている白いバルーンからは、まるでキラキラ光るワカメのような銀色のリボンがたなびき、エリオットは間を抜けながらそれを払いのけた。色付きのガラス窓の向こうでは、タコマ市街の明かりが星のように輝いている。

同僚のアン・ゴールドが部屋の向こうから彼に手を振り、エリオットは手を上げて挨拶を返した。彼女は背の高い、姿のよい男と会話中で、近ごろ見たこともないくらい生き生きして見えた。相手の男が振り返り、エリオットと目を合わせて、微笑を浮かべた。

部屋の正面では、コーリアンが美術館の理事たちと記念撮影を行っていた。カメラのフラッシュを浴びてコーリアンは満面の笑みを浮かべている。彼が何か発した言葉に、周囲の女性たちはくすくすすと、男たちはげらげらと笑い出した。

あふれる群衆の中、間違いなく、コーリアンこその寵愛の中心だった。彼のこの展覧会で、一ヵ月に亘《わた》る美術館の寄付金集め期間がスタートするのだ。そのための、予算を惜しまぬきらびやかさであった。

増幅されて響き渡る心拍音が、段々と神経にさわってきて、エリオットはふらっと表に出た。

建物のすぐ前の広場は小さな白いライトをよりあわせた房で飾られていて、地元の芸術家の手による、巨大で刺激的な作品で演出されていた。大きな手のひらが実物のほら貝とヒトデの山をのせて差し出している。何列にも積まれた青い大理石製の立体の星。かがり火のために積み上げられた汚いマットレスと使い古されたタイヤの山。

エリオットは携帯電話を引っぱり出すと、タッカーに電話をかけた。

タッカーは電話に出なかったので、メッセージを残す。

「二〇時四十五分。〝鷲は舞い降りた〟」

タッカーと言葉を交わせなくて落胆しながら、電話を切った。この手のイベントに対してタッカーが言いそうなコメントは完璧に想像がつくし、それを聞いて、二人で笑いとばすのは楽しかっただろうに。日に日に、タッカーと何かを共有したいという気持ちが大きくなって、一日の終わりにはタッカーとしゃべるのを楽しみにしている自分がいた。

エリオットは美術館の中に戻ると、宙にぶら下がっている巨大な看板の前に立ちどまった。およそ十五年ほど前のコーリアンをとらえた退廃的な写真が載っており、彼の〝芸術におけるまなざし〟について理解不能な言葉で説明されていた。時空の次元定数、芸術と生命の境界線の崩壊、などについて言及されているようだ。

それが一体何の意味なのか、エリオットには逆立ちしてもわかりそうになかった。だがとにかく、あらゆる面でかけらも好きになれそうにない。

新たにシャンパンのグラスを拝借すると、展示物の間に歩みを進めた。展示から展示へと賞賛のまなざしで歩む人々の誰もが、低音の鼓動の三連打のおかげで、声を張り上げており、人波を縫って進む間にもエリオットの耳は会話の切れ端を拾い上げた。

「自然を見つめるんだ。自然は真空を嫌う」

「私たちは新しいタイプのアートに目覚めるべきね。何か、本当に新しい——」

「まさか、そんな。あの二人は何年も前に離婚してるよ。あいつは一緒に暮らすには最低の相手さ……」

コーリアンは主として大理石を扱う彫刻家で、大理石は——エリオットがたった今読んだばかりの説明によれば——唯一、人の肌を思い起こさせるだけのきめの細かさと、艶と透明感を兼ねそなえた石なのだと言う。そして、芸術に対してフェアな態度を取るならば、コーリアンは確かに作品でそれを再現しており、作品は、まるで命の輝きをまとっているかのように見えた。

コーリアンの作風は、エリオットの予想よりはるかに古典的なものだった。若く美しい裸体の像——男も女もいる——が、様々な体勢を取っている。女性の像は美しく、優雅に仕上げられており、しとやかと言ってもいいようなポーズを見せている。男性たちの像の方は、大胆なポーズと華やかな肉体美の完璧さで人々の目を奪っていた。たしかに女性像も見事ではあったが、コーリアンの男性像は、それを遙かにしのぐ出来栄えであった。

男の肉体の、微細な部分に至るまで、豊かすぎるほどに注がれた観察眼は、コーリアンがゲイでないのが不思議なほどだ。

それとも、不思議がることではないのだろうか。コーリアン自身、男なのだし、男の体の方を熟知しているのは当然でもある。それに独善的で自己愛の激しい男で、自分がすべてにおいて——男としても——最高の存在だと思いこんでいるのだ。

それでも。何かが奇妙だった。

何がおかしいのだろう?

もしかしたらこの若い男性像たちは、コーリアンの潜在的な自画像のようなものなのだろうか? しかし——いや、一つ残らず、像はそれぞれに独特で、互いに際立っている。跪いた若者像のひとつに刻まれた、盲腸の傷に至るまで独特だ。エリオットは眉をひそめて考え込んだ。

その時携帯電話が鳴り、エリオットは微笑して手をのばした。タッカーが電話を折り返してきたのだろう。

だが、それはタッカーからではなかった。

テキストメッセージの存在を示すアイコンが浮かび上がる。エリオットの首の後ろの毛がぞわりと逆立った。

署名のないメール。

彼はメールを開いた。

——〝まだ遊んでくれるかい？〟

その瞬間、会場に流れる音が耐えがたいほど大きく鳴り渡ったが、それはエリオットの耳の中で鳴り響く自分の鼓動だったのかもしれない。彼は頭をめぐらせ、人にあふれた部屋を素早く見回した。

何人かが携帯電話を手にしている。さっきアン・ゴールドと会話していた黒髪の男も、画面を見ながら誰かの番号かメールを打ちこんでいた。

エリオットは自分の携帯電話に目を戻した。打ち返す。

——〝会えないか〟

それから待った。

反応はない。

部屋の中を見回した。さっきの黒髪の男は、ペイズリー柄のジャンプスーツに身を包んだ赤毛の女性と会話を始めていた。

携帯が鳴った。

またもや署名のないテキストメッセージ。クリックして表示させる。

――〝もうすぐな〟

この人ごみの中に犯人がいるという確証はない。むしろ、いない方が自然だろう。だがこの犯人はリスクを冒すのが好きだし、スリルに取り憑かれている。自分が一番強く優れていると思いこんでいるがゆえに、誰にも捕まらないという慢心もある。

それにここなら、エリオットの後を尾け回すのもたやすい。

それとも、奴は――エリオットが自分を追ってここへ来たと思っているのか？

一体どこからその考えが沸いたものか、エリオット自身にも定かではなかった。彼は部屋を見回して、笑い、しゃべり、酒を飲む人々を見つめた。

誰一人としてエリオットに注意を払う者はいない。誰も彼を見つめてはいない。

ローランドは三人の魅力的な老婦人たちと会話をしていた。婦人たちはローランドの信奉者の多くのように、飾り気のない長いストレートの髪で、だぶついた素朴なワンピースドレスを着ている。アン・ゴールドは新しいシャンパンのグラスを自分でおかわりしていた。学長のシャーロッテ・オッペンハイマーは今まさに到着したところ。彼女が、頭上から降り注ぐ心臓音のＢＧＭにぎょっとひるんだのが見えた。

違う。何かを見のがしている。

何か――明白なもの。自分の鼻のように、すぐ目の前にあるもの。

それでピンと来た。エリオットはゆっくりと、大理石像の樹海に向けて振り返る。像たちは、まるで人の形をした墓標のようだ。

何が奇妙だったのか、やっとわかっていた。

すべての男性像に、頭部がなかった。

26

思い違いではない。彼は足早に展示物の間を歩き抜けた。

女性の裸像は、恥じらっている様子で、解剖学的に正確にとらえられている。五体もすべて存在し、そろっている。

対して男性の裸像は鮮烈で、生々しい息吹にあふれ――そして頭部がなかった。

一体残らず。

エリオットは、まるで署名のような盲腸の傷跡が刻まれた像をじっくりと観察した。たとえこの傷が自らの罪を暴くとしても、これを刻まずにおくにはコーリアンはあまりにも芸術家で――あるいは自意識の塊で――ありすぎたのだ。

活気に満ちた部屋を見回した。正面の出入り口からの微風を受け、バルーンの尾がふわふわとたなびいている。コーリアンはどこだ？

もし彼がエリオットを観察していたならば、エリオットが真相に迫りつつあることがはっきりとわかっただろう。彼は逃亡を企てたのだろうか？

いや。

あまりにも失うものが多すぎる。

かわりに、自分を指し示すすべての証拠を消しに走るかもしれない。それならありえる。とはいえあまりに証拠が多すぎる気はするのだが――この像を〝証拠〟と呼べるのなら。

エリオットは携帯電話を取り出すと、タッカーに電話をかけた。タッカーは電話中で、エリオットの通話はそのまま留守電につながる。

「犯人はアンドリュー・コーリアンだと思う」

エリオットは低い声で告げた。

「多分彼も、俺が気が付いたことに気付いている。きっと今から自分の家に帰ろうとするだろう。あいつがもしまだ美術館にいるなら、どこにも逃げないようにしておく」

まったく。サイバースペースの伝言ボックスに向かってこんな話を語りかけているなんて、あまりに馬鹿げている。彼は通話を切ると視線でアンを探し、彼女のところへ向かった。

「コーリアンはどんな車に乗ってる？」

「ええ私も会えてうれしいわ、お元気そうで何よりね！」

「君も元気そうでよかった、いつものようにきれいだよ、それでコーリアンの車は？」

アンは天井を見上げた。「ミニバン、じゃなかったかしら。黒いミニバン。何で？」

エリオットは正面エントランスへ向かって歩き出すと、人ごみを強引に抜けようとした。

誰かにぐいと肘を掴《つか》まれる。

エリオットは向き直りながら、前を開けたジャケットの内側、その下のホルスターに手をのばした。ローランドの不審そうな顔に気付いて、手をとめる。

「一体どうした？　どこへ行く？」ローランドが問いただした。

「父さん、タコマ警察に電話して、刑事のアンダーソンかパインを呼んで伝えてくれ。俺の予想では、〝PSUキラー〟はアンドリュー・コーリアンだと——」

「何だって!?」

「そして、彼はこの展覧会に来てると。多分、まだいると思うんだが」

「一体全体お前は何の話をしてるんだ！」

「あの彫像だ。コーリアンは、殺された被害者をモデルにしてたんだよ。あっちにテリーと同じ、盲腸の傷がある像もあった」

「だが彫像のモデルが必ずしも——」

「父さん、時間がないんだ。コーリアンが、俺が手がかりをつなぎあわせたことに気付いていたら、逃亡にかかっているかもしれない。たのむからとにかく警察に電話してくれ」

エリオットはまた動き出そうとする。だがふっと予感につかまれて、彼は振り返った。

「それと、父さん、何でもいいから、とにかくコーリアンにだけには近づかないでくれ。彼からはできるだけ離れて。たのむから」

それから再びドアを目指した。

顔を打つ夜気はひんやりとして、スモッグの匂いがした。エリオットはやや小走りに広場を横切り、行く手をさえぎる人々やカップルたちをよけ、その先にある地下駐車場への階段の入り口へたどりついた。

二つの踊り場がある、長い階段。

足早に、だが慎重に階段を下りながら、エリオットは曲がってはのびる人工膝関節を意識した。大丈夫、まだできる。やり遂げられる。やらなければ。もしコーリアンがテッド・バンディばりの連続殺人犯で、ここから行方をくらましてしまえば、警察が彼を探し出すまで何週間もかかるかもしれない。もしかしたら、彼が次の誰かを殺すまで。そんな危険を見すごすわけにはいかない。

下につくと、左右を確認した。

予期した通り地下駐車場は車でいっぱいで、SUVもたくさん停められていた。人の姿は見当たらないが、皆、地上で、今日の大きなイベントを楽しんでいるに違いない。

エリオットは車の列の間を進み始めた。本日の主賓であるコーリアンのためには、あらかじめ専用の駐車スペースが用意されていた筈だ。おそらくは従業員用の駐車スペース、もしくは関係者用の札が掲示されているあたりに。

エリオットは拳銃を抜き、銃口を下に向けて構えると、足早に関係者用の駐車スペースへ向かった。青ざめた光がコンクリートを寒々しく照らし、車に淡く反射した。

監視カメラの前を通りながら、彼はカメラに向かって拳銃を上げて見せ、自分が向かう方角をジェスチャーで示した。このカメラが果たしてどこかにつながっているのかも、向こう側に警備員が座って見ているのかどうかもわからなかったが、駄目で元々だ。

奥の駐車エリアへの入り口で立ち止まった。

左手の先は、補修工事のために立ち入り禁止になっている。誰かが車をコンクリートの壁に激突させたらしい。工事現場のコーン、作業台、シャベル、巻かれたホース、砂や砂利の山、セメントミキサーなどが、あやとりのように張りめぐらされた黄色と黒のテープの後ろに置かれていた。

右手側には、向き合った二列の駐車スペースがあった。その一番奥、どうやらエレベーターらしきもののすぐそばに、黒いミニバンが駐車している。

エリオットは用心深く近づいた。車列を半ば通りすぎたところで、また立ちどまって耳をすます。地下駐車場のがらんとした空間に音が反響し、何とも奇妙な感じだった。どこかで水が滴り落ちているようにも聞こえる。

ミニバンへと、ふたたび歩き出した。

ミニバンの窓はすべてフィルムが貼られており、中をうかがうことはできなかった。エリオットは注意深く車の周囲を回る。車内に動く影はない。周囲にも、動くものはない。

冷たいコンクリートにぎこちなくしゃがみこむと、彼はポケットナイフを取り出し、手近なタイヤの側面にそれを突き立てた。このミニバンが目当ての車であることを祈るばかりだ。でなければこの瞬間、無実の美術愛好家の夜を台無しにしたことになる。

シューッと大きな囁きを立てながら、タイヤはぐったりとしなびていった。

エリオットはポケットナイフの刃をパチンとたたむと、ぎくしゃくと立ち上がりながらナイフをしまった。

静止して、耳をぴんとすます。うつろな静寂のさなかに、携帯電話がいきなり高い音で鳴り出して思わずとびあがった。しまった。マナーモードにしておくべきだった。

電話を引っつかみ、画面をチェックする。タッカーだ。

通話を押した。

「今どこだ？」

タッカーの声は張りつめていた。こわばっているが、怒っているわけではない。心配しているのだ。エリオットも同じだった。

「美術館の地下駐車場」

「あと五分でそっちにつく。武装してるか？　安全な位置にいるのか？」

「俺の位置はどうでもいいんだが、コーリアンの位置がわからん」

「美術館の警備にも一報を入れた。奴が建物の中にいるのなら、もうそこから出る隙間はない」

「いい話なのかどうか微妙だな。展覧会には奴だけじゃなく、無関係な人間がたくさんいる」エリオットの父親もその一人だ。

「奴も馬鹿なことをしたりはしないだろうよ。俺は朝からお前のコーリアンについてあれこれ読みあさってたんだが、警備員に頭を吹っ飛ばされるような無謀な真似をやらかすには、あいつは自己愛が強すぎる」

「もうコーリアンに当たりをつけてたのか？」

「お前が言ったんだ、エリオット」タッカーの得意げな言葉の中にある真摯な響きを、エリオットの耳ははっきり聞きとった。「セキュリティアクセスの記録をたどっていくと、お前がレポートを取りに戻ったあの金曜の夜、ハンビーホールの出入りにコーリアンのＩＤカードが使われていた。ベイカーが消えた日にもあいつは大学にいた。ゴーディ・ライルが消えた夜に関しては何も出てこないが、だがもはやそこは重要じゃない」

「ああ。何よりな、奴がこの展覧会に出した彫像のひとつは、テリー・ベイカーの肉体的特徴や盲腸の傷と合致する筈だ。自分の目で見るまではとても信じられないぞ、タッカー。あんな露骨な犯行のサインは初めて見た」

「信じられるさ。俺はコーリアンの元恋人や、同僚や、とにかく見つかる限りの関係者から話を聞きあさったんだ。やっと三十分前に捜索令状が取れた。もし奴が自宅に戻ってくれば、驚かせてやれるよ」

エリオットの電話がピッと鳴った。テキストメッセージが届いている。

「どうやら、郵便配達は二度ベルを鳴らしたらしいぞ」

「何？」

「メールが来た」

「電話を切らずに読めるか？」

エリオットは静まり返っている車の列に視線を走らせた。

「後でかけ直す方が簡単だ」

「油断するなよ」

エリオットは電話を切ると、メールを開いた。署名のないメール。

——〝俺の方が一段上だ〟

「おもしろいじゃないか」

口の中で呟いた。

文字通り、コーリアンは階段の上あたりでエリオットを待っていると言いたいのかもしれない。皆が気付く前に、彼は美術館の建物からうまく脱出していたのだろうか？

数メートル先でエレベーターのチャイムが鳴り、エリオットははっと向き直った。静かに開いていくエレベーターのドアに向かって、銃を引き抜く。古びた傷だらけのエレベータ内へ銃口を向け、彼は待った。

さらに待った。

もし中に誰かがひそんでいるとすれば、死角にいる。

前に一歩出た時、エリオットの右目が、視界のはじに何かの動きをとらえた。

反射的に身をかわしたが、振り下ろされたシャベルが肩と利き腕に叩きつけられるのを防ぐことはできなかった。

エリオットは叫び声を上げて駐車場の床に倒れた。傷めた膝がコンクリートにぶつかって、その激痛のせいで腕が折れた痛みから気がそれる。折れたのは間違いない。肩から手の先まで凄まじい苦痛が燃え上がり、腕はだらんと垂れ下がったままだった。

息を吸い込もうとするエリオットの視界で、落とした銃がコンクリートの床を手の届かない遠くへ滑っていった。ボルボの下でとまる。

「チェック、メイトだ、このクソガキが！」

コーリアンが、エリオットにのしかかるように仁王立ちで叫んだ。

まるでホラー映画から抜け出てきたような姿で、口髭のある顔は憤怒に紅潮し、地下駐車場独特の照明を受けた目はほとんど黄色く見えた。残念なことに、その手の映画で被害者に対して自分の秘密を滔々《とうとう》と説明してくれるサイコとは違って、コーリアンはエリオットに何の時間も与えず、ふたたびシャベルを振り回した。

シャベルがうなりを上げた瞬間、エリオットは通路に身を投げ出した。シャベルの刃は無事な左手首をすれすれでかすめ、駐車場の床にガツンとぶつかった。

シャベルの一撃が頭に叩きつけられれば、エリオットの命はないだろう。早急に銃を取り戻せなければ、やはり命はない。

彼は蟹のようにボルボの方へ這い逃げた。アドレナリンの増加が、骨と軟骨組織が擦れ合う拷問のような痛みを鈍らせ、どうにか動くだけのエネルギーを絞り出す。

「じき警察が来るぞ！」

エリオットは怒鳴った。

「貴様のためには間に合わんさ」

コーリアンはお気に入りのシャベルをまた振り回し、ボルボに叩きつけた一撃でドアがへこんだ。車の警報が甲高くわめき出し、その音は車の列の間を走り抜けて、コンクリートの壁と天井に反響する。

これではボルボの下の銃を取り戻すことなど無理そうだ。あきらめるしかない。

エリオットは別の車のサイドミラーを握りしめると、どうにか失神せずに立ち上がった。膝を吹きとばされたことにくらべれば、こんなのは何ともない——そう自分を叱咤する。こんなの、たかだかピクニックだ。

「あきらめろ、コーリアン」彼は荒い息をついた。「逃げられないぞ。それ以上罪を重ねるな」

コーリアンが死神の大鎌のようにシャベルを振り回しながらエリオットに襲いかかり、エリオットは身をかわした。

「ゲームエンドさ」コーリアンは唾を飛ばす。「俺が逃げられないなら、貴様も道連れだ」

何があっても避けるべきなのは、車の間に追い詰められて逃げ場を失うことだ。折れた右手を左手で支えながら、エリオットはよろよろと出口へ向かって駆け出した。

一体タッカーはどこに行ったのだ？　五分がどうだとか言っていたのは何だったのだ？大体、警察は何をしている？　美術館の警備員は——。

何故パトカーのサイレンが聞こえてこない？

いや、これはコード2だ。緊急事態。ライトもサイレンもなし。警察は自分たちの到着でコーリアンを動揺させまいとしているのだ。刺激されたところで、コーリアンが今以上に凶暴になれるとも思えないが。

援護は、すでに到着していてもおかしくない。エリオットがどうにか有利な位置を探そうとしている、今この瞬間にも。あと少しだけ時間を稼げばいいのだ。それだけでいい。あと何分か、生きのび続ければ。

あと数分――ここまでの五分間が、すでにエリオットの人生最長の五分間だったというのにか。それどころか五分にも足りないだろうか。命が懸かっている瞬間の一秒ずつは、永遠のように長い。

エリオットはあたりを見回した。生きのびるためには何か得物が必要だった。それが駄目なら、いい隠れ場所が。

行く手に工事現場を見つけると、彼は全力で足を動かし、死に物狂いの勢いで走り続けた。よろよろと、黄色と黒のテープの下をくぐって中へもぐりこむ。テープには警告が書かれていた――〝立ち入り禁止：危険〟

周囲にめぐらされたコンクリートの壁の影に身をひそめると、息を整えようとしながら、エリオットは左手でポケットナイフを探った。痛みとショックのせいでめまいがしていた。これが何ともない時であれば――たとえイカれた片足を抱えていても――まだコーリアンのような中年太り野郎ぐらい、振り切れる筈なのだが。

激しく鳴る心臓の音が自分にまで聞こえた。

無事な左手で額の汗を拭う。

どうした、タッカー。どこにいる？

「隠れんぼにはちょいと年を取りすぎているんじゃないかい？」

コーリアンがまるで普通の会話をするかのような調子でたずねた。そこまで引き離せていなかったから、エリオットがこのあたりへ逃げこんだのは見られた筈だ。コーリアンはエリオットが近くにひそんでいると知っている。だが、工事現場に置かれた道具たちが様々な隠れ場所となっている。

コーリアンの足取りは用心深かった。

――タッカー、もうギリギリだぞ。

エリオットは身じろぎもせずに立ったまま、何とか息を殺そうとしながら、指が白くなるほどナイフの骨製の柄を握りしめた。十一歳の時、祖父からもらったナイフだ。グランパ・ミルズは海兵隊員上がりで、ヒッピーかぶれの息子のローランドとは違い、判断が賢明でありさえさえすれば力の行使には何の問題もないという考え方だった。

その息子――エリオットの父親は、タコマ警察に電話をしてくれたのだろうか？

してくれたものと信じたい。何しろここにつっ立ったエリオットが祖父の追憶に浸っているようでは、もう気を失う時も近い。汗がしみた目をしばたたき、彼は必死に意識を集中させた。

すり足で前に進むコーリアンの、ドレスシューズが砂利を踏む音が聞こえた。

「もおいいかい。――まあだだよ――」

コーリアンが呟く。相変わらずの慎重さで、エリオットを追って突入してこようとはしない。ある意味、見上げたものだ。

エリオットのシャツの背中は汗でぐっしょりと濡れていた。その視線が、崩れかかったコンクリートの壁へと吸い寄せられるようにとまり、呼吸がゆっくりと落ちついていく。

その瞬間、どう切り抜ければいいのかわかった。明快に、疑問の余地なく、まるで自宅でジオラマ相手に戦略を練っている時のように、はっきりとすべてが見えた。一手ずつの動きと、必然の成行きと結果が目の前に広がり、動きの連鎖が手に取るようにわかった。

膝をつくと、エリオットは手のひらいっぱいに砂利と砂をすくい上げ、背後へ向かってそれを投げた。

セメントミキサーの金属の表面に小石がカンカンと跳ね返り、砂が音を立ててすべりおちる。角の向こうにいるコーリアンの姿は見えなかったが、それでも彼がはっと息を呑み、体の動きを完全にとめるのがわかった。

そのまま動かない。

筋肉に力を溜めて、待ちかまえながら、計算違いだったのかという思いがエリオットをか

すめた。だがその時、砂利を踏みつぶすような足音を響かせ、コーリアンが咆哮《ほうこう》しながらコーナーから姿を表した。全身の力をこめてシャベルを振り上げ、彼はエリオットがいると思いこんだ場所の壁に振り下ろす——踏み込んだその足は、しゃがみこんでいるエリオットを今にも蹴飛ばしそうなほど近かった。

エリオットはナイフをコーリアンの太腿に突き立てた。転がり離れる。

ヒビが入っていたコンクリートの壁はシャベルの衝撃で砕け出し、重い塊に分裂して、コーリアンの頭や肩を大きな破片が打った。足に刺さったナイフを金切り声を上げてまさぐっていたコーリアンが、酔っ払いのようにばたりと倒れ、壁は彼を呑み込みながら、一面に降り注いだ。

ゲーム、セット、マッチ。

その瞬間、エリオットの頭の中によぎったのは、それだけだった。うかつにも右腕を下にして倒れてしまい、白く灼け付くような痛み以上のことはほとんど考えられなかった。エリオットが感じた限りでは、コーリアンはもう立ち上がってきそうにない。奴を責めるつもりはなかった——エリオット自身、世界がぐるぐると回り出した今、必死で呼吸をくり返すのがやっとだ。

破片の中に転がって、彼は目をとじた。頭上の非常灯が明るく輝き、ぼやけ始める。

どこかで携帯電話が鳴っていた。

光が消えた。

エピローグ

「昔々は、金曜の夜と言えばディナーと映画と相場が決まってたもんだ」

タッカーがそうぼやきながら、ベッドの中にもぐりこんできた。

「たまにはそれもよさそうだ」エリオットはナイトスタンドの時計へちらりと目をやる。「わざわざ寝に来る手間をかけなくてもいいだろ。どうせ二時間で起きなきゃいけないくせに」

「わざわざ来たのは、お前がここにいるからさ。腕の具合はどうだ？」

「聞くな」

エリオットはあきらめ顔で右腕のほとんどを覆った新品のギプスを見やった。疲労困憊していたし、強力な鎮痛剤も飲まされていたが、それでも眠れる気がまったくしなかった。

だが、何事にもいい面はある。今回のいいニュースは、この夜の負荷と酷使にも関わらず、膝の調子は悪くないということだ。少なくとも右腕に比べれば。

タッカーが彼の方へ身を傾け、マットレスが沈んだ。

「お前にちゃんと言ったかな？　今夜のお前の傷ついたヒーローっぷりは見事だったたって」

「経験がものを言うのさ」

タッカーは笑うような息をこぼした。からかってはいるものの、彼がエリオットに落とす小さなキス——エリオットの無精ひげの上をたどり、下唇へのキス、唇のはじ、そして鼻梁をたどって、眉頭まで動いていくキスは、とろけるように優しいものだった。

エリオットは目をとじた。

今夜、もうこんな時間は味わえないだろうと——タッカーにもう会えないだろうと覚悟したのは、一度や二度ではない。

その覚悟は胸にこたえた。深く刺さった。

今も、まだ。

タッカーはエリオットの考えていることを読んだ様子で、唇を離すと、ふたたび目を開いたエリオットに向かって言った。

「お前のナイフは、コーリアンの大腿動脈をギリギリ外れてた」

「もう少しのところだったか……」

コーリアンをあやうく殺すところだったという意味なのか、もう少しでコーリアンを殺せたのにという意味なのかは、タッカーの想像にまかせておく。

アンドリュー・コーリアンの名を聞かずにすむ日は、まだまだ来ないだろう。今ははかない望みというものだ。食べる時も飲む時も眠る時も、この殺人事件がまとわりついて離れない日々が何ヵ月も続くだろう。ひとたび裁判が始まれば、もっと悪くなる。

コーリアンの家宅捜索の成果は身の毛もよだつようなもので、だが、ほぼ予想通りの結果でもあった。

コーリアンの住む、人里離れた静かな場所にあるチューダースタイル・コテージの地下室は、頭部のない死体たちの墓場となっていた。被害者たちの頭部がどこに隠されたのかは現在も不明のままだ。コーリアンの家は十二エーカーもの広大で深い森の中にあり、そしてもはや彼は、何も口を割ろうとしなかった。意識を取り戻したばかりの時は、それこそ何のためらいもなく警察やFBI捜査官相手に自分の〝芸術的手法〟をひけらかしたのだったが。

人生はフェアではない——ここにも、その縮図がある。コンクリートの壁に押しつぶされたくせに、コーリアンの意識は五分後には戻っており、実際、彼はいくらかの切り傷や擦り傷、あざだけで運び出されていった。まあプラス、太腿への刺し傷と。

一方のエリオットはと言えば、腕の横骨折の診断を下され、完治する数ヵ月先を今から待ちわびていた。

待ちわびているのは、それだけではない。タッカーがいる。タッカーと一緒に時をすごす、それも待ちきれなかった。

意識を取り戻した時、覆いかぶさっていたタッカーを見た瞬間を、エリオットは決して忘れないだろう。タッカーの顔は紙のように白く、青い目は涙に濡れ、鮮烈な感情に光っていた。

――タッカーは喉に声をつまらせながら言った。

「死ぬんじゃない。死んだら、お前を殺してやるからな」

ロマンティックな台詞のひとつも吐けばいいものを。そのうちタッカーの練習台になってやらねばなるまい。こっそり思い出し笑いをして、エリオットは口を開いた。

「はっきりさせとくが、俺はシアトルには住まないよ。絶対に」

「だろうと思ってたさ。かまわん。俺は、グース島のお前の隠れ家が気に入ってるんだ。お前がそれでいいなら」タッカーの口がエリオットの唇を、湿った、熱いキスで覆った。「お前がいいなら、俺は何でも」

エリオットは小さな笑いをこぼした。タッカーらしくもないこの聞き分けのよさは、きっと長続きしないだろうが、今のうちだけでも楽しませてもらうとしよう。

タッカーが頭を上げて言った。

「あのな、今回の一件を本当に解決したのは、お前だ。もし内勤の話を考え直す気があるのならFBIも――」

エリオットは首を振った。

「いいや。もう気は済んだ」彼は傷ついた膝の、新しいテーピングに指先でふれる。「もう俺にとって、FBIでの人生は終わったんだ」

明日、彼はザーラ・ライルに告げなければなるまい。コーリアンの地下室の墓場に一番最後に加えられていたのは、ゴーディの死体だったと。公式の結論は指紋の照合結果が出るまで控えられているものの、弁護士が姿を見せるまで、コーリアンは自分の〝芸術活動〟についてぺらぺらと裏付けてくれた。タッカーはコーリアンの気質について、その点、正しく見抜いていたのだ。

九人の被害者は、氷山の一角であった。コーリアンはこのシアトルで自分の〝モデル〟探しを十年にわたって行っていたという。

「心配するな」エリオットの表情を読んだ様子で、タッカーが保証した。「あいつは残らず自白するよ。司法取引で罪を軽くする気なんかない。コーリアンは自分が何をしてきたのか、はっきり自覚してる。あいつはただ、自分にはそれをやる権利があると信じ込んでるだけなのさ」

シリアルキラーの中でも、医学的な意味で精神が異常な人間はほんのわずかだ。そういう意味では、コーリアンは残りの平凡なシリアルキラーの一人と言える。だがその犯行が被害者の家族に刻むであろう傷跡は、平凡などという言葉とはあまりにもかけ離れていた。

「俺は明日、ザーラ・ライルに会いに行かないと」

「いや、お前は行かないよ」タッカーが答えた。「俺がやっておく。そのために高い給料をもらってるからな」

エリオットは、考え込みながら彼を見つめた。

タッカーは、決していい加減な気持ちで今の言葉を口にしたわけではない。彼は、エリオットが二人の立場の変化をすんなりと受けとめられずに、もがいていることを知っている。そして、エリオットがそれを乗り越えられるかどうかに、二人の未来が――どんな未来であっても――かかっていることも。

エリオットは答えた。

「俺としては、ザーラにじかにこの知らせを届けるだけの責任はまだあると思う。だがもう、ここからは、ヒーロー役は、お前のもんだ」

タッカーは彼を慎重な――そして思いがけない優しさをこめた目で見つめていた。

「俺はそれで大丈夫だよ」エリオットは彼を安心させる。「本音だ。教えるのが好きなんだ」

「それで、お前はいいのか。俺が――？」

「俺は、そういうお前でいいよ」エリオットは苦笑のような笑みを浮かべた。「もしお前が、こういう俺でいいならな」

「お前もいい、俺もいい。これで解決だな」

タッカーは軽い調子で言った。少しだけ軽さを消して、彼は続ける。

「愛してるよ」

タッカーのまなざしからは、目をそらせそうになかった。そして気付けば、エリオットはもう目をそらしたくもなかった。

やっと、彼はどうにか言葉を押し出す。

「まったく、色々、慌ただしい夜だよな」

タッカーが満面の笑みを浮かべた。彼はおだやかな口調で、

「じゃあ俺はいつ、お前の実家で親父さんに会えばいいんだ？　一度でいいから、息子に悪さをしやがって、と怒鳴ってこない親父さんに会ってみたいね」

事件の後、地下駐車場とそれに続く病院でのドタバタのほとんどを、エリオットは見逃した。タッカーは仕事の責任上、長くは病院にとどまれなかったため、結局タッカーの部屋までエリオットを車で送ってくれたのはローランドである。タッカー・ランスの話題について、父とあまり盛り上がったとは言えなかった。

「政治の話はしないと誓ってくれるならな」

「誓うよ。そもそも、お前とだって政治の話なんかしないだろ」

「だな」

「それにな。お前の親父さんと俺とでは、ひとつ意見が一致してる」

「何のことだ？」

タッカーは前へ身を傾けた。

その息がエリオットの肌にあたたかい。唇がふれあうほど近く、タッカーが囁いた。

「〝争うよりも、愛せよ〟」

解説

三浦しをん

本書『フェア・ゲーム』は、殺人事件の犯人を追うミステリーであると同時に、男性同士の恋愛を描いたロマンス小説でもある。

主人公のエリオット・ミルズは、元FBI捜査官で、職務中の怪我が原因で退職し、現在は大学の先生をしている。ところが学生が行方不明になり、遺体となって発見されたことから、殺人犯を探すはめになる。事件の担当捜査官は、FBIのタッカー・ランス。エリオットはかつて、タッカーとつきあっていた。しかし決定的な齟齬《そご》が生じ、別れてしまったという過去がある。事件を契機にひさしぶりに再会した二人は、反発しあいながらも一緒に捜査を進めていく。はたして事件を解決できるのか。そして二人は、恋の炎をもう一度燃えあがらせることができるのか。

というわけで本書は、ミステリーとロマンスを同時に味わえる、一粒で二度おいしい作品なのだが、疑問を抱くかたもいらっしゃるだろう。「男同士のロマンス小説？　なんで男女じゃダメなんだ？」と。

それに対する答えは、「世の中には、男性を愛する男性がたしかに存在するから」で充分ではないかと、個人的には思う。あらゆる人間のありかた、感情や思考、関係性を追究し表現するのが、小説をはじめとする創作物が究極的に目指すところなのだと考えれば、男性同士の愛を描く作品があるのは当然のことだ。だって現実においても、愛は男女のあいだにのみ生まれるものとは決まっていないのだから。

本書はアメリカの、しかも都市部（シアトル）が舞台なので、エリオットは自身がゲイであることを家族にも同僚にもオープンにしている。タッカーも現役ＦＢＩ捜査官だけれど、性的指向について特に隠してはいないようだ。もちろん、アメリカといってもゲイ天国ではないので、いわれなき差別と偏見の目を向けるものもいる。だが、「ああ、そうなの」と当然のこととして受け止めるものもいる。どちらのひとに対しても、エリオットもタッカーも堂々と自然に振る舞う。このあたりの塩梅は、日本の小説ではあまり見たことがなく、新鮮に映る。わからんちんが絶滅する日はすぐには来ないだろうが、性的指向でひとを判断したり排除したりすることのない社会が、日本でももう少し実現するといいなと願わずにはいられない。

「なぜ、男同士のロマンス小説が翻訳され、日本で出版されるに至ったのか」という疑問をお持ちのかたもいらっしゃるだろう。これについては、日本におけるＢＬ（ボーイズラブ）の隆盛と関係があるはずだ。

日本では現在、男同士の恋愛を描いた漫画や小説（いわゆる「ＢＬ」）が、毎月ものすごい点数、出版されている。作者は大多数が女性で、読者も女性が多い（本書の著者、ジョシュ・ラニヨン氏は男性なので、このあたりは日本と少々事情がちがう。ただ愛読者は、男性（ゲイ）に限らず、やはり女性も多いそうだ）。ＢＬはジャンルとして定着し、安定した読者数を保持している。描かれる内容、登場人物や舞台設定も多彩で、実力派の作家が大勢いる。読者をうならせ感動させる、深みを備えた作品が次々に生みだされつづけているのだ。

そういう土壌のある日本だから、海外の「男同士のロマンス小説」も、きっと歓迎されるにちがいない、と出版社側は踏んだのだろう。私は本書『フェア・ゲーム』を読んで、「なるほど、これはすごい」と感じた。ときめきと、骨太なストーリーと、繊細な人物描写とがあいまって、とても楽しめる作品なのだ。「男同士の恋愛物が人気なのは、やっぱり日本だけじゃなかったんだ！」と、心強くもあった。海を隔てた遠い国にも、同じマインドを持った人々は存在するのである。日本のＢＬ好き同志よ、朗報です。私たちは一人ぼっちではありませんでした！（感涙）

本書の読みどころは、たくさんある。捜査を進めるうちに、エリオットは犯人に目をつけられ、何度も危機に陥る。エリオット、逃げてー！　いったいだれが、この凶悪な事件の犯人なの？　スリル満点の展開だ。

そしてもちろん、窮地に陥ったエリオットを、タッカーが颯爽《さっそう》と助けにくるのですよ。ちなみに、「エリオットとタッカーのあいだでかつて生じた齟齬」というのは、私には痴話げんかにしか見えなかった。当人たちは苦悩しているが、「落ち着いてよく話しあってみろよ。たぶんすぐに誤解が解けるから」とアドバイスしたくなる。しかしその、「お互いに想いあっているのに、なかなか通じないジレジレ感」も、ロマンス小説のおいしい部分。読んでいて胸がキュンキュンした。

小粋な会話を楽しめるのも、海外のロマンス小説のうれしいところ。濡れ場シーンでタッカーは、感情と身体の高まりから、思わず「くそっ」とうめいております。エリオットとニャンニャンするのがひさしぶりで、あせりと感激がこみあげた模様。「これよ、これこれ！」と、私はにやつきました。海外ロマンス小説では（男女物であっても）、濡れ場でヒーローに「くそっ」と言ってもらいたい派なのだ。必死な感じが愛らしくてセクシー！

対するエリオット（属性「ツンツンツンデレ」）も、負けてはいない。ほんとはタッカーのことが好きでたまらないのに、クールでお高くとまっており、あくまで男らしいのだ。二人でピザを食べているとき、タッカーはエリオットの食欲に驚いて、

「一体お前がその量をどこに詰め込んでるのかわからんよ（中略）まったく、馬みたいに食うのに」

と言う。エリオットはしれっと、

「全部俺のペニスに詰め込まれてるんだよ」

と返す。オヤジかっ。いえ実際、年齢的にもオヤジになりかけなんですけどね、この二人（三十代後半）。キャリアも、自分の世界も確立した、大人の男性。そんな彼らが、相手の心をなんとか取り戻したいと、探りあい、ケンカし、歩み寄り、少しずつ変化し譲りあってい く。切実な心の動きが伝わってきて、読み進むにつれ、全力でタッカーとエリオットを愛し応援してしまった。

本書は、ハーレクインをはじめとするロマンス小説（男女物）の影響を大きく受けている気がする。最初は反発しあうカップル。自宅の内装に関する詳細でロマンティックな描写。家族や友人の支えと後押しもあって、過去の軋轢《あつれき》を乗り越え、ついに真実の愛にたどりつく、という構成。

ＢＬもむろん、海外ロマンス小説の影響が皆無ではないが、右記したなかで手薄な部分があるとすれば、「家族や友人の支えと後押し」ではないだろうか。ＢＬはどちらかといえば、「二人の世界、二人の関係性」に非常にフォーカスするつくりになっている。それゆえ、二人の感情の変遷を高密度で描きだすことが可能になり、切なさや感動もそこから生まれるのだが、反面、周辺人物がやや添え物的になったり、社会性があまり感じられなくなったりする傾向も否めない（もちろん、ＢＬのすべての作品がそうだというわけではない）。つまりＢＬは、群像劇方面を少し苦手としているのではないかと個人的には思うのだ。

前述したとおり、本書では「社会のなかの二人」も描かれる。ゲイ差別や人種差別、失踪した学生の家庭問題などが、さりげなく、しかしきちんと描写されるのだ。生活のにおいと個々人の歴史を内包し、「社会で生きる人間」として、すべての登場人物が作中でいきいきと実在感を持っている。

たとえば、エリオットの父親のローランドは、元ヒッピーである。過激なまでに自由を愛する彼は、息子が国家権力であるＦＢＩに就職したことを快く思っていない。でも、怪我をして退職した息子をいつも心配し、愛情深く見守っている。家庭内における政治信条のちがいや、世代間における国家観のギャップ、それでも愛で結ばれた親子の姿が、絶妙に描かれている。頑固で奔放な父親に振り回されるエリオットを見ると、外国の話にもかかわらず、「あるよなあ、こういうこと」と、親近感が湧いてくる。

『フェア・ゲーム』の魅力の一端を縷々《るる》述べてきたが、限られた紙幅でとうてい書ききれるものではない。さまざまな観点から楽しめる作品なのはまちがいないので、ぜひ多くのかたにお手に取っていただきたい。私は本書を読んで、つくづく思った。

萌えに国境はない。そして、愛を胸に生きようと奮闘する人間の姿にも。

フェア・ゲーム

2013年2月25日　初版発行
2014年3月10日　第 2 刷

著者　ジョシュ・ラニヨン［Josh Lanyon］

訳者　冬斗亜紀

発行　株式会社新書館
〒113-0024 東京都文京区西片2-19-18
電話：03-3811-2631
［営業］
〒174-0043 東京都板橋区坂下1-22-14
電話：03-5970-3840
FAX：03-5970-3847
http://www.shinshokan.com

印刷・製本　光邦

Printed in Japan　ISBN 978-4-403-56011-8

ボーイズラブ

ディアプラス文庫

文庫判
定価：本体560円＋税

NOW ON SALE!!

新書館

✿綺谷りつこ《あやたに・りつこ》
恋するピアニスト イラスト あさとえいり
天使のハイキック イラスト 夏乃あゆみ
花宵坂に恋が舞う イラスト 北沢きょう
ココロに咲く花 イラスト 六芦かえで

✿安西リカ《あんざい・りか》
好きって言いたい イラスト おおやかずみ

✿一穂ミチ《いちほ・みち》
雪よ林檎の香のごとく イラスト 竹美家らら
オールトの雲 イラスト 木下けい子
はな咲く家路 イラスト 松本ミーコハウス
Don't touch me イラスト 高久尚子
さみしさのレシピ イラスト 北上れん
ハートの問題 イラスト 三池ろむこ
シュガーギルド イラスト 小椋ムク
meet,again. イラスト 竹美家らら
ムーンライトマイル イラスト 木下けい子
バイバイ、ハックルベリー イラスト 金ひかる
ノーモアベッド イラスト 二宮悦巳

✿いつき朔夜《いつき・さくや》
G1トライアングル イラスト ホームラン・拳
コンティニュー? イラスト 金ひかる
八月の略奪者 イラスト 藤崎一也
午前五時のシンデレラ イラスト 北畠あけ乃
ウミノツキ イラスト 佐々木久美子
征服者は貴公子に跪く イラスト 金ひかる
初心者マークの恋だから イラスト 夏目イサク
スケルトン・ハート イラスト あじみね朔生
溺れる人魚 イラスト 北上れん
つながりたい イラスト 石原理
おまえにUターン イラスト 印東サク
初恋ドレッサージュ イラスト 周防佑未

背中で君を感じてる イラスト 宝井さき
カモフラージュ〜十年目の初恋〜 イラスト 香坂あきほ

✿岩本薫《いわもと・かおる》
プリティ・ベイビィズ①〜③ イラスト 麻々原絵里依
スパイシー・ショコラ〜プリティ・ベイビィズ〜
ホーム・スイートホーム〜プリティ・ベイビィズ〜 イラスト 麻々原絵里依

✿うえだ真由《うえだ・まゆ》
チープシック イラスト 吹山りこ
みにくいアヒルの子 イラスト 前田とも
水槽の中、熱帯魚は恋をする イラスト 後藤星
モニタリング・ハート イラスト 影木栄貴
スノーファンタジア イラスト あさとえいり
スイート・バケーション イラスト 金ひかる
それはそれで問題じゃない? イラスト 高橋ゆう
恋の行方は天気図で イラスト 橋本あおい
ロマンスの黙秘権 全3巻 イラスト あさとえいり
Missing You イラスト やしきゆかり
ブラコン処方箋 イラスト やしきゆかり
恋人は僕の主治医 ブラコン処方箋2 イラスト やしきゆかり
イノセント・キス イラスト 大和名瀬
勾留中のアステリアス イラスト あさとえいり

✿華藤えれな《かとう・えれな》
愛のマタドール イラスト 葛西リカコ
裸のマタドール イラスト 葛西リカコ

✿金坂理衣子《かねさか・りいこ》
気まぐれに惑って イラスト 小嶋めばる
漫画家が恋する理由 イラスト 街子マドカ

✿柊平ハルモ《くいびら・はるも》
恋々 イラスト 北沢きょう

終われない恋 イラスト あさとえいり

✿久我有加《くが・ありか》
キスの温度 イラスト 蔵王大志
光の地図 キスの温度2 イラスト 蔵王大志
長い間 イラスト 山田睦月
春の声 イラスト 藤崎一也
スピードをあげろ イラスト 藤崎一也
何でやねん! 全2巻 イラスト 山田ユギ
無敵の探偵 イラスト 蔵王大志
落花の雪に踏み迷う イラスト 門地かおり（※定価630円）
わけも知らないで イラスト やしきゆかり
短いゆびきり イラスト 奥田七緒
ありふれた愛の言葉 イラスト 松本花
明日、恋におちるはず イラスト 一之瀬綾子
あどけない熱 イラスト 樹要
月も星もない イラスト 金ひかる（※定価630円）
月よ笑ってくれ 月も星もない2 イラスト 金ひかる
恋は甘いかソースの味か イラスト 街子マドカ
それは言わない約束だろう イラスト 桜城やや
どっちにしても俺のもの イラスト 夏目イサク
不実な男 イラスト 富士山ひょうた
簡単で散漫なキス イラスト 高久尚子
恋は愚かというけれど イラスト RURU
君を抱いて昼夜に恋す イラスト 麻々原絵里依
いつかお姫様が イラスト 山中ヒコ
普通ぐらいに愛してる イラスト 橋本あおい
恋で花実は咲くのです イラスト 草間さかえ
青空へ飛べ イラスト 高城たくみ
わがまま天国 イラスト 楢崎ねねこ
青い鳥になりたい イラスト 富士山ひょうた
海より深い愛はどっちだ イラスト 阿部あかね
ポケットに虹のかけら イラスト 陵クミコ
頬にしたたる恋の雨 イラスト 志水ゆき

魚心あれば恋心 イラスト 文月あつよ
思い込んだら命がけ! イラスト 北別府ニカ
恋するソラマメ イラスト 金ひかる
恋の押し出し イラスト カキネ

✿久能千明《くのう・ちあき》
陸王 リインカーネーション イラスト 木根ヲサム

✿栗城偲《くりき・しのぶ》
恋愛モジュール イラスト RURU
スイート×リスイート イラスト 金ひかる
君の隣で見えるもの イラスト 藤川桐子
素直じゃないひと イラスト 陵クミコ

✿小林典雅《こばやし・てんが》
たとえばこんな恋のはじまり イラスト 秋葉東子
執事と画学生、ときどき令嬢 イラスト 金ひかる
藍苺畑でつかまえて イラスト 夏目イサク
素敵な入れ替わり イラスト 木下けい子

✿桜木知沙子《さくらぎ・ちさこ》
現在治療中 全3巻 イラスト あとり硅子
HEAVEN イラスト 麻々原絵里依
あさがお〜morning glory〜 全2巻 イラスト 門地かおり
サマータイムブルース イラスト 山田睦月
愛が足りない イラスト 高野宮子
教えてよ イラスト 金ひかる
どうなってんだよ? イラスト 麻生海
双子スピリッツ イラスト 高久尚子（※定価651円）
メロンパン日和 イラスト 藤川桐子
好きになってはいけません イラスト 夏目イサク
演劇どうですか? イラスト 吉村
札幌の休日 全4巻 イラスト 北沢きょう
東京の休日 全2巻 イラスト 北沢きょう
夕暮れに手をつなぎ イラスト 青山十三
恋をひとかじり イラスト 三池ろむこ

✤清白ミユキ《すずしろ・みゆき》
ボディーガードは恋に溺れる イラスト 阿部あかね

✤砂原糖子《すなはら・とうこ》
斜向かいのヘブン イラスト 依田沙江美
セブンティーン・ドロップス イラスト 佐倉ハイジ
純情アイランド イラスト 夏目イサク（※定価651円）
204号室の恋 イラスト 藤井咲耶
言ノ葉ノ花 イラスト 三池ろむこ
言ノ葉ノ世界 イラスト 三池ろむこ
恋のはなし イラスト 高久尚子
恋のつづき 恋のはなし② イラスト 高久尚子
虹色スコール イラスト 佐倉ハイジ
15センチメートル未満の恋 イラスト 南野ましろ
スリープ イラスト 高井戸あけみ
スイーツキングダムの王様 イラスト 二宮悦巳
セーフティ・ゲーム イラスト 金ひかる
恋惑星へようこそ イラスト 南野ましろ
恋愛できない仕事なんです イラスト 北上れん
恋はドーナツの穴のように イラスト 宝井理人
恋じゃないみたい イラスト 小鳩めばる

✤篁 釉以子《たかむら・ゆいこ》
パラリーガルは競り落とされる イラスト 真山ジュン
執務室は違法な香り イラスト 周防佑未
マグナム・クライシス イラスト あじみね朔生

✤月村 奎《つきむら・けい》
believe in you イラスト 佐久間智代
Spring has come! イラスト 南野ましろ
step by step イラスト 依田沙江美
もうひとつのドア イラスト 黒江ノリコ
秋霖高校第二寮 全3巻 イラスト 二宮悦巳
エンドレス・ゲーム イラスト 金ひかる（※定価682円）
エッグスタンド イラスト 二宮悦巳
きみの処方箋 イラスト 鈴木有布子
家賃 イラスト 松本 花
WISH イラスト 橋本あおい
ビター・スイート・レシピ イラスト 佐倉ハイジ
秋霖高校第二寮リターンズ 全3巻 イラスト 二宮悦巳
レジーデージー イラスト 依田沙江美
CHERRY イラスト 木下けい子
恋を知る イラスト 金ひかる
おとなり イラスト 陵クミコ
ブレッド・ウィナー イラスト 木下けい子
すき イラスト 麻々原絵里依
恋愛☆コンプレックス イラスト 陵クミコ
不器用なテレパシー イラスト 高星麻子
嫌よ嫌よも好きのうち？ イラスト 小椋ムク
teenage blue イラスト 宝井理人

✤鳥谷しず《とりたに・しず》
スリーピング・クール・ビューティ イラスト 金ひかる
流れ星ふる恋がふる イラスト 大槻ミゥ
恋の花ひらくとき イラスト 香坂あきほ
恋色ミュージアム イラスト みずかねりょう
新世界恋愛革命 イラスト 周防佑未
神の庭で恋萌ゆる イラスト 宝井さき

✤名倉和希《なくら・わき》
はじまりは窓でした。イラスト 阿部あかね
耳たぶに愛 イラスト 佐々木久美子
戸籍係の王子様 イラスト 高城たくみ
夜をひとりじめ イラスト 富士山ひょうた
ハッピーボウルで会いましょう イラスト 夏目イサク
神さま、お願い〜恋する狐の十年愛〜 イラスト 陵クミコ

✤ひちわゆか《ひちわ・ゆか》
少年はKISSを浪費する イラスト 麻々原絵里依
ベッドルームで宿題を イラスト 二宮悦巳
十三階のハーフボイルド① イラスト 麻々原絵里依（※定価620円）

✤松岡なつき《まつおか・なつき》
【サンダー&ライトニング 全5巻 イラスト カトリーヌあやこ】
30秒の魔法 全3巻 イラスト カトリーヌあやこ
華やかな迷宮 全5巻 イラスト よしながふみ

✤松前侑里《まつまえ・ゆり》
月が空のどこにいても イラスト 碧也ぴんく
雨の結び目をほどいて イラスト あとり硅子
空から雨が降るように 雨の結び目をほどいて2 イラスト あとり硅子
ピュア½ イラスト あとり硅子
地球がとっても青いから イラスト あとり硅子
猫にGOHAN イラスト あとり硅子
その瞬間、ぼくは透明になる イラスト あとり硅子
籠の鳥はいつも自由 イラスト 金ひかる
階段の途中で彼が待ってる イラスト 山田睦月
愛は冷蔵庫の中で イラスト 山田睦月
水色ステディ イラスト テクノサマタ
空にはちみつムーン イラスト 二宮悦巳
月とハニーベア イラスト 二宮悦巳
Try Me Free イラスト 高星麻子
リンゴが落ちても恋は始まらない イラスト 麻々原絵里依
星に願いをかけないで イラスト あさとえいり
カフェオレ・トワイライト イラスト 木下けい子
プールいっぱいのブルー イラスト 夢花 李
アウトレットな彼と彼 イラスト 山田睦月
ピンクのピアニシモ イラスト あさとえいり
パラダイスより不思議 イラスト 麻々原絵里依
もしも僕が愛ならば イラスト 金ひかる
春待ちチェリーブロッサム イラスト 三池ろむこ
コーンスープが落ちてきて イラスト 宝井理人
真夜中のレモネード イラスト 宝井理人
センチメンタルなビスケット イラスト RURU
はちみつグラデーション イラスト 夏乃あゆみ
もう一度ストロベリー イラスト 小川安積
雲とメレンゲの恋 イラスト 小椋ムク

✤水原とほる《みずはら・とほる》
仕立て屋の恋 イラスト あじみね朔生
金銀花の杜の巫女 イラスト 葛西リカコ

✤夕映月子《ゆえ・つきこ》
天国に手が届く イラスト 木下けい子
てのひらにひとつ イラスト 三池ろむこ
京恋路上ル下ル イラスト まさお三月

✤渡海奈穂《わたるみ・なほ》
甘えたがりで意地っ張り イラスト 三池ろむこ
ロマンチストなろくでなし イラスト 夏乃あゆみ
神さまと一緒 イラスト 窪スミコ
マイ・フェア・ダンディ イラスト 前田とも
夢は廃墟をかけめぐる☆ イラスト 依田沙江美
恋になるなら イラスト 富士山ひょうた
さらってよ イラスト 麻々原絵里依
正しい恋の悩み方 イラスト 佐々木久美子
手を伸ばして目を閉じないで イラスト 松本ミーコハウス
ゆっくりまっすぐ近くにおいで イラスト 金ひかる
兄弟の事情 イラスト 阿部あかね
恋人の事情 兄弟の事情2 イラスト 阿部あかね
未熟な誘惑 イラスト 二宮悦巳
たまには恋でも イラスト 佐倉ハイジ
カクゴはいいか イラスト 三池ろむこ
夢じゃないみたい イラスト カキネ
その親友と、恋人と。イラスト 北上れん
恋でクラクラ イラスト 小鳩めばる
いばらの王子さま イラスト せのおあき
厄介と可愛げ イラスト 橋本あおい